GW01607559

Trein met vertraging

Christophe Van Gerrewey

Trein met vertraging

roman

De Bezige Bij Antwerpen

How much the present moment means
To those who've nothing more
— Emily Dickinson

14:02–14:06 (Roos)
14:06–14:09 (Zij)
14:09–14:12 (Roos)
14:12–14:16 (Zij)
14:16–14:19 (Dirk)
14:19–14:22 (Marc)
14:22–14:25 (Roos)
14:25 –14:28 (Dirk)
14:28–14:33 (Marc)
14:33–14:36 (Dirk)
14:36–14:41 (Zij)
14:41–14:46 (Kris)
14:46–14:48 (Roos)
14:48–14:50 (Kris)
14:50–14:52 (Marc)
14:52–14:54 (Kris)
14:54–14:56 (Dirk)
14:56–14:58 (Roos)
14:58–15:00 (Kris)
15:00–15:02 (Zij)
15:02–15:04 (René)
15:04–15:06 (Marc)
15:06–15:08 (Kris)
15:08–15:10 (Dirk)
15:10–15:11 (Roos)
15:11–15:13 (Zij)
15:13–15:15 (René)
15:15–15:17 (Marc)
15:17–15:20 (Dirk)
15:20–15:24 (Kris)
15:24–15:28 (Zij)
15:28–15:33 (Lien)
15:33–15:39 (Dirk)
15:39–15:44 (Roos)
15:44–15:49 (Fons)
15:49–15:51 (Niek)
15:51–15:54 (Dirk)
15:54–15:57 (Roos)
15:57–16:02 (René)

14:02–14:06 (Roos)

Wanneer de trein zonder vertraging op een woensdagmiddag het kopstation van Oostende verlaat, blijft er een meeuw zitten op de achterste wagon. Roos had de vogel gezien terwijl ze op het perron wachtte, al een kwartier voor het vertrek. Witte veren, gele stelten, grijze vleugels: de meeuw had een mooi uitzicht op de zijgevel van het stationsgebouw, op de oude perronoverkappingen links en rechts, en op het betonnen ontvangstplatform waarop alle sporen doodlopen. Vier meter voor het einde van het traject stond een witte, metalen versperring, met twee driehoeken als basis, en een houten balk, gedeukt en zwart bevlekt, dwars over de sporen, als een stootkussen voor een aanstormende trein. De constructie werd bekroond met een zwak lampje, opgesloten in een vierkant doosje met een deksel van mat glas waarover een dik zwart kruis was getrokken. Links van dit licht zaten drie andere meeuwen, en rechts nog twee: huppend van de linker- op de rechterpoot hadden ze zich verzameld, als het publiek van de vogel op het dak.

Het was niet duidelijk wat ze te zeggen hadden, als ze al met elkaar praatten. De geluiden die ze maakten, waren schrille kreten, soms gegroepeerd in bij elkaar horende klanken, dan weer zonder enig verband, en misschien enkel veroorzaakt door het scharnieren van hun snavels — brosse knijptangen, levenloos genoeg om te verpulveren als schelpen op het strand. Hun zwarte kogelronde ogen waren te klein om contact mee te maken, en ze bevonden zich aan weerszijden van de vogelkop, als rug aan rug zittende reizigers. En toch leken de meeuwen elkaar, vanuit de hoogte of vanaf die houten grendel, wreed krijsend toe te spreken of verwachtingsvol aan te kijken.

Mensen waren Roos voorbijgelopen, en meteen daarna waren ze verdwenen in de trein. Zij had enkel oog gehad voor de meeuwen, en ze had gedacht: ze zijn met te veel, de laatste jaren — en daarin zijn ze lang niet alleen. Ze zijn van karakter veranderd, of sommige eigenschappen hebben zich ontwikkeld, terwijl andere naar de achtergrond zijn verdreven. Als kind was ze op vakantie geweest aan zee, en daarom meende ze het zich te herinneren: vroeger hingen meeuwen onafgebroken boven de turkooizen zee, als sterren in het luchtruim — en het was slechts 's nachts dat ze uit de hemel vielen, wanneer de stad zich aan de golven overleverde. Hoe merkwaardig was het geweest — op de zeedijk, in het zand — om één verdwaalde meeuw te observeren, er in verwondering op af te lopen! Nu zijn er minstens evenveel meeuwen als mensen, en meestal is het onmogelijk om de tel bij te houden. Ze hebben honger, en als ze geen eten krijgen van de toeristen die ze tot op een paar centimeter zwijgend en streng naderen, dan stelen ze het, door duikvluchten uit te voeren op de hapjes en de snacks die aan de kraampjes langs de kaai en voor de vismijn worden verkocht: wulken, escargots, bokkingen, langoustines, garnalen op ijs, kroketten met krab, gedroogde en gezouten haringen, opgehangen als de kralen van een gordijn. Als het warm is en druk en als de zeelucht gonst, dan belagen ze zelfs de terrassen op de dijk, en als er onvoldoende frieten op de grond liggen, dan landen ze op de tafelbladen om alles wat zich aanbiedt op te pikken — vaak voor het plezier van de diefstal, als ze de prooi al na een paar vleugelslagen laten vallen. Toch eten en verteren ze genoeg, want de plaatsen die ze frequenteren, zijn met hun uitwerpselen bezaaid: groengrijze vlekken en spatten, soms versteend tot gipsen munten, op banken, trappen, promenades, balustrades, vuilnisbakken, windbrekers en parasols, zodat niet alleen het luchtruim op een uitzinnige manier met hun V-vormige aanwezigheid is aangevinkt, maar ook het grondoppervlak en de bebouwing als door hun logo's zijn bestempeld. Het is beklemmend en treurig, voor Roos en naar zij vreesde ook voor anderen — niet omdat ze bang zijn voor de vogels, maar omdat het gevaarlijk is te vermoeden waar die evolutie voor staat: hoe het lot van de meeuwen een symptoom is van hoe de wereld de laatste jaren is veranderd — van hoe sommige dingen, ooit vanzelfsprekend, onmogelijk zijn geworden, en hoe andere, ooit ondenkbaar, zich elk moment van de dag opdringen — je kunt er niet onderuit: in leven zijn en 's ochtends je ogen openen is voldoende om er in alle hevigheid mee geconfronteerd te worden.

Het stadsbestuur van Oostende overweegt maatregelen tegen de meeuwenplaag, omdat de middenstand zeurt, de bewoners klagen en de toeristen twijfelen. De meeuwen kunnen niet uitgeroeid worden (een veld vogelkadavers is afschrikwekkender dan wat het zou oplossen), maar er wordt overwogen om hun eieren onder te dompelen in steriliserende olie, om vogelverschrikkers te plaatsen, om afvalcontainers in te graven zodat vuilniszakken niet meer kapot worden geprikt. Het is immers niet zo erg dat ze met zoveel zijn, als ze maar wat vaker boven zee bleven, de stad en de mensen vanuit de verte in de gaten hielden, en geen reden redelijk genoeg achtten om de oversteek te maken. Om dat leven van zweven boven het wateroppervlak (maar altijd met de stad nabij) weer aantrekkelijk te maken voor zo veel mogelijk meeuwen — daarom zijn er plannen gemaakt om honderden meters ver in zee voedselplatformen te zetten, zodat de vogels niet meer in de verleiding komen om landinwaarts te vliegen. En waar is die verleiding ontstaan? Heeft een verdwaalde, dappere of rusteloze meeuw op een dag het eten aan land ontdekt — op smaak gebracht, gefrituurd, gekruid — en er vervolgens zijn soortgenoten over verteld? Zijn ze door klimaatwisseling, temperatuurschommelingen, watervervuiling of alternerende windstromen aan land gedreven of op de vlucht geslagen? Is het eten in het water op, bedorven, naar de bodem gezakt? Wat eten meeuwen trouwens van nature? En herinneren ze zich dat nog? Wat zou er op die voedselplatformen moeten liggen zodat alles zoals vroeger zou kunnen worden? Zullen de marskramers vrijwillig hun overschotten en hun restafval afstaan, op het eind van de dag, om een vreemde cirkel te sluiten, en om het aanbod boven zee nauwelijks van dat aan land te laten verschillen? Of is het niet zozeer de kwaliteit van het voedsel die de meeuwen naar de kraampjes en de terrassen lokt, als wel de spannende manier waarop het gestolen of bevochten wordt? Als ze het gratis krijgen, halen ze er misschien de neus voor op, en eisen ze met meer vastberadenheid dan ooit hun plaats op tussen de mensen, die ze nog vijandiger bejegenen nu ze weten op wat voor een belachelijke manier hen een terugtocht is aangeboden.

In deze gedachten was Roos verzonken geweest — zo diep dat ze de trein bijna alsnog miste, en zonder aarzelen de dichtstbijzijnde deur had moeten nemen, die sissend en smakkend achter haar was gesloten, als een deksel op een potje waarvan zij de goed bewaarde inhoud werd. Binnen is ze met haar rug naar zee gaan zitten, alleen in de laatste wagon. Nog voor de trein de kruissnelheid bereikt, terwijl er buiten links honderden vrachtwagens staan geparkeerd en rechts treinsporen naast elkaar liggen in een hogere dichtheid dan in het station, komt de conducteur in de verte naar binnen. Hij stapt snel in haar richting, maar loopt haar vervolgens voorbij, tot in het staartbeentje van de sliert treinstellen, alsof hij door een met zand vuil geregend raampje achterom wil kijken of ze niet achtervolgd worden, of om vergenoegd notie te nemen van de sporen die tevoorschijn komen, als de tekening op het wateroppervlak die door een boot wordt achtergelaten.

Pas daarna begint hij aan zijn controlewandeling, die hij niet zal beëindigen vooraleer ze Brugge hebben bereikt. Zij is de eerste, en pas wanneer hij naast haar staat en om een vervoersbewijs vraagt, beseft ze dat ze vergeten heeft de treinkaart in te vullen — in drukletters de datum, de vertrekplaats en de eindbestemming: WOENSDAG — 19/09/12 — OOSTENDE — ANTWERPEN. Binnen één, twee seconden slaat haar hoofd rood uit. De conducteur heeft ongeveer haar leeftijd — het verbaast haar als ze jonge mensen ziet die bij de NMBS werken, alsof ook zij daarvoor had kunnen kiezen. Is er geen ouderdom vereist om deze baan uit te oefenen — met autoriteit, enthousiasme, beroepstrots? De conducteur wordt door zijn uniform geholpen: de pet op zijn hoofd, het grijze textiel door oranje lijntjes afgebiesd, de glimmende knijptang, als een muil die in een ticketje kan bijten, maar voorlopig afwacht. Hij glimlacht als hij ziet wat er aan de hand is, als ze met grote ogen zegt dat ze nog geen tijd heeft gehad, en hij knikt haar toe, de lippen vergoelijkend geprononceerd. Als ze aarzelt en de balpen boven het dunne karton trilt, zegt hij haar zelfs de datum. Zou een oudere conducteur dit toestaan? De mannelijke gevoelens voor de vrouw die zij is, kunnen vaderlijke trekken aannemen. Terwijl ze schrijft, denkt ze na over zijn houding, die, zoals ze dat gewend is, kan omslaan in een flirterige pose, door middel van een toespeling, een blik, een gebaar — waardoor ze boven alles een vrouw zal worden, en hij een man. Er is tegelijkertijd iets in zijn postuur en profiel dat die omslag lijkt te beletten. Deze jongeman heeft niet genoeg ruggengraat, dat is het: hij staat niet rechtop genoeg om haar op een eenzijdige manier te bejegenen — zijn schouders weggezakt, zijn kin te dicht op zijn borst alsof zijn hoofd te veel weegt, zijn oogleden vermoeid. Als hij met een grijns afscheid neemt, denkt ze even dat hij haar broederlijk behandeld heeft — en daar valt iets voor te zeggen, omdat hij niet kan verbergen dat zij hem, al was het maar voor een gedeelte, koud laat.

Dan is ze weer alleen, zoals je dat kunt zijn in een appartementsgebouw: het grotere geheel is gevuld met mensen, maar wat maakt het uit? Je bent nooit alleen als je bereid bent om grootschalig te denken. Het lukt haar niet. Zowel wat ze denkt als wat ze voelt blijkt meteen weer aanwezig. In alle hevigheid strijden haar lichaam en haar geest om aandacht, als een tweeling, een jongen en een meisje, op zondagmorgen om halfzeven aan het bed van hun ouders.

Bij voorkeur intens genoeg, maar toch op een rationele eerder dan een emotionele manier, is het niet meer dan een idee, een overtuiging, het gevolg van een besluit dat haar wil opeisen: ze is weer alleen — sinds een uur is Frederik, de jongeman die ze een paar maanden lang haar partner heeft genoemd (of zo heeft proberen te zien), haar partner niet meer. Ze zijn uit elkaar, ze zijn niet meer samen, ze zijn geen koppel meer, hun liefde is voorbij, de verliefdheid is over, het is gedaan, ze gaan niet meer verder, van nu af aan is het *no kissing & no fucking*, ze blijven goeie vrienden, ze is weer single, ze heeft het na jaren alleen-zijn nog eens geprobeerd maar het is niet gelukt, ze is weer vrijgezel, ze is weer alleenstaand, ze begeeft zich weer op de relationele markt, ze is weer zoekende, ze is weer alleen. Al deze woorden staan haar tegen, meer nog dan waar ze voor staan, en in alle ernst is het waar: een van de tientallen argumenten waarmee ze zichzelf heeft proberen te overtuigen om hem niet te zeggen dat het niet ging — dat was precies haar afkeer van de woorden, zoals het die afkeer was die haar belette om hem helemaal te omarmen, en om te zeggen: wij zijn een koppel, wij zijn een *item*, wij zijn elkaars vriend en vriendin, wij voelen liefde voor elkaar, wij zijn samen, wij hebben een relatie, wij hebben iets, wij bouwen aan een toekomst, wij slapen samen, wij zijn verliefd, wij zijn verloofd, wij gaan trouwen, wij gaan een gezin stichten, van nu af aan is het wij en niet meer jij of ik.

Als je zwijgt, kom je niet terecht in dat web waar je niets mee te maken hebt, omdat de uitdrukkingen van anderen zijn, omdat ze je zijn opgedrongen, omdat ze te veel zijn gebruikt sinds ze een paar decennia geleden in trek kwamen, terwijl de mensheid er vermoedelijk nog millennia mee verder moet. Net daarom zijn ze de oorzaak van alles. Als er betere woorden waren, minder opsommingen, meer authenticiteit — als de rechtstreekse betekenissen talrijker waren — zou ze dan ook in deze trein zitten, alleen, maar minstens samen met de conducteur, en ongetwijfeld (hoewel ze niemand anders heeft opgemerkt) met vele andere reizigers onderweg naar Antwerpen, of naar Brugge, Aalter, Gent, Lokeren, Sint-Niklaas of Beveren? Zou ze dan ook door het raam kijken, naar de ingewikkelde industriële installaties, uit duizenden kleine onderdelen bij elkaar gepuzzeld, en dan naar de open natuurlandschappen, die op een bedrieglijke manier deel uitmaken van een uitgestrekt en ongerept gebied? Of het nu om groen of grijs gaat, ze is er in de trein van afgesneden, en dit afgesneden-zijn is noodzakelijk voor de geboorte van de onbekende landschappen en de vreemde fabels van haar verhaal.

'Het gaat niet', dat heeft ze inderdaad gezegd, anderhalf uur geleden op de zeedijk, voor het casino; de belofte dat het een mooie herfstdag zou worden, werd slechts door een strakke wind tegengesproken — 'Het gaat niet.' En ook: 'Ik kan niet zoals jij besluiten dat we vanaf nu alles van elkaar goed vinden, dat we bij elkaar blijven en ons daar zo goed mogelijk naar gedragen. Ik heb het gevoel dat er me dingen ontstolen zijn sinds we samen zijn, alsof ik mezelf niet meer ben en ook mezelf niet meer kan zijn en ook in jouw bijzijn nooit mezelf heb kunnen zijn, er zijn te veel dingen die ik zelf wil ontdekken en het idee dat ik ze niet zelf zal ontdekken maar samen met jou is ondraaglijk; als jij zegt dat het leven als single een klein beetje minder goed is dan het leven als koppel, dan ben ik geneigd om het omgekeerde te zeggen: het leven samen is een klein beetje minder goed dan het leven alleen — voornamelijk omdat de gedachte, de overtuiging, de wetenschap dat ik niet alleen ben, mij tegenstaat. Het gaat niet.'

Dat zijn (gedeeltelijk en ongeveer) de woorden waarmee ze haar geestelijke toestand aan hem had proberen te beschrijven — woorden waar ze nu aan terugdenkt en waarvan ze beseft dat ze verkeerd zijn. Spraak, broos en onbuigzaam en koud als ijs, smelt of splintert in de pogingen ermee om te gaan. Over haar lichamelijke toestand heeft ze tegen hem gezwegen, terwijl er geen reden is om daaraan te twijfelen, aan het ongemak waaraan ze lijdt noch aan de benaming ervan, en beide met hem delen zou een ondubbelzinnig contact tot stand hebben gebracht. Toch heeft ze precies dat voor zichzelf gehouden.

De trein zwenkt naar links; de ketting treinstellen plooit zich veerkrachtig in de flauwe bocht; en Roos helt onwillekeurig een beetje opzij — zou de meeuw op het dak zich ook afzetten, of van het stootje gebruikmaken om te vertrekken? Op dit moment rest er een ononderbroken rechte lijn naar Brugge, tussen vlak land dat het zonder zeelucht kan stellen, en waarboven een meeuw zonder aanknopingspunt urenlang kan cirkelen, om dan uitgeput in een achtertuin neer te storten, naast een kindertrampoline, niet in staat te geloven dat de hele wereld is drooggelegd.

14:06–14:09 (Zij)

Het zijn vrienden; ze vullen een vierzitsbank in een van de middelste wagons, en ze stonden op de trein te wachten die in Oostende van richting verandert, bijna tien keer per dag. Dat ze zo vroeg waren, was de schuld van het enige meisje in hun gezelschap, dat altijd bang is om te laat te komen en daarom de anderen, net als tijdens de rest van hun korte vakantie, tot haast heeft aangezet, half ironisch en half gemeend maar na verloop van tijd als een automatische poging tot zelfspot, die in hun handen, en met een dergelijke verdeling van de geslachten, niet veel nodig heeft om in zoemtonen van plagerij om te slaan. Twee van hen zijn sinds een paar maanden afgestudeerd en hebben ondertussen werk gevonden; een van hen moet zijn scriptie nog voltooien maar hij denkt er vaak ernstig over na om dat niet te doen; en zij begint volgende week aan een extra opleiding van een jaar. In elk geval blijft de aanvang van oktober, nog een handvol dagen verwijderd, voor hen de geboorte van het jaar — kalm, zonder te grote verwachtingen, met herfstige temperaturen en veel geduld. Een van de jongens legt zijn hand op de in een zwarte panty gehulde rechterknie van het meisje — wat kan en mag omdat hij het eerder probleemloos heeft gedaan. Hij kijkt naar de rokende schoorsteen van een fabriek of een afvalverwerkingsbedrijf, en zegt — het begin van een gesprek waarvan gedeelten voor buitenstaanders nauwelijks hoorbaar zijn:

'Ik had nog een sigaret moeten roken. We zitten een halfuur vast.'

'En daar krijg je zin in als je een schoorsteen ziet?'

'Roken in de trein... vroeger was dat vanzelfsprekend, als een flesje water drinken.'

'Wanneer is het verboden? Twintig jaar geleden? 1995?'

'Ik nam vroeger vaak de trein met mijn broer, en die rookte binnen — er waren speciale zitjes, achter een glazen wand, en in sommige wagons had het textiel van de zetels een bruine teint.'

'En jij zat naast hem, in die rokerswagon?'

'En dan?'

'Dat was geen probleem.'

'Het was even ongezond als nu.'

‘Raar hè, hoe wat ongezond is om de tien jaar verandert?’

‘Toch zou er een rokersruimte mogen zijn, een kleine plek om recht te staan, voor zes, zeven mensen.’

‘Je kunt naar het toilet gaan, maar dat is zo zielig, ook omdat er weinig toiletten zo smerig zijn als die in een trein — het lijkt niet te lukken om het sanitair proper te houden. De stank in die hokjes! Geuren die je nergens anders kunt ruiken.’

‘Een balkon, dat zou wat zijn — een platform in de openlucht, aan de achterkant van de trein. Bestond dat vroeger niet?’

‘Heb je daar met je broer staan roken?’

‘Ja, een balkon, om iemand overboord te slingeren, om te kotsen, om de stank te ontvluchten, of om te ontsnappen als de trein in een veld tot stilstand komt... Dat gebeurt steeds vaker, maar toch alleen buiten de tussenseizoenen. Als een trein stilvalt, ofwel vriest het dan twintig graden, ofwel heerst er een hittegolf van veertig graden. En als een trein niet verder kan — zo zit die mechaniek in elkaar — zijn ook de airconditioning en de verwarming kapot.’

‘Zwijg, voor je het weet staan we stil.’

‘De temperaturen zijn niet extreem genoeg, treinen vallen alleen stil als er uitdroging of onderkoeling dreigt.’

‘Het gebeurt op andere momenten ook, maar dan komt het niet op tv of op internet.’

‘Ik word al claustrofobisch als de trein in een tussenstation stopt.’

‘Wist je dat er vroeger treinen gekaapt werden? In de jaren zeventig, in Nederland — iets met Molukkers, met onafhankelijkheid of het vrijlaten van gevangen, ik weet het niet, ik heb een paar filmpjes gezien. Dagen heeft die kaping geduurd, doodgeschoten mensen, de trein stond stil, daar zijn beelden van: een trein, zeven, acht wagons, helemaal alleen in het landschap, boven op een berm. Je hoort niets, het is kalm, iedereen houdt de adem in, binnen worden reizigers onder schot gehouden. Op het eind is de trein bestormd, een team van het leger, kogelvrije vesten, helmen, pistolen, met tien of twintig, plots kwamen ze uit het struikgewas.'

'Je slaat op hol.'

'Hij denkt dat het een computerspel is.'

'Hij denkt dat alles een computerspel is.'

'Waarom gebeurt dat niet vaker, waarom is een treinkaping zo ouderwets? Het is makkelijk, geen controle, een trein laat zich moeiteloos opblazen, een bom in je bagage.'

'Toch is het moeilijk om met een trein een wolkenkrabber te rammen.'

'In Antwerpen-Centraal, een gigantisch station, in het stadscentrum, sporen en perrons vijftig meter onder de grond — een koffer vol explosieven, het formaat hoeft niet groot te zijn, je hebt een krater als van een vulkaan.'

'Niemand neemt Antwerpen daarvoor ernstig genoeg.'

'Wacht tot er een nieuwe burgemeester komt.'

'Denk je niet dat terroristen lachen met treinen? Vliegtuigen, ja, dat is wat, de hemel, zilveren vogels, glijdend door de lucht. Treinen, dat is voor kinderen en amateurs, daar valt geen nieuws mee te maken.'

'Meer dan tien doden, dat is genoeg.'

Ze blijven een tijdje stil, luisteren naar het wentelen van de wielen, zien grote metalen blokken, elk in een andere kleur, in het landschap: fabrieksgebouwen — op een van de gevels staat: ELECTRAWINDS — POWERED BY NATURE. Op een wegel, vlak voor een akker met puntige, afgebeten stompjes mais: een paar fietsers, die ze met een beetje achterdocht aankijken, en ze vragen zich af of hun eigen dood — met z'n vieren — wereldnieuws zou zijn.

'Het terrorisme, dat is voorbij.'

'De Amerikanen hebben de *war on terror* gewonnen...'

'Noem eens een ernstige aanslag van de laatste vijf jaar.'

'In Madrid, was dat niet met treinen? Er was een rel over een foto waaruit een orgaan van de sporen was geretoucheerd, en niemand wist nog of dat vlees — een hart of een long — daar in werkelijkheid had gelegen.'

'Dat is al tien jaar geleden.'

'Explosies zijn ouderwets, zoals gijzelingen, kidnappings en bankovervallen.'

'En wat is er nu in de mode?'

Ze kijken naar elkaar, het meisje trekt haar wenkbrauwen op, en neemt dan een machientje uit haar tas, verschuift een knopje dat zich aan de linkerbovenzijde bevindt — het schermt licht op, wachtbalkjes vullen zich, het is alsof de informatie naar binnen wordt gezogen, als een geest die weer in zijn fles moet.

'In elk geval zitten we veilig.'

14:09–14:12 (Roos)

Na een bedrukte stilte had hij ondeugend gezegd dat alles de schuld was van het kapitalisme. Ze had geglimlacht. In het café liepen obers in kostuum rond, waardig, ernstig, gladgeschoren — maar ook onvriendelijk, of in elk geval afstandelijk, en pas tot meer bereid zodra je hun een fooi gaf. Dit was het café van een hotel, op de gelijkvloerse verdieping. Waarschijnlijk werkt het zo: een fooi is onvermijdelijk als je een relatie met het personeel wilt opbouwen, een vorm van vertrouwelijkheid, dankbaarheid, wederzijdse afhankelijkheid.

Het was een van hun vaste grappen, zoals koppels die hebben: ze kunnen opgeroepen worden zonder dat er een woord wordt gezegd — het volstaat om elkaar aan te kijken, te weten wat het is dat als honing de humor aantrekt, en in lachen uit te barsten — een sketch van Kamagurka en Herr Seele, waarin de eerste voortdurend zegt, met opgestoken wijsvinger: 'Ober! Ober!', en de laatste, in zwart pak, met een witte theedoek over de linkerarm gevouwen en op de toppen van de vingers van de rechterhand een zilveren schaal balancerend, het even vaak besmuikt op een lopen zet, maar niet zonder over zijn schouder de klant gerust te stellen: 'Ik kom eraan!' 'Ober! Ober!' — 'Ik kom eraan!', en spoedig bevindt het duo zich in uitzonderlijke situaties en omgevingen, in een leeggelopen zwembad, een supermarkt, op een bergwand, in de Sahara — over de hele wereld wordt hun achtervolging voortgezet: de een heeft de ander voor iets nodig, de ander wil er wel op ingaan, maar nu niet, misschien omdat er zich altijd een dringender taak voordoet, in de vorm van een klant die belangrijker lijkt.

De schuld van het kapitalisme: het klonk goed, ze had het begrepen, stilzwijgend, of ze had het dankbaar aanvaard, omdat het haar deels van haar verantwoordelijkheid ontsloeg, terwijl ze goed besefte dat zij het was die dwars ging liggen — of meer letterlijk elders ging liggen, zoals afgelopen nacht, toen ze terwijl Frederik snurkte haar matras naar de badkamer had versleept. Van de drie soorten oordopjes die hij voor haar had meegebracht, werkte geen enkele set naar behoren. Er was net niet genoeg plaats tussen het toilet en de badkuip, zodat een hoek van de matras opkrulde tegen de voet van de closetpot. Het was niet alleen zijn gesnurk of het lawaai dat hij maakte — het was zijn aanwezigheid, zijn lichaam, zijn bestaan dat maakte dat ze niet kon slapen naast hem — en nooit echt geslapen had sinds ze dat, hoogstens één keer per week, met elkaar waren gaan doen. Ze kon het zichzelf niet toestaan: alle controle verliezen, alsof hij, zodra ze dat wel deed, haar hoofd met een bijl zou inslaan, en alsof hij om dat te doen haar complete controleverlies nodig had.

Als het haar schuld niet meer was (maar die van het kapitalisme), dan was het ook de zijne niet meer, en dan sloeg zij niet op de vlucht voor zijn aanhankelijkheid, zijn vrijgevigheid, zijn verlatingsangst, zijn verlangen naar aandacht, zijn onvermogen om haar te bekritiseren, de manier waarop hij er moeite mee had alleen te zijn, of althans zonder haar. Als het kapitalisme hen uit elkaar dreef, dan pleitte het hen meteen vrij — weg uit de gevangenis van het samenzijn, en zonder straf, vrijgesproken van alle beschuldigingen, weer alleen in de echte oneindige wereld.

Ze ziet graansilo's, een paar koeien, een platte berg veevoeder verborgen onder een zeil, spaarzaam bestrooid met autobanden. Ze ziet een veldweg, evenwijdig aan de sporen, nauwelijks breed genoeg voor een auto, en langs beide zijden omzoomd met een rij bomen, nog opvallend fris en groen voor de tijd van het jaar. Het ontroert haar, het lijkt de belofte van geluk te presenteren, in de natuur, tussen de vegetatie, en als om die voorspelling tegen te spreken dringt zich een scherpe geur op. Het is iets zurigs, olieachtigs: sinaasappelschillen, en als ze het dekseltje van de vuilnisbak onder de tafel van de vierzit optilt, blijkt die inderdaad overvol met oranje slingers. Er liggen ook stukjes pel op de vloer; vreemd dat ze die geur nu pas opmerkt. Ze neemt haar tas en haar jas en loopt een paar rijen verder. De stappen die ze zet, de andere houding die ze, hoe kort ook, aanneemt, verlichten haar irritant lichamelijke probleem, maar het is een gevoel van opluchting dat meteen verdwijnt als ze weer gaat zitten.

Hoe zou het werken, het kapitalisme als oorzaak van de onmogelijkheid van liefde? Niet goed of perfect, want hoewel ze niemand kent die erin geslaagd is om onder een andere maatschappijvorm dan het kapitalisme te leven, kent ze zeker mensen die tot liefde in staat zijn: langdurig, gelukkig, ouderwets. Of is kapitalisme iets als de opwarming van de aarde of als luchtvervuiling? Lang niet alle diersoorten gaan eraan ten onder, alleen de meest kwetsbare die zich toevallig op de verkeerde plaats bevinden of die zeldzaam zijn, en wier aantal niet door kweek wordt opgevoerd omdat ze van weinig nut zijn en hoogstens esthetisch plezier opleveren. Best mogelijk dus dat zij te gevoelig is, en dat ze daarom, meer dan de meeste mensen, de druk van de wereld voelt om zich iedere keer los te trekken, weg te gaan en alleen te blijven. Ze begrijpt zeer goed dat elke relatie, als je er diep genoeg over nadenkt, absurd is, onverklaarbaar, beangstigend zelfs. Als de wereld anders was ingericht en als de geschiedenis van de afgelopen honderd jaar anders was verlopen of geschreven, dan zou zij een ander mens zijn, dan was ze met andere verhalen en verklaringen grootgebracht en daar dagelijks mee geconfronteerd, en dan was ze van een andere waarheid overtuigd geweest. Ze zou voor sommige dingen blind gebleven zijn en haar ogen zouden zich voor andere zekerheden hebben geopend. Nu hebben echter zowel de woorden als de omgangsvormen die bij liefde horen hun grond verloren, en misschien is inderdaad het kapitalisme daarvoor verantwoordelijk, of alleszins voor de manier waarop zij daarvan overtuigd is geraakt.

Een van de vele films die ze met Frederik had bekeken was *Stardust Memories* van Woody Allen — films kijken kun je met twee doen alsof je alleen bent, en het is geen tijdverlies, je gebruikt je vrije tijd nuttig, ligt niet in het ijle te staren en over niets in het bijzonder te praten terwijl je leven voorbijgaat. *Stardust Memories* is een zwart-witfilm die begint in een trein. Woody Allen zit in een wagon, alle banken — want koude, harde banken zijn het, geen zetels — worden ingenomen door andere mensen, en die mensen zijn erg ongelukkig, ze staren vermoeid voor zich uit, ze zuchten diep, sommigen onder hen huilen, klaaglijk, traag, met halfopen monden. Ze zijn bovendien lelijk, ze hebben ongelijke tanden, grote neuzen of oren, ongewassen haar, fletse ogen. Ook Woody is niet blij, en door het raampje ziet hij op een nabijgelegen spoor een andere trein staan, en in die trein is er een feestje aan de gang: mensen lachen uitbundig, serpentines en confetti vliegen tussen de hoofden en de hoofdsteunen, de mensen zijn mooi, jong en blij — het zijn de mooiste mensen ter wereld, een van hen is Sharon Stone! Het is de Sharon Stone van meer dan twintig jaar geleden (blond, licht hautain, mager), toen ze nog niet voor het oog van de wereld haar benen had gespreid en gekruist in *Basic Instinct*. Woody wil naar die andere trein, het maakt niet uit waar die heen gaat, als de reis maar aangenaam is en beter dan die waartoe hij nu is veroordeeld, en natuurlijk komt net op dat moment zijn trein in beweging, en slaagt hij er niet in om de deurtjes van de wagon open te schuiven. De andere trein glijdt weg en verdwijnt, terwijl het omgekeerde waar is: zij glijden weg, zij gaan ergens heen, aan de overkant heerst er een gelukkige stilstand. Sharon Stone wuift nog, haar glimlach is niet eens vals — ze straalt, op voorbeeldige wijze.

Mensen willen altijd iets anders dan wat ze hebben: iedereen denkt dat zijn trein de minst goede is. De wereld is zodanig ingericht dat dit verlangen niet alleen nooit wordt tegengesproken, maar onophoudelijk wordt versterkt, aangemoedigd en toegejuicht, in die mate dat het zich voorgoed met onze ogen heeft verbonden: ergens naar kijken volstaat om het te willen (als het nog niet van ons is) of om het te willen vervangen (als we het beu zijn). Als dat waar is, moeten mensen zoals Frederik (critici van het kapitalisme) zich dan niet evenzeer afvragen of ze het vermogen tot tevredenheid zijn kwijtgespeeld? Misschien beseffen ze niet dat hun toestand en de toestand van de wereld niet eens zo slecht is; misschien is klagen over het kapitalisme nog het meest kapitalistische van al!

Klagen doet ze niet. Ze gelooft niet dat het elders beter is. Zelfs als er op het spoor vlakbij een trein met George Clooney zou komen te staan: wat voor voordeel zou ze erbij hebben om zich bij hem te voegen? Ze gelooft niet eens in voordelen. Frederik zou zeggen dat ze er op een perverse manier door geobsedeerd is, en vooral naar de verkeerde voordelen zoekt — voordelen op korte termijn, die directe bevrediging opleveren en die weinig moeite vragen. Toen hij de schuld bij het kapitalisme legde, betichtte hij ook haar ervan bij uitstek kapitalistisch te denken en te handelen — door tijd zo nuttig mogelijk te willen besteden; door niet vanuit een groter perspectief te kijken en geen geschiedenis meer op te bouwen, met niets en met niemand; door van anderen niets te kunnen verdragen en altijd meteen de kleine, zwakke kanten te zien in een interpretatie, een gebeurtenis, een mensenleven (of zelfs in een uitstapje dat niet langer dan een kwartier duurt); door iedereen belachelijk te vinden en alles zinloos; en door daarom niet meer in staat te zijn tot liefde, maar slechts tot een zo groot mogelijke eenzaamheid, puur uit zelfbehoud, waarin de teleurstellingen zich niet opstapelen, en waarin één soort liefde overblijft om gestaag af te kalven en slechts dankzij de aanvankelijke grootte langzaam ten onder te gaan, als een poolkap: de eigenliefde.

14:12–14:16 (Zij)

De trein schokt een beetje. Eerder dan een oneffenheid in de sporen lijkt het een oprisping van de onzichtbare locomotief, van de motoren die alles veroorzaken. Net op dat moment kijken ze alle vier naar rechts. Aan een overweg staan twee auto's, mooi maar zichtbaar ongeduldig, voor een gesloten slagboom achter elkaar te wachten tot de trein gepasseerd is. Alles blijft natrillen, op een lichte en toch vervelende manier: een nauwelijks merkbare aardbeving, of eerder iets dat je in een vliegtuig zou verwachten — turbulentie, een beweging kleiner en eenvoudiger dan het vooruitrazen van de wagons, maar allesbehalve verwaarloosbaar. Dan herstelt het ritme zich, de cadans die even makkelijk als die van de ademhaling vergeten kan worden, en alleen dan geen problemen veroorzaakt. Een van de jongens vraagt aan het meisje, dat al een tijdje met een draagbaar schermpje speelt — haar wijsvinger glijdt over het oppervlak alsof ze in ijs wil roeren — of er nieuws is.

'Nee, nee... nee — of toch: niets nieuws.'

'Ik heb alweer honger.'

'Dat is niet normaal: je hebt zeven croissants gegeten.'

'Ik heb een appel.'

'Hoe kom jij aan een appel?'

'Ik wil geen appel.'

'Geef mij maar een appel.'

'Ga naar de restauratiewagen.'

'Is die er dan? Dat wist ik niet! Die kant op?'

'Jij gelooft alles — meteen.'

'Op voorwaarde dat het over eten gaat.'

'Hebben jullie het belgerinkel gehoord?'

'Wanneer?'

'Daarnet, aan die overweg.'

'Wat?'

'Ja, aan die overweg, toen de trein... hobbelde. Als de slagbomen sluiten, dan moeten een wit en een rood licht afwisselend branden, en rinkelt een alarmbel — zo'n ouderwets belletje: trrrrringg.'

'Niet op gelet.'

'Misschien was het een gsm: iedereen heeft weer een klassieke beltoon, de tijd van de liedjes of van de gesofisticeerde signalen is voorbij.'

'Een bel aan een overweg is niet zo belangrijk: stel je voor dat er alleen maar een alarm zou rinkelen als er een trein komt.'

'Waarom vraag jij mij altijd om me dingen voor te stellen?'

'Wat?'

'Laat maar.'

'Gingen ze al die onbewaakte overwegen niet afschaffen?'

'Afschaffen?'

'Ik bedoel: ondertunnelen, of overkappen.'

'Die overweg was niet onbewaakt.'

'Hoe bedoel je?'

'Er was toch een slagboom?'

'Een slagboom bewaakt niet. Met een bewaakte overweg bedoelen ze dat er iemand in een hokje zit, voor het spoor, aan beide kanten, en de auto's tegenhoudt.'

'Jij bent gek.'

'Stel je voor.'

'Onbewaakte overwegen, dat waren kruisingen van spoor en autoweg met alleen een oranje lamp erboven, die hing te zwaaien aan een kabel in de wind. Dat was alles — geen slagbomen, geen gerinkel, geen lampen, geen rood-wit geblokt dubbel kruis. Elke automobilist moest eerst naar links en naar rechts kijken of er geen trein kwam.'

'Dat kan toch alleen maar als je al op de sporen staat?'

'Daarom gebeurden er zoveel ongelukken en daarom hebben ze die onbewaakte overwegen omgeleid, in de lucht gehangen, onder de grond gegraven, of laten doodlopen. Alles is beter georganiseerd dan je denkt; de kans op incidenten of evenementen is echt klein.'

‘Gezever!’

‘Je hoort af en toe dat er een auto geramd is door een trein. Hoe kan dat dan?’

‘Toch nog onder de zakkende slagbomen door gereden — als in een detectiveserie, spannend, de achtervolging gaat door.’

‘De trein komt toch pas lang nadat de slagbomen zijn gezakt?’

‘Lang?’

‘Minstens dertig seconden.’

‘Dertig seconden?’

‘Een halve minuut.’

‘Een halve minuut?’

‘Soms vallen auto’s stil op het moment dat ze de sporen kruisen, of de wielen komen klem te zitten.’

‘Sommige bestuurders draaien hun auto negentig graden en zetten zich zo op de sporen, handrem op, gordel uit, tot de locomotief inbeukt op de motorkap.’

‘Wat een manier om zelfmoord te plegen.’

‘Meestal overleef je zo’n botsing, je wordt gewoon weggeslingerd, je mag natuurlijk geen gordel dragen, tien keer over de kop, als een steentje.’

Het kan ook nu dichtbij zijn, zo’n klap, misschien binnen vijf seconden, binnen een minuut, binnen een halfuur, misschien is het niet voor vandaag maar voor morgen — ze weten het niet, ze worden op geen enkele manier gewaarschuwd, zo groot is hun vertrouwen in een goede afloop, in de gezondheid van de treinbestuurder, in de organisatie van het spoornetwerk, de afstemming van de verkeerslichten, de werking van de installaties langs de overwegen, de wil van iedereen om vandaag in leven te blijven, en niet, met behulp van de trein...

'Toch denk ik dat onbewaakte overwegen niet meer bestaan.'

'Het is onmogelijk om die allemaal weg te werken, in een chaotisch land als België.'

'In Wallonië, in de Ardennen, op treintrajecten die vier, vijf keer per dag gebruikt worden, daar moet het nog bestaan.'

De trein vertraagt—het is vooral een kwestie van geluid, van een sonische harmonie die binnen een paar tellen verdwijnt: het is niet zo dat het toerental afneemt—eerder lijkt de trein te remmen en wordt het draaien van de motor tegengewerkt, wordt het lawaai door die strijd veroorzaakt en neemt de snelheid af. Ze zien rechts de muren van de gevangenis van Brugge, rondom de cellen de lege stroken ruimte die voor de bewaking zijn opgeofferd; en daarna, links, overweldigend en zo gesloten dat het interieur van de wagon verduistert: een park, donkergroene bladerdekken, een vloedgolf van lover, lange takken slaan kortstondig nijdig tegen de ramen, wat het effect geeft van een doorrijcarwash.

'Je kunt het hem vragen, of er genoeg slagbomen zijn.'

De conducteur komt naderbij, op een ongemakkelijke manier zet hij grote passen vooruit, en hij maakt geen aanstalten om hun vervoersbewijzen te controleren. Als hij zich ter hoogte van hun vierzit bevindt, gaat er daadwerkelijk een linkerhand in de lucht, en zegt een van de jongens: 'Meneer! Meneer!' Bijna gelijktijdig, wanneer de aanspreking wordt herhaald, barst het meisje in lachen uit, zonder dat de omstandigheden daar een aanleiding voor vormen. De conducteur, die ondertussen zijn hoofd en bovenlichaam naar achteren moet draaien om hen nog te zien, kijkt eerst naar haar, met een mengeling van ergernis en ongerustheid, alsof hij vreest dat haar pret op hem betrekking heeft. Dan richten zijn ogen zich op de opgestoken hand, en zegt hij: 'Ik kom eraan.'

Even later horen ze zijn stem opnieuw: 'Dames en heren, wij komen aan in Brugge, station Brugge.' Zijn woorden hebben hoorbaar haast.

14:16–14:19 (Dirk)

Hij stapt in de trein in Brugge, in het station dat op een eilandje ligt, even verwijderd van het grote eiland dat de stad zelf is, en daartussen: niets, of althans: voetpaden, een grasvlakte, invalswegen, verkeerslichten en -borden. Het station heeft niet veel met de stad te maken — het is geen diamantje op de ring van de historische kern, maar een verafgelegen satelliet die nooit zal ontsnappen.

Hij loopt, meteen geërgerd, voorbij een vierzit vol jongeren, die luid en geanimeerd praten, waarschijnlijk over niets in het bijzonder. Als hij in de volgende wagon gaat zitten, valt het lawaai mee, en nog voor de trein vertrekt, haalt hij een stapeltje papieren uit zijn tas, legt het op zijn schoot met een tijdschrift als schrijfplankje, en met een pen in zijn rechterhand is hij klaar om eindelijk te beginnen aan de herwerking van zijn tekst, aan een tweede versie waar een tijdschriftredacteur om heeft gevraagd, en die hij gisterenavond al per mail had moeten doorsturen, om het resultaat morgenochtend tijdens een onderhoud met de editor te bespreken.

De redacteur, die hij in gedachten en in gesprekken met collega's steevast met zijn Engelse familienaam Ball aanduidt, heeft uit ontevredenheid met het 'problematische' stuk een lange lijst opmerkingen aangeleverd, die in rode letters in het bestand tussen de zwarte letters van de originele tekst zijn ingevoegd, zodat op het papier het rood en het zwart elkaar mooi afwisselen en bijna evenredig verdeeld zijn — nog een geluk dat hij een kleurenprinter heeft. Er waren ook algemene punten van kritiek, die deel uitmaakten van de begeleidende mail van Ball — een bericht dat hij niet heeft afgedrukt, maar dat hij ondertussen zo vaak heeft gelezen (of althans zo vaak in gedachten heeft herlezen, overlopen, proberen te begrijpen en meteen ook te weerleggen) dat de inhoud vertrouwd is geworden.

Hij heeft zijn tekst afgedrukt met dubbele interlinie, zodat hij in de ruimte tussen de regels nieuwe zinnen kan schrijven en de tekst kan verbeteren, maar net als op de heenreis, vanochtend, toen hij op weg was naar zijn geboortestad om op het stadhuis documenten op te vragen die hij tot zijn verbazing nodig bleek te hebben voor een sollicitatiedossier — net als toen de trein in de andere richting hetzelfde traject aflegde, slaagt hij er niet in één woord te laten doordringen, laat staan het te veranderen. Het is alsof hij in de woorden wil bijten als in een stuk taart: terwijl hij het naar zijn mond brengt, wordt het bezet door drie, vier vliegen tegelijkertijd, die het onmogelijk maken om toe te happen — op dat moment en voorgoed, want iedereen weet wat voor vieze dingen vliegen op hun pootjes meedragen. Toch zijn het enkel zijn eigen gedachten die de tekst bevuilen en concentratie onmogelijk maken, als hij denkt aan al de dingen die Ball hem (of alleszins zijn tekst) heeft verweten of aangeraden (en in elk advies schuilt een verwijt).

En als hij aan deze ergernis en frustratie of zelfs woede probeert te ontsnappen door even van de lectuur op te kijken, dan wordt hij overspoeld door het binnenklimaat van de trein en door de oneindige hoeveelheid geluiden die er, ondanks het beperkte aantal reizigers, in weerklinken.

Om te beginnen is het onvoorstelbaar wat een massa geluiden een rijdende trein voortbrengt, vooral omdat het ondenkbaar is dat het noodzakelijk is voor de voortbeweging. Soms — kort nadat hij is opgestapt was het weer zover — worden er diepe geluidssignalen uitgezonden, als de tonen die aangeven dat een telefonische lijn bezet is, maar dan log en dof, alsof ze uit een onderzeeër komen: tuut-tuut-tuut-tuut-tuut. Het is niet duidelijk waarom en voor wie en van waar: de blieps lijken uit de wanden te komen, of uit de vloer, eerder dan uit de luidsprekers waardoor de conducteur de reizigers kan toespreken. Het lijkt onvermijdelijk, zonder dat het een functie heeft (want wie wordt er geadresseerd en welk gevolg zou eraan worden gegeven?) — iets dat bij de trein hoort, als het ontsnappen van stoom (destijds), het ratelen van tandwielen, het knarsen van wissels, het wiebelen van wagons iedere keer als er van spoor veranderd moet worden bij het in- of uitrijden van een redelijk groot station (zoals dat van Brugge). Soms stelt hij zich voor dat er onder de vloer tientallen galeiboeven zitten, die de treinstellen op hun handen dragen, en ze vooruit of naar een ander traject tillen, zoals het publiek dat doet met een stagedivende popster.

Als die tuutgeluiden een nut hebben, dan kent hij het niet. In elk geval is er niemand in de buurt die hij om uitleg kan vragen, en wat maakt het uit, het kwaad is alweer geschied, hij is gestoord of liever verstoord, en het valt hem vervolgens op hoe luid en onnozel een jongen en een meisje even verderop spreken zonder dat hij hen kan verstaan — maar ze vinden zichzelf vast grappig en bijdehand en intelligent, want nu en dan schateren ze, zelfs het meisje beschikt over een hoog irritant gegiechel — en zijn concentratie, die al zo licht was, is verbroken, en hij heeft zin om bij voorkeur in het Engels te vloeken, op het raampje te slaan met de zijkant van zijn vuist, of toch van plaats te veranderen — je weet nooit of het elders beter is.

In Nederland lijkt het probleem elegant opgelost, want daar hebben veel treinen zogeheten stiltecoupés: er staat een mooie witte S op het raam gedrukt, met daaronder een dikke lijn en de woorden STILTE en SILENCE — wat komt het goed uit dat deze lettercombinatie zowel voor Engels- als Franstaligen verstaanbaar is! Helaas is het concept niet meer wat het geweest is. Hij meent zich te herinneren dat na de eeuwwisseling dergelijke plekken inderdaad een oase van rust en geluidloosheid waren, maar dat er de afgelopen vijf jaar nauwelijks nog een verschil is met gewone wagons. De werking hangt immers volledig af van de bereidheid van de passagiers om de stilte meer dan anders en elders te respecteren, en het is met stilte als met zure melk, die natuurlijk smerig groen kan worden en kan schiften en beschimmelen, maar die van bij de eerste onzichtbare verontreiniging ondrinkbaar wordt. Als iemand niet weet dat hij in een stiltecoupé zit — of denkt: *fuck that shit*, ik moet maar één halte ver — dan wordt het meteen onmogelijk om de stilte nog na te leven of na te streven. Bovendien heeft een conducteur op dat vlak niet veel recht van spreken: iemand uit de trein zetten die zingt in de stiltecoupé, dat mag waarschijnlijk niet eens. De laatste keer dat hij naar Nederland reisde, was hij er in zo'n wagon getuige van hoe, vlak bij hem, in dezelfde vierzit, een meisje met zwarte krullen beleefd vroeg aan een man die door zijn gsm ruzie zat te maken met een onzichtbare opponent, of hij alstublieft zijn dispuut elders wilde beslechten. De man viel meteen stil. Hij keek haar met open mond aan, en zijn telefoon hing als de valse toorts van het Vrijheidsbeeld in de lucht, een twintigtal centimeter van zijn gezicht vandaan. Het geschreeuw van zijn gespreks-partner schalde uit het luidsprekertje (het ging over iets met 'een ton' en 'gehaaid naar de bliksem' en een partij 'kleren') en dan blafte hij zelf: 'Hou jij nou maar even je bek, of ik zal er 'ns iets in stoppen!' De agressie en de frustratie, en ook de snelheid waarmee die zich aandienden, waren meteen herkenbaar, maar toch was het ondenkbaar dat er iemand op een gelijkaardige manier om stilte zou verzoeken, in plaats van aldus te reageren op alleen maar een *verzoek* om stilte, waarvan de inwilliging natuurlijk verder weg lag dan ooit.

14:19–14:22 (Marc)

Hij had in de achteruitkijkspiegel naar zijn ogen gekeken — die zijn het belangrijkst, de ogen, bijna even gevoelig als alles wat meestal onzichtbaar blijft in het bijzijn van anderen, tenzij het er echt op aankomt en die anderen de diepste indrukken achterlaten. Aan de knop waarmee de stand van de spiegel gewijzigd kan worden, om schuin naar boven of recht vooruit te kijken, hing een dennenboompje dat nauwelijks nog invloed had op de geur in de auto. Een vlieg zoemde luid en was tijdens het rijden, toen de radio speelde, aan de aandacht ontsnapt. Hij overwoog het insect dood te slaan, met zijn vlakke hand, misschien met zijn pet, maar het zou vlekken maken, als hij er al in slaagde, dus draaide hij het portierraampje open — de vlieg ontsnapte vrijwel meteen. Hij draaide het raampje dicht, en zonder erbij stil te staan dat het vorige manoeuvre daardoor met terugwerkende kracht zinloos werd, opende hij het portier en stapte uit. De autoparking van het station van Brugge was bijna vol, wat hem een beetje ergerde: niets kon je nog alleen doen, het leek alsof er te veel mensen waren voor de beschikbare ruimte: overal anderen die je aanstaren, zelfs al zijn het paren of passanten, of in het slechtste geval willen ze net hetzelfde als jij, wat natuurlijk onmogelijk is, en wat er meestal op uitdraait dat niemand zijn zin krijgt.

Hij had de achteringang van de perrontunnel genomen, was op de roltrap gaan staan en had dan tot zijn teleurstelling gezien hoe leeg het perron was. Voor het wachthokje, niet bevolkt, stonden drie, vier volwassenen, en toen hij het spooremplacement twee keer volledig op en af was gelopen, moest hij toegeven dat er heel misschien één meisje was in wier nabijheid hij kon gaan zitten en met wie hij eventueel contact zou willen maken, maar het was niet van harte: ze droeg zo'n bruinleren tas onder haar linkeroksel — een recent gebruik waar hij graag aan zou wennen. Ze was vooral ontstellend spichtig: het leek alsof haar lichaam uit stokjes bestond, die een aanzienlijke lengte hadden, maar de substantie ontbeerden om die lengte te gelde te maken. Bovendien had ze een scherpe en lange neus, die zo smal was dat de totale massa ervan waarschijnlijk kleiner uitviel dan het gemiddelde. Toch was het dunne driehoekige ding op een merkwaardige manier functioneel, want het was ondenkbaar dat een anderszins geschapen orgaan haar zware zwarte bril had kunnen dragen. Zo leek alles aan dit meisje uit zijn voegen, maar dan slechts in vergelijking met de norm en het hem bekende schoonheidsideaal.

Met tegenzin had hij dus onder ogen gezien dat hij het voorlopig met haar zou moeten stellen. Had hij de verkeerde trein uitgekozen? Het was niet te voorspellen wie de reizigers zouden zijn, met hoeveel ze waren, hoezeer ze met elkaar in competitie zouden gaan, en met hun schoonheid en aantrekkelijkheid om zijn aandacht zouden vechten. Met stijgende verwachting had hij naar de binnenrijdende trein uitgekeken, als het ware over haar schouder heen, want hij had zich leunend tegen een pilaar van de perronoverkapping opgesteld, op vijf meter afstand, kijkend vanuit een scherpe hoek.

Veel meer mensen waren er niet, en hij wist het zo te regelen — hij moest enkel een Indiër met een tulband misschien iets te brutaal de pas afsnijden — dat hij vlak achter haar de paar treden kon bestijgen. Zo had hij bevestigd gezien wat hij had gevreesd, en was hij bijna met zijn neus op de feiten gedrukt: zij had geen achterwerk, als zoiets anatomisch gezien mogelijk was — en als ze er wel een had, dan wist ze het verbazingwekkend goed te verbergen in de versmelting van de als steile gordijnen naar beneden hangende broekspijpen. Er was nog iets dat hem overviel tijdens het trapsgewijs en simultaan stijgen van hun lichamen, alsof ze in een skilift hadden plaatsgenomen: ze droeg een loodzwaar parfum, en bovendien had ze zichzelf, waarschijnlijk nog geen halfuur geleden, met te grote hoeveelheden besprenkeld. Toch vond hij dat, als de eerste van haar vele extreme eigenschappen, niet zo erg. Meer nog: er sprak een agressieve behaagzucht uit die hij kon appreciëren, ze probeerde hem in haar richting te lokken met aroma's die niet bij haar leeftijd en haar postuur pasten, en waaruit alle lucht en leven al jaren verdwenen leken. Desondanks — of net daarom — nam hij zich wispelturig voor, nadat ze de afslag naar links had genomen en hij haar in het gangpad was gevolgd: als ze in een tweezit gaat zitten, dan laat ik haar voor wat ze is. Al bij de eerste vierzit draaide ze kordaat om, alsof ze met haar gepunte hakken twee putjes in de vloer wilde boren, en nam ze plaats aan het raam. Hij was wat achterop geraakt en ze hadden voor de eerste keer oogcontact: ze maakte voor een seconde haar ogen zo groot mogelijk, hij sloeg de zijne meteen neer en liet zich voor haar in de stoel vallen, wat hij pas kon doen nadat ze haar lange benen en in zwarte pumps gehulde voeten opzij had geschoven.

De trein vertrok. Hij keek weer naar haar, en opnieuw maakte ze haar ogen groot, niet met spot of ongeloof, maar echt alsof ze maar één ding wilde: haar ogen opensperren, niet om zo veel mogelijk te zien, maar om hem zo veel mogelijk te laten zien: oogwit, iris, pupil, waarvan ze de verwijding niet in de hand had. Dit had hij nog nooit meegemaakt, althans niet in de werkelijkheid. Hij voelde de onweerstaanbare neiging om breed te glimlachen, alsof het plezier uitermate erkend te worden aan zijn mondhoeken trok.

Enkele minuten voorbij Brugge, als de trein op volle snelheid is, slaat ze haar lange wimpers weer op en zegt: 'Jij kunt je ogen niet van mij afhouden, dat heb ik duidelijk gezien.'

14:22–14:25 (Roos)

Wat ze heeft, waar ze aan lijdt, chronisch de afgelopen maanden, nu weer acuut sinds ze vanochtend vroeg wakker werd in het toilet van de hotelkamer en nog anderhalf uur moest wachten tot Frederik ontwaakte, en heviger dan ooit sinds ze in de trein zit — het heet volgens het internet kortweg candida en voluit *candidiasis urogenitalis*, en het is de meest onschuldige maar tegelijkertijd meest voorkomende vaginale infectie — een combinatie van eigenschappen die misschien geruststellend is, maar lang niet vanzelfsprekend. Uren heeft ze op het internet doorgebracht om na te gaan bij welke ziekte de klachten en symptomen kunnen horen. Die klachten zijn goed samen te vatten met het woord jeuk, variërend van licht, speels en niet onaangenaam, tot branderig, pijnlijk en uiteindelijk ondraaglijk, met een daarbij horende roodheid van de vaginale slijmvliezen en soms ook van de omliggende huid, maar daar heeft de irritatie zich maar een paar dagen voorgedaan en is daarna schijnbaar voorgoed verdwenen — in zoverre dat ze zoiets met een spiegel (en zonder alle haargroei te verwijderen) kan observeren. Ondanks haar lange zoektocht op het web heeft ze deze diagnose niet in haar eentje kunnen of durven stellen, en ze heeft niet zelden met een aan paniek grenzende schrik gevreesd voor ernstiger aandoeningen, zoals (het lijstje op het internet is heel overzichtelijk): *trichomonas*: vaginawand rood met rodere stippen, geelgroene en onaangenaam ruikende afscheiding (op een wanhopig moment heeft ze zelfstandig en bijna met zekerheid deze diagnose gesteld, vooral omdat het om een infectie gaat die enkel door geslachtsgemeenschap wordt overgebracht); *gardnerella*: jeuk en branderig gevoel, de afscheiding heeft een nare vislucht (zelfde opmerking als bij trichomonas); *herpes*: pijnlijke blaasjes op de schaamlippen en in de vagina (de vraag is hoe blaasjes er precies uitzien, hoeveel lucht erin moet of mag zitten, en welk soort en welke hoeveelheid pijn ze veroorzaken); *gonorroe*: ontstaat twee tot drie dagen na de besmetting door geslachtsgemeenschap, maar de vrouw hoeft geen klachten te hebben (in dat geval is het niet te begrijpen dat deze ziekte is opgenomen in een lijst van vaginale infecties, tenzij het gaat om een ziekte zonder symptomen of met slechts symptomen op lange termijn); *chlamydia*: lijkt op gonorroe, maar gaat gepaard met aanzienlijk vaker plassen (iets wat ze, vlak na het lezen van deze karakteristieken, inderdaad vrijwel onophoudelijk heeft moeten doen of alleszins heeft geprobeerd — en zoiets kan toch niet alleen maar door een vermoeden of door internetlectuur worden opgewekt); en tot slot: *syfilis*, een beruchte aandoening die ze in alle redelijkheid meende te kunnen uitsluiten, al was het maar omdat er vorig jaar, in Vlaanderen, slechts 380 gevallen zijn gediagnosticeerd; hoewel de initiële symptomen heel licht zijn (syfilis begint met een pijnloos zweertje aan de binnenkant van de schaamlippen dat vanzelf weggaat), en hoewel 380 gevallen niet zo veel is — ondanks de bevolkingsgroei moet je ze toch maar bij elkaar krijgen, en zij heeft evenveel (zo niet meer) redenen om erbij te zijn als anderen.

Ze heeft dus een dokter nodig gehad om wegwijs te worden in het aanbod, en het is pas na een onderzoek en een analyse van enige afscheiding en van urine in het laboratorium, dat ze met zekerheid de ICD-10 kan consulteren, de ondertussen voor de tiende keer herziene *International Statistical Classification of*

Diseases and Related Health Problems, die door de Wereldgezondheidsorganisatie wordt opgesteld en die ze precies naar aanleiding van deze aandoening heeft leren kennen (dankzij een link op Wikipedia, waar ze naar doorverwezen was door Google). Waar zij aan lijdt, heeft nu ook een internationaal erkend nummer: B37.3+, en sindsdien zou het zeer onredelijk zijn om nog rampscenario's te bedenken over haar gezondheid, als apocalyptische verhalen die bedacht zijn omdat er anekdotes over bestaan. Ze moet erop toezien dat deze alledaagse schimmel — de hoofdreden waarom vrouwen een huisdokter raadplegen, en hoewel ze er meestal een hekel aan heeft om tot een meerderheid van vrouwen gerekend te worden, is dat nu niet het geval, en is het groepsgevoel geruststellend — dat deze candida dus, niet evolueert of muteert in een agressieve variant. Ondanks die altijd aanwezige waakzaamheid is ze er gerust op, en af en toe, als de symptomen niet te ernstig zijn en als ze zich opgewekt voelt, is er zelfs een aangename vertrouwdheid met de aandoening, die soms, als ze zichzelf toestaat de jeuk weg te wrijven door haar ondergoed te beroeren, iets teweegbrengt dat opmerkelijk dicht bij genot staat, maar dat makkelijk in pijn kan omslaan.

Het is niet omdat angst en schrik zijn geschrapt als emoties om op een speling van het lichaam te reageren, dat het lijden van haar geslachtsorgaan haar niet met een ander geestelijk onheil kan opzadelen. Nu ze al weer een kwartier in de trein zit, weet ze het zeker: het is niet omdat ze zekerheid over iets heeft dat de vrees ervoor verdwijnt. De hele ochtend heeft ze deze treinrit zien naderen, zowel met groeiende opluchting — ze wilde alleen zijn, ze wilde zonder hem kunnen nadenken, ze wilde naar huis, ze wilde werken, ze had zin om haar studie van het werk van de volgens haar volstrekt onterecht vergeten filosoof Gadamer weer aan te vatten — als met de overtuiging, ingegeven door eerdere ervaringen, dat de jeuk op weg naar Antwerpen alleen maar erger zou worden. Stilzitten is slecht voor de infectie. Waarom weet ze niet: je zou net denken dat beweging wrijving meebrengt en dus meer irritatie, terwijl stilstand de ideale condities schept voor kalmte en genezing. Misschien gaat het enkel om afleiding, en is beweging beter omdat er meestal een activiteit mee gepaard gaat, die de concentratie op een geïrriteerd lichaamsdeel minder onvermijdelijk doet lijken.

Nu ze door de trein wordt verplaatst, en niet meer op de zeedijk wandelt, vreest ze dat de soms belachelijk snelle opeenvolging van uiteenlopende landschappen, gekaderd door het raam, haar niets te bieden heeft, en dat ze, zonder Frederik, evenmin nog in beslag wordt genomen door de directe zorg om zijn nabijheid, en de onophoudelijke, niet eens onaangename stroom van beslissingen die je moet nemen als je in gezelschap bent — en hoe kleiner dat gezelschap, hoe intiemer die overwegingen, en hoe meer je jezelf vergeet. Ze moet zich niet meer afvragen of hij het koud heeft, of hij koffie wil drinken, of ze zijn hand nog eens zal vastnemen of met haar hand door zijn haren zal gaan, of ze een grapje moet maken over de meeuwen, of hij liever op het voetpad wil lopen naast de appartementsgebouwen of eerder in het zand dicht bij het water, of hij gelukkig is of eerder neerslachtig en dus door haar opgevrolijkt moet worden, of ze nog iets ter verduidelijking van haar motieven moet aanbrengen en moet informeren of hij graag zou hebben dat ze dit doet — ze moet, nu, in de trein, alleen nog met zichzelf rekening houden, en hoeveel voordelen dat ook heeft, ze worden overschaduwd door één groot nadeel, en dat is de kracht waarmee een oppervlakkige storing van haar lichaam erin slaagt al haar gedachten op te eisen en meteen te verduisteren, als kaarsvlammen van een veelarmige kandelaar die een voor een tussen duim en wijsvinger worden uitgeknepen.

De schroeiende jeuk in haar onderlichaam, daar waar haar dijen elkaar lijken te willen wissen, als hout dat zacht met schuurpapier wordt bewerkt — dat gevoel maakt haar treurig, niet omdat ze het vol zelfmedelijden onrechtvaardig vindt dat die infectie, na weken afwezigheid, de kop opsteekt, niet omdat ze met tranen of gejammer op de pijn wil reageren in de hoop die zo te verlichten of er misschien zelfs erkenning voor te krijgen, maar precies omdat ze er een rechtvaardigheid in meent te lezen. Als waarzegsters die dode vogels opensneden om de toekomst aan het verleden vast te knopen met een handvol organen als touw, zo ziet ze bewezen dat alles aan haar om isolement smeekt; en als dat isolement wordt doorbroken, als ze haar gedachten en haar geslacht tot gemeenschap verleidt, dan zijn de gevolgen niet te overzien, tot ze slechts door een herstel van de eenzaamheid verdwijnen.

14:25–14:28 (Dirk)

De tekst die hij graag in alle stilte en rust zou herwerken of aanpassen en bijschaven (zoals dat dan heet) gaat over interpretatie — of liever: het is een pleidooi vóór interpretatie, voor het hebben van een mening over de inhoud en de betekenis van een boek of een tekst of een kunstwerk eerder dan over de kwaliteit ervan — meer nog: vóór het opdringen van een boodschap, een levensles of zelfs een praktische wet aan om het even welk cultuurproduct. Hij is van mening, of hij drukt die mening zo goed en zo krachtig mogelijk uit in de tekst, die ook rudimentair is betiteld als 'Voor interpretatie', dat iedere mens afzonderlijk aan de slag moet gaan (zoals dat dan heet) met een roman of een schilderij of een film, en zich keer op keer moet afvragen: welk voordeel heb ik hierbij, waarom lees ik dit, of bekijk ik dit, of beluister ik dit, welke splinter waarheid kan ik hier afbeitelen om mijzelf of de wereld of liefst allebei wat beter te begrijpen? Hij is er namelijk van overtuigd, en daarom heeft hij de tekst geschreven na een voorbereidingsperiode van jaren, dat er niet meer geïnterpreteerd wordt (of in elk geval te weinig), dat mensen niet meer nadenken en nog slechts ontroerd of verrukt of meegesleept worden, en daarom zelden nog iets zinnigs zeggen of schrijven over literatuur en kunst, en zelfs de meest diepgaande, complexe en hoogstaande werken ondergaan of behandelen als een aangename, in het beste geval overrompelende of zelfs (zoals dat dan heet) naar de strot grijpende ervaring. Het enige wat iedereen doet — en met iedereen bedoelt hij ook iedereen, van de tienermeisjes die de bioscoop verlaten met een lege frisdrank- en popcornbeker in de hand tot de literatuurprofessoren die in tijdschriften romans bespreken zonder er iets over te willen zeggen dat om het even welke lectuur van het boek duidelijk zou maken — het enige wat iedereen doet, is getuigenis afleggen van wat hem of haar is overkomen, en van de mate waarin hij of zij dat op prijs heeft weten te stellen. Mensen zetten overal plusjes of minnetjes bij, één of twee of een hele reeks, of een plusje en een minnetje, van elkaar gescheiden door een schuine streep, of géén plusje en ook géén minnetje, maar dan duidelijk het vak leeg latend waarin die plusjes of die minnetjes hadden gestaan als de beleving wat meer naar wens was geweest en als er iets meer was genoten. Als een Romeinse keizer die zijn duim in de lucht steekt, keuren ze iets af of keuren ze iets goed, met des te meer hevigheid wanneer ze weten dat ze bekeken worden. Waarom ze dat doen, en of zij — of anderen — beter worden van al die mening- en stemmingmakerij, dat zouden ze niet kunnen zeggen.

(Hij is zelfs van mening — maar het is een mening die hij heeft proberen te onderdrukken tijdens het schrijven van deze tekst, voornamelijk omdat hij weet dat Ball van *De Evergreen*, het tijdschrift waarin hij de tekst hoopt te plaatsen, het niet op prijs stelt als er uiteenlopende onderwerpen in één tekst aan bod komen – dat zo snel en zo hard mogelijk appreciëren eerder dan interpreteren een reflex of een gewoonte is geworden die de grenzen van de kunst of de cultuur overschrijdt. Op elk moment van de dag en op elk moment van de nacht gaan mensen bij zichzelf na hoeveel plusjes en minnetjes ze toekennen aan wat hun is overkomen, aan wat ze hebben gezien, gehoord, geproefd, gevoeld of geroken, zelfs zonder dat ze daarom gevraagd worden, zonder dat ze daarvoor geld krijgen (wat voorkomt), of zonder dat ze op een podium worden gezet of op een podium gaan staan. Luidop of in gedachten en meestal zonder dat er nog een onderscheid tussen beide bestaat, wordt het ik-voornaamwoord gebruikt om iets of iemand te evalueren, zodat je uiteindelijk, overal ter wereld, op de meest uiteenlopende plekken, door de meest verschillende mensen, bij de meest disparate gelegenheden, een beperkt arsenaal aan verwante of inwisselbare woorden of uitdrukkingen te horen of te lezen krijgt, zoals ze dan heten: 'ik vind het wel iets hebben', 'ik haal er geen voldoening uit', 'ik vind het lekker, ja, ja, ja, inderdaad, lekker, nog ietsje meer graag', 'het mocht voor mij — maar wie ben ik — ook wel ietsje meer zijn', 'ik blijf op mijn honger zitten', 'dit heb ik nog nooit meegemaakt: er trekt een siddering door mijn onderbuik', 'ik geef je mijn stem', 'ik ben mijn vertrouwen helemaal kwijt', 'ik vind het jammer, maar voor mij hoeft het niet meer', 'ik zeg maar één ding: redde wie zich redden kan', 'mijn conclusie is dat het zinloos is geworden dat ik hier nog geld aan besteed', 'ik persoonlijk ben niet zo enthousiast', 'o, ja, ik — su-per-zalig!', 'ik vraag me af waarom ik hier nog ben', 'ik kan dit persoonlijk aan iedereen van harte aanraden', 'ik vind dit HEEL leuk', '*yes, yes, yes, I'm hooked, I want more*', 'dit is iets waar wij — en ik in het bijzonder — allemaal op hebben zitten wachten', 'om eerlijk te zijn had ik toch iets anders verwacht', 'wat een schitterende foto: ik vind echt dat je er stralend uitziet, proficiat!', 'knap gedaan zeg, ik zou het niet beter hebben gekund', 'ik zou graag benadrukken dat dit voor mij op zich niet voor herhaling vatbaar is', 'ik heb zoiets van: ik weet niet wat mij overkomen is, maar het was fantastisch', 'dat vind ik niet fijn', 'en toen kreeg ik een shot in mijn ballen, een klop op mijn kop, een stomp in mijn maag', 'hier wordt volgens mij snoeihard uitgehaald, op een manier die ik echt *du jamais vu* vind', 'ik heb hier maar één woord voor: meesterlijk', 'ik heb hier maar één woord voor: hartbrekend', 'ik zeg het nog eens: de crème de la crème', 'ik vind dit ons allergrootste talent', 'ik vond het vroeger beter', 'ik heb er genoeg van, dit is werkelijk niet aan mij besteed', 'het spijt me, maar ik kan niet anders dan dit zeer persoonlijk nemen', 'ik ben unaniem van mening dat dit het beste is wat ons had kunnen overkomen', 'ik voel niets', 'ik voel dat ik leef', 'ik voel me een vrouw', 'ik voel me een hoer', 'ik voel geen respect als ik naar jou kijk', 'ik voel me de god van de schepping' — en dat komt allemaal voort uit het feit dat mensen niet kunnen, durven, willen of mogen interpreteren, en in de plaats daarvan een van bovenstaande uitspraken gebruiken om hun daden op een nietszeggende manier richting te geven of eerder halfslachtig en nauwelijks ingrijpend bij te sturen, bijvoorbeeld door op een andere partij te stemmen, een boek te kopen of verkopen, een restaurant wel of niet te frequenteren, een persoon te *liken* of te *unliken*, een popconcert af of aan te raden, een relatie te verbreken of voort te zetten, een leven te beëindigen of te beginnen.)

Ter gelegenheid van deze tekst heeft Dirk deze problematiek toegespitst op de ontvangst van kunstwerken, omdat die toont hoe mensen zich gedragen als ze om het even wie of wat verwelkomen. Hij is op zoek naar concentratie in de trein tussen Brugge en Antwerpen, maar hij struikelt steeds over hetzelfde probleem. Redacteur Ball van het tijdschrift *De Evergreen* heeft namelijk precies dat gedaan: hij heeft de tekst als bijlage gedownload en is, zoals hij dat blijkbaar gewoon is, op zoek gegaan naar zwakke plekken, interne contradicties, denkfouten, onopgeloste kwesties, door hem als onbewust veronderstelde veronderstellingen, schatplichtigheden, onuitgedrukte consequenties, ideologische reflexen, behaagzieke citaten en stijlbloempjes — om kort te gaan: Ball heeft de tekst in ontvangst genomen door alvast vooruit te lopen op de ontvangst door de toekomstige lezer, en inderdaad beginnen veel van zijn opmerkingen met de frase 'als lezer stel ik mij daar vragen bij'. Een tekst is in de ogen van Ball blijkbaar goed naarmate de lezer minder munitie in handen krijgt om de tekst te beschieten; hij beschouwt het als zijn taak om de auteur van een tekst in bescherming te nemen — in de eerste plaats tegen zichzelf, want als iemand iets schrijft, dan is hij zelf verantwoordelijk voor de verwijten die naar het hoofd van zijn tekst geslingerd kunnen worden. Iedere lezer beschikt met andere woorden over een pistool dat alleen maar geladen kan worden met kogels die door de tekst worden aangereikt. Het is de taak van elke schrijver om de zoektocht naar kogels door de lezer zo moeilijk mogelijk te maken, want dat is iets waar alles en iedereen baat bij heeft.

Tot zover de mening van Ball, redacteur van *De Evergreen*, en tot zover de problemen die hij met het artikel heeft. Zolang het drukken niet is begonnen kan de tekst altijd beter worden, als de auteur bereid is om eraan te werken, bijvoorbeeld op een woensdagmiddag in september in de trein tussen Brugge en Antwerpen.

14:28—14:33 (Marc)

Hij weet niet wat hij moet zeggen. Misschien mag hij zwijgen, misschien moet hij niet spreken, misschien zal zij nog een tijdje doorgaan, tot lang nadat ze samen de trein hebben verlaten. In elk geval slaat hij zijn ogen weer neer: het is onmogelijk om haar blik langer te verdragen, en dat komt niet door haar ogen, de lange, geschilderde wimpers en de oogschaduw. Hij wil naar vrouwen kijken, maar dat zij in zijn ogen kijken, dat kan hij niet verdragen. Als een bliksemafleider vangt hij de elektriciteit van hun blik op, en na die flits stopt alles: het rommelt een tijdje, de donder knettert zacht, wolken schuiven voorbij, er valt wat regen — en dan weer, als een gloeilamp die springt, twee keer twee ogen die botsen.

Ze zwijgt, maar ze blijft zijn blik zoeken, glimlachend. Hij kijkt naar buiten. Zoals meestal is er weinig te zien: gras, bomen, akkers, een paar huizen die verdwaald lijken, maar toch niet bij elkaar te rade gaan. Als de zon kort door het wolkendek breekt, licht de sluier van gedroogd zand op die over de ramen van de trein ligt: slijmsporen van zakkende regendruppels, verdwenen terwijl ze op weg waren naar niets in het bijzonder. Op dat vuile scherm worden plots twee ogen geprojecteerd: ze wil haar blik zo graag met de zijne laten spelen dat ze genoegen neemt met de weerspiegeling ervan, zelfs al is die vertroebeld. Hij heeft zich vaker afgevraagd hoe dat werkt, of het mogelijk is via de reflectie in een raam in iemands ogen te kijken, en of die ander op dat moment ook in jouw ogen kijkt. Bijvoorbeeld: jij zit in een tweezit, en in de vierzit voor je zit een meisje, en ze kijkt in jouw richting, maar je ziet enkel de bovenste haren vlak voor je, haar kruin komt boven de hoofdsteun tevoorschijn, en op deze hoofdsteun lopen jullie zichtassen dood. Als jij dan naar rechts kijkt, en zij naar links, naar de glasplaat die rechts naast jou begint en tot ver voorbij haar schouder doorloopt, kunnen jullie dan oogcontact hebben in het halfslachtig spiegelende oppervlak? Het is niet zeker, zo is daarnet gebleken: waarschijnlijk zat zij al een tijdje in zijn ogen te kijken, terwijl zijn blik nog gericht was op de wereld achter het glas.

Hij stoort zich aan haar, maar ook aan zichzelf. Waarom doet ze dit? Doet ze het met alle mannen? Of alleen met hem, omdat ze begrepen heeft waar hij op uit is, en besloten heeft om het hem zonder terughoudendheid te schenken? En waarom staat het hem tegen? Omdat hij de controle wil houden? Of omdat hij vermoedt dat haar gretigheid geveinsd is en overidentificatie verraadt, als een agressieve vorm van spot, en dus niet zozeer uit interesse of aantrekking voortkomt, als wel uit afkeer en minachting? Misschien houdt hij niet van de onzekerheid die hem overvalt: als vrouwen wegkijken, of als ze hun blikken tot een beleefd minimum beperken als de conversatie eenmaal is gestart — ook dan heerst er twijfel, maar met één voordeel: hij heeft nog iets te winnen, het spel moet nog gespeeld worden, hij moet zich nog bewijzen en als het niet lukt, kan hij rustig alleen naar huis. Bij deze vrouw voelt hij zich uitgelachen of overweldigd, en geen van beide opties wil hij uitdiepen.

Ze rijden onder een viaduct door, en zo valt de schemering: mooie, witte, ronde zuilen ondersteunen de autosnelweg, en ritmeren als tralies kortstondig het uitzicht op de paarse, manshoge graffitischildering die op de overdekte berm is aangebracht. Meteen daarna barst het panorama met behulp van de blauwe hemel weer in alle hevigheid open.

De stem van de conducteur zegt: 'Dames en heren, wij komen aan in Aalter. Station Aalter.'

Dit gaat nergens heen. Hij voelt lichte kwaadheid opkomen tegenover dit graatmagere, lelijke, ja zelfs misvormde vrouwmens, dat hem blijft aanstaren, en dat ondertussen geen woord meer heeft gezegd. Als haar gedrag een afweermechanisme of een verdedigingsstrategie is tegen opdringerige mannen, dan bestaat de noodzaak van die tactiek alleen in haar hoofd. Hoe vaak zal zij al benaderd zijn? En door wat voor wanhopige mannen? Als ze echt op verleiding uit is, zou ze toch mogen weten dat brutaliteit niet loont, dat ook inbreng en initiatief van de man wenselijk zijn, en dat ze niet te veel aannames over aandacht voor haar persoon mag maken. Hij doet er beter aan zijn plaats te verlaten: er zijn nog meer wagons en nog meer haltes waarop de toekomst in de vormen van een vrouw kan instappen.

Het probleem is dat hij zich gevangen weet door haar blik. Met één beweging, die meteen weer ongedaan wordt gemaakt, draait hij zijn oogbollen nog eens naar de hare — en ja hoor: ze kijkt nog steeds mysterieus en schaapachtig smachtend in zijn richting. Hoe is het mogelijk! Hoe weinig hij zich ook aan deze vrouw gelegen laat liggen, hij heeft niet het gevoel dat hij zonder een woord kan vertrekken. Het lijkt alsof hij haar iets verschuldigd is, alsof er tussen hen een band is ontstaan. Het is onmogelijk om haar in de waan te laten: als hij haar verlaat, dan zal ze dat merken, en het terecht als een afwijzing opvatten, tenzij ze het (ze is er krankzinnig genoeg voor) als een aansporing ziet om hem te volgen naar een kleinere, makkelijker te privatiseren ruimte.

Als ze langs de schrale perrons van Aalter rijden, bebouwd met vuilgele, metalen wachthokjes, beseft hij dat haar gedrag niet zo vreemd is, en dat hij het eerder heeft meegemaakt. Op internet is het altijd mogelijk om je door dergelijke vrouwen te laten bekijken, en het gaat bovendien om vrouwen die veel mooier zijn dan de vrouw die hij met al zijn pech getroffen heeft, en die zich in omstandigheden bevinden waarin ze zichzelf uitgebreid kunnen presenteren en van zichzelf kunnen genieten. Het is merkwaardig: zelfs als het om een live-uitzending gaat, zelfs als hij weet dat zo'n vrouw — weliswaar ergens anders maar toch op hetzelfde moment — bestaat en naar hem kijkt, zelfs dan kan hij terugkijken. Het is niet hetzelfde, maar toch: ogen zijn ogen. Of kunnen ze, zoals de zon, slechts warmte en straling uitzenden als ze zelf aanwezig zijn, en niet in de vorm van een foto, een film of een straalverbinding? Er moet iets van aan zijn, anders had hij achter zijn computer kunnen blijven zitten. Duizenden vrouwen heeft hij ondertussen gezien, in alle mogelijke houdingen, in verschillende gradaties van naaktheid, met alle mogelijke haarkleuren en haargroei, vaak ook vergezeld van een man of van een andere vrouw of andere vrouwen, meer wel dan niet in bepaalde handelingen en transacties met elkaar betrokken, met uitgesproken of gefluisterde secundaire geslachtskenmerken, zichzelf betekenisvol begeleidend met stilte, woorden, zuchten of kreten — en met het geruis van het wereldwijde web. Zonder schroom heeft hij deze vrouwen bekeken, terwijl zij vaak ook naar hem of alleszins in zijn richting keken, en hoe meer hij hen zag kijken, hoe meer ook hij bleef kijken, totdat zij hun ogen wegdraaiden, voor een aantal seconden, als hun genot, al dan niet geveinsd, omsloeg in totale vergetelheid, die hij dankbaar ook tot de zijne maakte, alsof het — een wonder als een nog niet ontdekte bijwerking van het internet — de camera en het computerscherm gegund was om naast informatie nog een fenomeen door te geven van mens tot mens. Hij begrijpt niet helemaal waarom, maar van dat contact heeft hij genoeg gekregen, en daarom zit hij in de trein naar Antwerpen, en omdat de vrouw voor hem zich gedraagt alsof ze op een computerscherm leeft — ze is er plat genoeg voor — komt hij overeind, en wijst de begeleider van een troep kinderen die in Aalter de trein heeft betreden, hoffelijk zijn plaats aan, en terwijl de vierzit volstroomt, loopt hij de wagon uit, zonder dat hij de vrouw een blik waardig acht.

14:33–14:36 (Dirk)

In Aalter is zijn wagon overspoeld door kinderen. Hij kon hun gejoel horen zodra de deuren opengingen, en toen de trein het station binnenreed, had hij hen al zien staan op het perron, in hun belachelijke gele hesjes, op dat moment nauwelijks hoorbaar maar al schreeuwerig zichtbaar, en niet in rijen geschikt maar zonder duidelijke vorm. Met een vrij snel als naïef ontmaskerd vertrouwen had hij zich geen zorgen gemaakt over die mommelende massa: als deze groep, vermoedelijk op weg naar de Antwerpse dierentuin of naar een gelijkaardige attractie, met een dergelijk aantal — ze zijn al snel met zestig kinderen (en een vijftal begeleiders) — als deze meute een reisje maakt met de trein, is daarover lang van tevoren overleg gepleegd, en zijn er plaatsen gereserveerd. Het tegendeel is nauwelijks denkbaar. Wat er ook is in te brengen tegen de wagon die hij heeft uitgekozen (of althans tegen de reizigers) — op de ramen kleven geen reservatiebiljetten, geen rode stickers die zitplaatsen voorbehouden voor een school, een jeugdbeweging of een sportclub. Het weinige krediet dat de groep in zijn ogen had, verdween toen hij de kinderen naar binnen zag komen, voorafgegaan door een keurig bebaarde man, met een bril en een wollen trui met gebreide slakvormige figuren. Nauwgezet wees hij hun plaatsen aan tussen of rondom de reizigers. 'Liza, Lana en Caro, jullie mogen hier zitten', zei de man die zich als een klasleraar gedroeg. Alsof daarop was gewacht, vertrok op dat moment de trein.

Zo kijken nu de zes ogen van Liza, Lana en Caro hem aan, en hij probeert te glimlachen. De kinderen zijn zeven of acht jaar oud, hoewel hij daar niet zeker van is. Voorlopig zwijgen ze, net als de meesten van hun leeftijdsgenoten die elders over de zitjes zijn uitgestrooid, en even lijkt dat zo te blijven — met ongeloof stelt hij zich voor hoe het in de trein stiller zou worden dan toen er minder mensen zaten. Toch is het ook met opluchting dat hij ziet en hoort hoe het meisje tegenover hem aan het meisje naast haar vraagt welke koek zij heeft meegebracht, en of er chocolade op zit; ook de anderen hebben zich snel aangepast aan hun nieuwe omgeving en zijn al weer vergeten dat ze in de trein zitten, tussen vreemde mensen. Van werken aan zijn tekst kan geen sprake meer zijn, en hij is blij dat de omstandigheden hem werkloos hebben gemaakt — hij heeft zichzelf niets te verwijten, en het is niet zijn schuld dat hij bevrijd wordt van de zoektocht naar een rechtvaardig evenwicht tussen interpretatie en redactie. Toch blijft er een rest opstandigheid achter, deels principieel, maar ook praktisch: de tekst moet af, hij heeft geen keuze, zijn tijd raakt op, of tikt zelfs al bijna een halve dag in het rood.

Plots geeft het meisje voor hem haar buurmeisje een klap in het gezicht, met de vlakke hand — een klets, echoënd, als een dikke druppel kleurig geluid die verdwijnt in de witte geluidskolk van de trein. Dat heeft hij niet zien aankomen, omdat hij nadacht over wat hem te doen stond, en ook omdat zijn oog was gevallen op een bejaard koppel, man en vrouw, dat eveneens in Aalter is opgestapt: ze zitten verderop in het midden van de wagon en zetten hun schoot in als zitplaats voor kinderen — kleinkinderen waarschijnlijk.

Het geslagen meisje begint te krijsen, hoewel niet meteen: ze had de aanval vermoedelijk evenmin verwacht en knippert met haar ogen, met half geopende mond, waarna haar gelaatsuitdrukking verfrommelt — binnen een paar seconden is ze volop aan het huilen en lopen de tranen over haar wangen. Ze kijkt voor zich uit, naar niets in het bijzonder, en — zo hoopt hij althans — ook niet naar hem. Is ze daar niet te oud voor, vraagt hij zich af. Kan ze niet voor zichzelf opkomen, en zal ze altijd, hoe oud ze ook wordt, slechts met heel veel moeite zichzelf kunnen verdedigen, en in het geval van gevaar, dreigement of onrecht, zo veel mogelijk signalen uitzenden waarmee ze om de hulp van anderen verzoekt? Zoals die van hem? Ze kijkt hem niet aan: met een holle blik etaleert ze alleen haar nood. En wat zou hij moeten doen? Wat is het dringendst? Uiteraard moeten nieuwe handtastelijkheden vermeden worden, maar voor daadkrachtige revanche lijkt er geen gevaar, en voor een tweede aanval evenmin, want de agressor houdt de armen gekruist, met opgeheven hoofd en met een vastberaden blik, die zich, iedere keer als hij daartoe aanleiding geeft, in de zijne boort. Troost bieden? Zorgen dat het huilen stopt, dat het verlangen naar aandacht en de wens om doorstaan leed erkend te zien worden ingevuld, zodat ook de schrik of de onvertrouwdheid van de gebeurtenissen door een vriendelijk woord mildert? Hij is een vreemde die graag aan een tekst zou werken, maar zich er even graag bij neerlegt dat dit niet mogelijk is omdat de plannen van medereizigers de zijne in de weg staan. Hij denkt dat de uitvoering van zijn plannen niemand iets in de weg zou leggen, en dat zijn plannen precies zo gedefinieerd kunnen worden: ze staan andermans plannen zo weinig mogelijk in de weg. Als dat wel het geval zou zijn, dan waren het geen plannen meer, maar onnozele wensdromen. Hij zou natuurlijk het meisje met de losse handjes tot de orde kunnen roepen door erop te wijzen dat er geen reden is om trots en tevreden terug te blikken op die tik. Zo zou hij ook het geslagen meisje steunen en troosten op de enige manier waartoe hij in staat is. In het publieke domein is elk kind de verantwoordelijkheid van elke volwassene! Moet hij geen voorbeeld zijn voor het derde meisje, dat naast hem zit? Vanuit zijn ooghoeken ziet hij hoe dit kind braaf, nogal voorlijk, met grote ogen om zich heen kijkt, alsof ze alles begrijpt maar helemaal geen rol wil spelen. Moet hij haar niet tonen dat een buitenstaander niet bestaat, en dat het onze plicht is om het goede na te streven? Daar raakt hij toch een beetje van overtuigd, en ook omdat het huilen van het ene meisje niet afneemt en het zelfgenoegzaam mokken van het andere meisje toeneemt, maakt hij zich op om iets in die richting te ondernemen, door eerst de bladzijden op zijn schoot bij elkaar te schuiven en door de balpunt uit het gaatje van zijn pen weg te klikken.

Nu blijkt de leerkracht naast hem te staan, zonder dat hij de man heeft zien naderen van verder in de wagon of door de deur vlak achter zijn rug, en meteen daarna staat er nog een jongeman aan de vierzit, bezwaarlijk een onderwijzer te noemen, maar zeker is dat niet: met de zijkanten van de schedel kaalgeschoren, en aan de bovenzijde een braaf scholierenkapsel, heeft de begroeiing op zijn hoofd iets van een keurig bijgeknipte plant, eerder dan van een relatief ongecontroleerde vegetatie op een bolle heuvelrug, zoals bij de meeste mensen. De leerkracht heeft een hand op de hoofdsteun van een stoel gelegd, de jongeman draait zijn oogballen rond in de kassen, en kijkt dramatisch.

Misschien is het een complot: zo dadelijk zullen zowel het slachtoffer als de dader hem van al het onheil beschuldigen!

14:36–14:41 (Zij)

Er vallen steeds meer stiltes in hun conversatie — ze zijn moe na de korte vakantie, die lang genoeg heeft geduurd om alle onderwerpen uit te putten, zodat ze moeten praten over wat ze op dit moment gemeenschappelijk hebben: de treinrit. Zelfs over wat hen, elk afzonderlijk, de komende weken te wachten staat, is het belangrijkste gezegd, of wat besproken kan en mag worden is aan bod gekomen. Ze geven zich over aan een voorschot op de eenzaamheid die hen te wachten staat, en die ze, voor korte tijd, niet onaangenaam vinden. Ze luisteren naar het gebabbel en het gebrabbel van de kinderen rondom hen, horen in de verte een gsm rinkelen — het gesprek dat losbarst is voor de helft onhoorbaar, en voor de andere helft bestaat het uit Engelse krachttermen, uitgesproken met luider volume dan het belsignaal, en zangerig uitgerekt, als samples van een niet te achterhalen opera.

Als de stilte tussen hen doorbroken wordt, en als de brij van omgevingsgeluiden naar de achtergrond verdwijnt, is het met enige scepsis dat de spreker door de drie anderen wordt aangekeken — hij zal bij een vorig onderwerp zijn blijven hangen en zal, traag als hij is, nog een onduidelijkheid ter sprake willen brengen. Ingegeven door jarenlange vriendschap en vertrouwelijkheid, blijken hun vermoedens te kloppen:

'Toch zal een trein nooit voor een auto stoppen — dat was ook een oplossing geweest. Een trein heeft altijd voorrang!'

'Denk toch eens na voor je iets zegt: een trein kan geen voorrang geven — zo'n gevaarte!'

'Kijk uit je doppen, de trein kan niet zomaar stoppen!'

'Het zou veel mensen hinderen, een trein heeft meer passagiers dan een auto.'

'Niet altijd. Wist je dat negentig procent van de bevolking zelden de trein gebruikt? Het is oneerlijk om de trein voorrang te geven.'

'Het kan toch niet anders? Je hebt gehoord wat de conducteur zei: honderd jaar lang zijn de treintrajecten en de autowegen onafhankelijk van elkaar uitgebouwd — het is pas recent dat de beide diensten overleggen, en het zal nog honderd jaar duren om alle problemen, alle vervelende kruisingen en onbewaakte overwegen weg te werken.'

'Volgens mij had die conducteur daar nog nooit over nagedacht en fantaseerde hij maar wat om de indruk te wekken dat hij op de hoogte is.'

'De geschiedenis van de NMBS, dat is een belangrijk deel van hun opleiding.'

'Ik weet niet of dat een voordeel is. Al die chaos van de NMBS en van de infrastructuur in België — om dan nog te denken dat je het treinverkeer in goede banen kunt leiden. Hoe ontmoedigend! Dan zeg je toch gewoon: kus mijn kloten met uw onbewaakte overwegen! Het is nooit goed!'

Ze naderen Gent; dat is te merken niet omdat de snelheid afneemt, maar omdat het station van Drongen wordt doorkruist. Het wordt vernieuwd: er staat een naamplaatje in een lettertype dat afwijkt van het oude vertrouwde (het heeft dezelfde kleuren, maar alleen de D is een hoofdletter, het ziet er ronder uit, Nederlandser); de rand van het perron wordt gemarkeerd door tijdelijk hekwerk, een oranje gerafeld plastic scherm, een werfkeet, een paar graden scheefgezakt. De verbouwingen houden niet op: de kleurige, doorzichtig geweven afrastering zet zich voort na Drongen, en wordt vergezeld van rijen betonnen rioleringsbuizen, netjes maar niet perfect achter elkaar, als wervels van een versleten ruggengraat. Het lijkt alsof de strook naast het spoor permanent tot werf is verklaard, voor de meest uiteenlopende doeleinden: riolering, groenaanleg, elektriciteit, autoweg, soms zelfs een volledig nieuw spoor.

'Klopt dat trouwens, dat van die negentig procent?'

'Ik kon het ook moeilijk geloven, maar het is waar. Als je ziet hoe ongelooflijk vol sommige treinen zitten, dan is het maar beter zo. Een spoorwegmaatschappij die de helft van de bevolking zou vervoeren... dat is ondenkbaar! Wat zou er niet allemaal moeten veranderen?'

'Autowegen zouden overbodig worden... de ring rond Antwerpen zou geen zeven vakken meer nodig hebben. En er zouden geen files meer zijn, of toch veel minder, en geen luchtvervuiling, en veel minder auto's.'

'Geen zure regen — weet je nog: zure regen? Daar hoor je niets meer van.'

'Zure regen, zure regen, ik kan er niet meer tegen.'

'Waarom gebeurt het dan niet?'

'En de stations, die zouden te klein zijn voor vijf keer meer reizigers. Het wordt één groot gedoe... Dat ze het eerst nu maar 'ns op orde proberen te krijgen.'

'Ik heb geen klachten. We rijden al meer dan een half uur, en er is nog niets gebeurd. Al die problemen: zwaar overdreven — er wordt meer aandacht aan besteed, en daarom lijkt het erger dan tien jaar geleden. Dat is met veel dingen zo.'

'Jij had communicatiewetenschappen moeten studeren.'

'Wij kunnen ons dat niet voorstellen, maar voor veel mensen is een treinrit ondenkbaar. Neem nu mijn moeder: ze zou vergaan van de schrik omdat ze het nog nooit gedaan heeft. Sommige bestemmingen zijn niet met de trein te bereiken: je moet daarna de tram nemen, of een bus, of een taxi, of vaak kun je niet anders dan te voet gaan. Je kunt niks meenemen: het is onnozel om inkopen te doen met de trein, of om naar IKEA te gaan. En wat voor mensen zitten er niet op! Tot wat voor contacten word je verplicht, vaak al doordat mensen tegenwoordig zo luidruchtig zijn, en een treinrit gebruiken om muziek te beluisteren, een relatie te beëindigen, een film te bekijken, hamburgers te eten, nagels te knippen, kinderen op te voeden, of gewoon te telefoneren. Ik heb een keer in een wagon gezeten samen met acht mensen (mijzelf niet inbegrepen) en die zaten allemaal met een telefoon in de hand. Echt waar! Het leek zo'n callcenter uit een benefietshow, waarnaar je kon bellen om geld te storten voor een goed doel, voor het wetenschappelijk onderzoek naar kanker.'

'Ja! En aan het hoofd van elk callcenter stond een bekende Vlaming, zoals Will Tura, die mee de telefoon opnam, en je belde in de hoop dat je hem aan de lijn zou krijgen.'

‘*Draai dan zeven negen zeven twee nul vier…*’

‘Die dingen hebben ze afgeschaft, of ze komen niet meer in beeld, misschien omdat ze dagelijks georganiseerd worden in een doodnormale trein, zonder dat er een goed doel aan verbonden is. Mensen doen niet zoals thuis in de trein, zoals je weleens hoort — ze doen onderweg al het onbeschofte dat ze thuis niet zouden durven. Vorige week zag ik twee West-Vlamingen, de een leek een beetje op een aap, niet op een echte aap maar op zo’n namaakaap zoals in mislukte films als *The Planet of the Apes*. Hij kreeg telefoon net op het moment waarop zijn kameraad naar het toilet was vertrokken, en omdat hij niet wist wanneer ze op hun West-Vlaamse bestemming zouden aankomen, riep hij door de hele wagon, zonder zijn plaats te verlaten, in een taal die door niemand anders begrepen werd, naar zijn vriend, die bij wijze van spreken zijn gulp al had opengeritst: “Ho! Wanneer komen we aan in Kortrijk?” Daarna hebben ze elkaar vijf, zes keer afgewisseld in het toilet, alsof daar iets aan de gang moest worden gehouden, of alsof er iets te zien was. En op het eind, toen ik bijna mocht afstappen, komt die valse aap terug en zegt hij — of *roept* hij, met zijn kameraad op tien meter afstand, en met een roodgekleurde prop wc-papier tegen zijn wang aangedrukt: “Ho! Ik heb de spiegel vol puistencrème gespoten.”’

‘Bah! Hou toch op!’

‘Wat ben jij weer vrolijk. We hebben net vakantie gehad.’

‘Er zijn honderden redenen om niet met de trein te reizen. Het heeft geen enkel voordeel. Wat zitten wij hier te doen? Het kost handenvol geld dat je niet in een auto kunt investeren, het is een wonder als het vlot verloopt, je mag in je handjes knijpen als je niet wordt aangevallen of afgeblaft, er is geen medereiziger die zich niet aan je opdringt, het gaat meestal trager dan met de auto, en in België is het uitzicht altijd lelijk en saai.'

'Blijf toch kalm.'

'Je klinkt als een oude zeur.'

'Misschien ben ik een oude zeur. Vroeger was er een leeftijdsverschil van dertig jaar nodig voor een generatieconflict — nu begrijpen jonge mensen elkaar al niet meer als ze maar drie jaar jonger of ouder zijn.'

'We zijn er bijna.'

14:41–14:46 (Kris)

Zodra het elektronisch oog hem niet meer opmerkt en de deuren sluiten, versnelt hij, armen gestrekt naast het bovenlichaam, in beide handen een plastic zak (volledig gevuld, zodat de handvaten, hoewel uitgevoerd in breed, zacht geweven textiel, toch in zijn palmen snijden), en op zijn rug nog een volle draagtas. Al die zware bagage is de enige reden of in elk geval de aanleiding voor zijn reis en voor de licht benepen maar toch krachtige manier waarop hij nu het Maria-Hendrikaplein oversteekt in de richting van het Sint-Pietersstation. Zoals de buienradar het een uur geleden voorspelde, regent het niet, hoewel niemand de zon kan zien, vanaf dit kleine, verwaarloosbare gedeelte van de aarde. Hij beweegt zich tussen de in concentrische cirkels geordende banken, hagen en vuilnisbakken, en bereikt het middelpunt, waar een fontein van betonnen brokstukken bekroond wordt met één standbeeld (waarin nauwelijks iets of iemand te herkennen valt) — slechts in het geval van hevige rukwinden waait het water in de richting van passanten of omstanders, enkel aanwezig bij toeristische evenementen, grote drukte of tropische warmte. Omdat de noordzijde van de cirkels ongemoeid is gelaten, en als een oprijlaan naar de ingang van het station leidt, werkt hij zich makkelijker weg uit het lager gelegen centrum van het plein, en wordt hij al snel opgemerkt door een ander oog, dat meteen reageert door deuren open te schuiven — als het, zeker op dit moment van de dag, niet voortdurend gebeurde, zou het een verwelkoming zijn. Binnen richten zijn ogen zich op het boven de ingang van de dubbele perrontunnel opgehangen uurrooster — een oud apparaat, niet digitaal, maar met twee kolommen en een tiental rijen treinen, met letter- en cijfertekens als boven elkaar liggende plaatjes die als de blaadjes van een scheurkalender verdwijnen — en ook, en dat kunnen de dunne datumvelletjes niet, weer terugkeren.

Pas nu realiseert hij zich wat een paar ogenblikken voordien is gebeurd, maar het is te laat om er nog op te reageren: een meisje met een T-shirt van Greenpeace en een klembord in haar handen heeft hem aangesproken. Omdat haar aanwezigheid en haar woorden pas daarna tot hem doordrongen, heeft hij niets teruggezegd — een nalatigheid die als intentioneel zal worden beschouwd en waarvoor hij zich schaamt, hoewel hij haar niet expres heeft genegeerd. Het is te laat. Voor het eerst kalft zijn geluksgevoel af, zo snel en onomkeerbaar dat hij een beetje gaat walgen van zichzelf en van de dingen die hij zopas, efficiënt en zonder aarzeling, heeft uitgevoerd. In tegenstelling tot hun bedenker blijft de werkelijkheid nog een tijdje trouw aan zijn plannetjes: er wordt geen vertraging aangekondigd, en de trein met bestemming Antwerpen-Centraal zal nog steeds om 14:47 vertrekken op spoor 2. Hij kan rustiger ademhalen, niet meer gedreven door het verlangen om te slagen of de angst te mislukken, en tegelijkertijd zet hij de twee plastic zakken, links en rechts, op de vloer van de stationshal — de pijn trekt weg uit zijn handen en zijn armen en lijkt opnieuw plaats te maken voor kalmte en welbehagen. Nog zes minuten — vier of drie minuten wachttijd was beter geweest.

Het belangrijkste is dat de diepvriesproducten in de tassen niet zullen ontdooien, hoewel ze door het tijdsoverschot nog langer in de diepvrieskast van het warenhuis hadden kunnen blijven — je kunt niet alles voorspellen en sommige risico's zijn nergens voor nodig; het is belangrijk, zo spreekt hij zichzelf vermanend toe, er niet van overtuigd te zijn dat alles altijd beter kan, dat is de bron van bijna al het ongeluk dat mensen over zichzelf afroepen, en dat soort ongeluk is steeds vaker in de meerderheid.

Hij overweegt een bezoek aan de krantenwinkel, maar beseft dat er niets te halen valt dat hem niet al in de trein zal vervelen, en in rondkijken of bladeren heeft hij geen zin. Dus loopt hij de rechterperrontunnel in, waar de mensenstroom zopas is aangedikt in de tegenovergestelde richting: op perron 10 of 11 is vanuit Brussel een trein aangekomen, en de reizigers met bestemming Gent spoeden zich naar de hoofduitgang, zodat tientallen onbekende gezichten zijn kant op komen gehobbeld. Nog een geluk dat de tunnel in twee gelijk gewelfde delen is opgesplitst, anders was de stroom nog heviger en versmachtender geweest. Vooraleer de schuimkoppen van de golf reizigers hem bereiken, slaat hij rechtsaf en houdt halt op de roltrap. Op het perron loopt hij zo ver mogelijk door, tot op de plaats waar hij vermoedt dat de allerlaatste wagon zal staan — zeer onveilig in het geval van een botsing, maar zo is de kans op een vrije vierzit het grootst.

De trein komt aan, rijdt het station steeds trager binnen en stopt, als een lichaam dat perfect in een bed past, de voeten en het hoofd gelijk met de onder- en de bovenrand. Hij heeft geluk: pal voor hem bevindt er zich een toegangsdeur als de trein eenmaal stilstaat. Het portier wordt geopend, vier mensen komen tevoorschijn, en dan is het zijn beurt om in te stappen. Het is een relatief nieuw toestel, niet van de meest recente generatie (evenmin een dubbeldekker), maar toch: grijs glimmend aan de buitenkant, met afgeronde hoeken aan de bovenkant, en met een blauwig interieur.

Als hij zich, tegen de rijrichting in, installeert in een lege vierzit, de rugzak en de twee draagtassen als zijn kleine kinderen naast en voor hem, beseft hij dat het moeilijkste nog moet komen, of dat de gevaren in elk geval niet geweken zijn: hij heeft geen ticket. Hij wil geen ticket. Hij heeft zich voorgenomen om het zonder ticket te stellen. Hij is van mening dat hij geen ticket nodig heeft. Het zou belachelijk zijn om een ticket te kopen. De financiële winst die hij zonet in de supermarkt heeft gemaakt, is gering en het voordeel zou door de aankoop van een ticket teniet worden gedaan. Niemand kan hem verwijten dat hij zwartrijdt. Zwartrijden kan wat hij doet redelijkerwijs niet genoemd worden. Boven alles is het vergeeflijk dat hij deze rit als gratis beschouwt. Dat wil niet zeggen dat hij niet bereid is om het spel mee te spelen, en als het ondenkbare gebeurt — als er tijdens deze korte rit tussen de twee stations van Gent toch een conducteur opduikt die de vervoersbewijzen wil controleren — dan kan hij stilletjes op de vlucht slaan en zich heel even schuilhouden in het toilet of in de als een accordeon samendrukbare ruimte tussen twee wagons. Misschien hoeft hij geen ticket te kopen voor een rit als deze, en hebben zijn angstige overwegingen geen zin; misschien is het zelfs onmogelijk. Als hij aan de automaat in het station zou ingeven in het vak VERTREK: ZONE GENT en in het vak AANKOMST: (nog eens) ZONE GENT, zou de computer dan op hol slaan? De software is zo gevoelig dat de automaten geregeld buiten dienst raken, met als gevolg dat het bescheiden computerpark in het Sint-Pietersstation niet zelden vol nutteloze apparatuur staat, zodat gehaaste reizigers ofwel moeten aanschuiven aan het loket, ofwel een duurder ticket moeten kopen bij de conducteur in de trein, ofwel moeten zwartrijden.

Als hij voordien met de trein tussen Gent-Sint-Pieters en Gent-Dampoort reed, dan was dat altijd als het begin of het einde van een reis naar elders, bijvoorbeeld om na een kort bezoek aan Brussel vanuit het Sint-Pietersstation nog terug naar het Dampoortstation te rijden. En aangezien de verplaatsing tussen Sint-Pieters en Dampoort deel uitmaakt van het traject tussen Antwerpen en Oostende, is hij bekend met de spoorlijn tussen de twee Gentse hoofdstations, met de plekken die erlangs liggen, met de bochten in de sporen, en met de zeldzaamheid van de momenten waarop een conducteur zich aandient. In het slechtste geval, als er toch controle komt en hij zich niet meer kan verbergen of op de vlucht kan slaan, is het ook mogelijk dat hij — in alle eerlijkheid — de spoorbeambte aanspreekt en hem vertelt over de bijzondere situatie waarin hij zich bevindt, een situatie die vast niet zo bijzonder is dat de conducteur zich geen houding zal weten aan te meten, al dan niet na overleg met zijn collega's. In het allerslechtste geval wordt hij aan de deur gezet in het eerstvolgende station, en dat is zijn bestemming, dus het verschil tussen het allerslechtste en het allerbeste is een gênant maar kortstondig menselijk contact. Door eenvoudig en helder denkwerk is hij, zoals zovele keren daarvoor, tot het besluit gekomen dat hij zich geen zorgen hoeft te maken.

14:46–14:48 (Roos)

Er komt niemand meer tevoorschijn, de deuren zijn dicht, en toch beweegt de trein niet. Op de kop van het perron staan twee mannen, de armen gekruist; ze kijken naar de trein en praten, zonder elkaar aan te kijken — het doet haar denken aan een scène uit *Buiten de zone*, halverwege de jaren negentig op televisie, één sketch die ze zich bijna altijd herinnert als ze de trein neemt, minstens één keer per rit. Het is een reflex geworden, een automatische associatie, zoals ze er veel heeft, vaak persoonlijk en bijzonder, maar net daarom onuitwisbaar, en des te duurzamer wanneer ze herhaald worden — het geheugen heeft geen last van repetities, en heeft ze zelfs nodig: hoe meer een beeld of een herinnering ingesleten wordt of versleten raakt, hoe groter de kans op eeuwigheid.

Het fragment gaat als volgt. Twee mannen staan op het perron, de ene draagt een pet, de andere niet — hoewel ze van dit detail niet helemaal zeker is. Ze kijken naar de volgelopen trein; ze knikken bevestigend, naar elkaar maar ook naar niets in het bijzonder, en dan zegt een van hen: 'Druk hè, vandaag?', waarop de ander antwoordt: 'Jaja, de trein zit vol.' Daar zou het bij gebleven kunnen zijn, bij deze weinig speciale, onbestemde, korte uitwisseling van gemeenplaatsen. Wat de gag echter heeft doen blijven, een tijdlang tot een gespreksonderwerp heeft gemaakt tussen haar en haar vrienden, en daarna voor altijd, tot ze dement wordt of sterft, heeft geconserveerd als een persoonlijke klassieker, een alledaagse referentie waar ze zich meestal niet eens over verbaast — dat is het falen van de acteurs die de dialoog opvoerden, en die dit minieme toneelstukje niet eens tot een goed einde konden brengen — zo werd duidelijk uit de bloopers die aan het einde van het seizoen (een slot dat samenviel met het definitieve einde van het programma), na elkaar, in een compilatie, werden uitgezonden. Wat bleek? De treingrap was zo lachwekkend dat de spelers (Bart De Pauw en Mathias Sercu, die misschien ook de bedenkers waren) de dialoog niet eens *konden* opvoeren, want nog voor ze hun lijnen tekst hadden uitgesproken, was een van hen al in de lach geschoten, waarna ze natuurlijk meteen beiden alleen nog tot gieren in staat waren. Mysterie — voor haar althans: wat was hier zo lachwekkend of humoristisch aan? Er gebeurde helemaal niets! Ze begreep het niet, spoelde de video-opname terug, en keek weer: 'Druk hè, vandaag?' 'Jaja, de trein zit vol.' En meteen daarna onbedaard gelach, alsof de twee komische talenten zelf in een lachband, zowel in beeld als in geluid, wensten te voorzien. Een van haar vriendinnen, die de reeks ook had gezien, had geopperd dat het iets seksueels was — zoals ze dat in die dagen van nagenoeg alles beweerde, en misschien deed ze dat nog steeds (het contact was na al die jaren verwaterd): het had iets met zwangerschap te maken, misschien, met de voorwaartse beweging van de trein, het voyeurisme van mannen. Voor haar broer ging het gewoon om de absurditeit van het tafereel: wat doen die twee mannen daar, en waarom bespreken ze, als twee boeren op het land, het reizigersaantal, staand op het perron, terwijl ze duidelijk professioneel niets met de NMBS te maken hebben, en ook niet op een trein wachten? Zelf vroeg ze zich af of het niet integraal opgezet spel was, of deze sketch niet was bedacht precies om opgenomen te worden in de galerij van missers, hoewel het falen intentioneel was, en dus helemaal geen acteursfout. Nu ze, in haar verbeelding, het gesprekje weer opgevoerd ziet worden door de twee mannen op de kop van het perron (waar ze helemaal niets te zoeken hebben), weet ze het nog steeds niet, en dat verandert niet wanneer de trein vertrekt — niet helemaal vol, maar eerder gevuld dan leeg.

Ze vraagt zich af, na de overwegingen en herinneringen waarmee ze die vraag een tijdje voor zich uit heeft geschoven, hoe het met haar gaat, en ze moet bijna tot haar schaamte toegeven dat het goed meevalt. Ze heeft niet met paniek of groot verdriet aan Frederik moeten terugdenken, en de infectie gedraagt zich bescheidener dan voordien. De reis naar Antwerpen is bijna voor de helft voorbij, misschien is het dat: ze voelt zich altijd comfortabeler als er meer minuten verstreken zijn dan er in het verschiet liggen — op maandagen kan ze niet gelukkig zijn of tevreden op haar werk terugkijken, en op donderdag is nagenoeg het omgekeerde waar. Hoewel, toch, niet altijd — misschien komt haar welzijn, lichamelijk en geestelijk, op dit moment, vooral voort uit het kleine uurtje eenzaamheid dat ze er ondertussen op heeft zitten — een vermoeden waarvan de consequenties deprimerend zouden zijn, mochten ze niet meteen worden tegengesproken door het voorspoedige rijden van de trein, door de manier waarop de wagonsliert de beste plaats in het spooraanbod lijkt op te zoeken, en door het uitzicht op een prachtige, ononderbroken rij vrijwel identieke bomen, rechts van het spoor, de bladerdekken nog monotoon lichtgroen: de herfst kijkt alleen maar toe.

Toch is haar situatie ook positief: de breuk met Frederik is het beste voor hen beiden, daar is ze van overtuigd en daar leek ook hij niet aan te twijfelen, zo-even in Oostende, ondanks al zijn frustratie en spijt, ondanks de kritiek die hij had proberen te leveren op haar motivaties. Zij hadden nooit veel voor elkaar betekend, nooit waren hun betrekkingen voorbij de voorkomendheid en de hoffelijkheid geëvolueerd. Misschien niet om dezelfde redenen, maar dan toch met bijna identieke gevolgen hadden ze elkaar op afstand proberen te houden, bijna ondanks de intieme contacten die ze onderhielden, en dat het hun gelukt was — dat was, als je erover nadacht, erg treurig, en het toonde zeker hen ongeschiktheid aan, die lang niet tot deze combinatie beperkt bleef. Die afstand had ook één groot voordeel: ze hadden elkaar niet diep gekwetst, ze zouden geen maanden nodig hebben om dit te verwerken of te vergeten, en ze konden bijna probleemloos met elkaar een vriendschappelijke relatie aanknopen, omdat het alleen maar details van lichamelijke aard waren die hun relatie van kameraadschap hadden onderscheiden.

Hoewel de trein in beweging is, en al de eerste bocht naar links en dan meteen weer een naar rechts heeft genomen, op weg naar de andere kant van de stad en het tweede station — volgens een traject dat, althans vanaf grote hoogte bekeken, met één gebogen streep een lachend mondje onder Gent tekent, en dat ook de huidige opgeruimdheid van Roos lijkt te accentueren — toch zijn er nog mensen die geen plaatsje vinden waarmee ze vrede hebben: een man komt binnen, geconcentreerd en zelfs gejaagd op zoek, maar zo kieskeurig dat hij al de lege zitjes aan zich laat voorbijgaan, en ook het kwartet plaatsen waarvan alleen zij er eentje bezet links laat liggen, en, waarschijnlijk zonder te beseffen dat de trein hier eindigt, de deur opent en de wagon verlaat. Het is raar: de man heeft iets banaals, hij draagt een lelijke pet, en er zit ook een zelfbesloten ernst in zijn bewegingen die weinig zin voor perspectief of relativering doet vermoeden, maar toch heeft ze — één, twee seconden, niet langer — de onnozele neiging om zijn mening te vragen over de treinsketch uit *Buiten de zone*, zijn interpretatie van de grap. Hij is van haar generatie, misschien iets ouder, maar in elk geval behoort hij tot de leeftijdsgroep voor wie televisiescènes een belangrijk deel uitmaken van de grond waarin gedachten en gesprekken kunnen wortelen — een leeftijdsgroep waarvan het bereik, tot verrassing van velen, door het internet brutaal is verkleind. In elk geval: wat een dwaas idee om deze wildvreemde precies met die vraag aan te spreken! Ze verbaast zich erover — niet voor het eerst — hoe hardnekkig haar verlangen naar contact kan zijn, terwijl het zich op de meest belachelijke en minst beloftevolle manieren probeert te verwezenlijken.

14:48–14:50 (Kris)

Als tegen de hals van een betrouwbaar paard legt hij zijn rechterhand op een van de draagtassen naast hem; het plastic staat op sommige plaatsen gespannen, omdat er aan de binnenkant scherpe hoeken en lijnen in worden gedrukt. Veel meer plaats is er niet. Hij voelt de diepvrieskoude van de dozen vanille-ijs, en ook deze sensatie stelt hem nog gerust: een prikkelend gevoel dat aan pijn zou gaan grenzen als hij zijn hand nog langer op dezelfde plaats liet liggen. Binnen ten hoogste tien minuten — nog vijf minuten in de trein, drie minuten om naar huis te wandelen, anderhalve minuut om de trap naar zijn appartement te bestijgen, en om eenmaal binnen naar de diepvrieskist te lopen —, zeer binnenkort dus, bevindt al het ijs zich weer in een omgeving waar het vriest, en waar het voortbestaan van de schuimige, met onzichtbare lucht verbijzonderde (en indien er afstand van wordt genomen ook onherroepelijk verloren) aggregatietoestand niet in het gedrang komt. Bij Delhaize heeft hij niet alleen ijs en levensmiddelen gekocht (zoals melk, kaas, fruit, brood en boter), maar ook een elektrische tandenborstel. Het is een merkwaardige aankoop, enerzijds omdat hij er tot een week geleden nog nooit aan had gedacht om zoiets te kopen — hij was best tevreden met de gewone tandenborstel die om de drie maanden vervangen moet worden — en anderzijds omdat zijn bezoek, deze reis, en veel van de andere aankopen erdoor verklaard worden en ook — maar dat is misschien een stap te ver — erdoor worden veroorzaakt. Dat hij een elektrische tandenborstel zou kopen en voortaan ook zou gebruiken, daar heeft hij voor het eerst rekening mee gehouden tijdens zijn vorige bezoek aan Delhaize. Bij het afrekenen kreeg hij zoals gewoonlijk drie langwerpige, boven- en onderaan rood gestreepte bonnen — documenten die hem punten beloofden als hij zich ertoe zou kunnen brengen het aangeboden product te kopen — of de reeks producten, want vaak gaat het om meer algemene inlichtingen als '3 bioproducten', '14 euro groenten en fruit' of 'een totaalaankoop van 90 euro', waarvoor dan respectievelijk vijftig, vijfendertig en honderd punten worden uitgereikt nadat de caissière de streepjescode op de voucher door het elektronisch oog boven haar schoot heeft laten lezen. Bovendien krijgt hij automatisch, zonder tussenkomst van een papieren document, één punt bij iedere aankoopschijf van vijf euro. Het komt er vervolgens op aan al deze punten te verzamelen, en als er vijfhonderd op elkaar liggen — niet in werkelijkheid, want de punten zijn virtueel en worden door Delhaize op een rekening bewaard — krijgt de klant een aankoopbon van vijf euro, te besteden binnen het jaar voor om het even welke aankoop op voorwaarde dat die zich bij Delhaize voltrekt, of bij een van de zusterfirma's, die zich bijvoorbeeld specialiseren in doe-het-zelfartikelen, parfumerie en cosmetica, papierwaren of levensmiddelen voor het huisdier.

Het verwerven van dergelijke aankoopbonnen, het verzamelen van punten, het verdienen van nieuw kapitaal in het Delhaize-universum — dat is voor hem de afgelopen jaren en vooral de afgelopen maanden een doel op zich geworden, maar misschien, dat hoopt hij althans, zou het te ver gaan om dat te beweren. Ieder mens moet immers leven en inkopen doen. Eerder heeft de gewoonte zich ontwikkeld als een spel, een competitie, een uitdaging — een wedstrijd waaraan alle klanten deelnemen zonder dat de uitslagen worden bekendgemaakt. Het is een privacy die hem niet belet om zichzelf trots en stilzwijgend tot kampioen te kronen. Nooit heeft hij daar meer recht op gehad dan vandaag, want hij heeft het bezoek aan

Delhaize, vlak bij het Sint-Pietersstation, weliswaar enkele minuten geleden beëindigd door vijfenvijftig euro te betalen — hij is er ook in geslaagd om maar liefst vijf aankoopbonnen van vijf euro te ontvangen in één keer, goed voor een bedrag van vijfentwintig euro, te besteden bij een volgend bezoek, en dus bijna de helft van het bedrag dat hij heeft uitgegeven. Ze heeft dat niet expliciet gezegd, maar hij maakte en maakt zich sterk dat de caissière dat in haar carrière niet eerder heeft meegemaakt, nooit meer zal meemaken en dat ze er zelfs nooit over heeft horen vertellen door haar collega's. Bij het afrekenen weten de winkelbediendes niet meteen hoeveel bonnen er moeten worden uitgeschreven — dat is hem eerder opgevallen. Ze zeggen dan: u krijgt een bon, ze openen de lade van hun kassa, halen een bon tevoorschijn, drukken een paar knoppen in en dan krijgt hij zijn geschenk, waarna ze verrast vaststellen dat hun computerscherm hun opdraagt om nog een bon te nemen, en daarna nog een — en dat, vandaag althans, zo vier keer na elkaar, met steeds stijgende verbazing, hoewel het eraan zat te komen, en dat kan de kassajuffrouw vermoed hebben toen ze helemaal aan het begin van de operatie, met alle producten achter elkaar uitgestald op de nog niet lopende band, zowel de sleutelbos met het plastic hangertje met de streepjescode die bij zijn lidmaatschap hoort, als een stapeltje klassieke kortingbonnen en puntenbriefjes aangereikt kreeg, en dat moet ze zeker zijn gaan beseffen toen ze al die documenten scande en hem aldus punten cadeau deed voor de aangekochte producten.

De trein rijdt onder een viaduct. Links liggen loodsen, en rechts, in de verte, staat een watertoren: de basis is onzichtbaar, ingepakt in huizenrijen, maar het reservoir (iets dikker, als een kopje) komt fier boven de daken tevoorschijn. Op de buitenkant zijn ijsblokjes geschilderd, die in lichtblauw water dobberen, opdat niemand aan de functie van dit gebouw kan twijfelen.

Achter zijn rug hoorde hij daarnet hoe de deur van de wagon, een paar stoelenrijen terug, werd geopend: een man stapte gedecideerd vooruit, kwam langszij, vergewiste zich, gehaast en onvriendelijk, met heen en weer schietende ogen en een onophoudelijk manoeuvrerend hoofd, van wie of wat zich in de vierzit bevond, en liep toen meteen verder. Zo onderzocht hij de complete wagon, zenuwachtig kijkend van links naar rechts als naar een tennismatch, en liep hij door tot aan de volgende deur, opende die ook, leek even met zichzelf te overleggen in de gang, en zag dan dat het gedaan was met de trein — waarop hij zich omdraaide, en met opgeklaard gezicht, minder hoekig postuur en in elkaar gezakte schouders op zijn passen terugkeerde. Toen hij de vierzit met het meisje bereikte, draaide hij zich weer om en ging tegenover haar zitten.

Kris zit met zijn gezicht naar haar toe, maar ze heeft nog geen oogcontact met hem gemaakt, zelfs niet nadat ze, aan het begin van zijn reis, vluchtig naar zijn twee draagtassen en zijn rugzak had gekeken — haar blik bleef neutraal of zelfs onverschillig, en hij kon er slechts met veel achterdocht iets in lezen als misprijzen of ergernis, omdat ze de treinwagon moest delen met een zonderling die zijn inkopen vervoert met de trein. De meeste mensen zijn niet in vreemden geïnteresseerd, laat staan dat ze bij het zien van afwijkend of opmerkelijk gedrag een sterke emotie als weerzin zouden voelen. Altijd weer stelt hij vast dat contact vermeden moet worden, in die mate dat er niet eens gedachten worden gevormd over de beweegredenen of de bestemmingen van de medepassagiers, zodat er zowel uiterlijk als innerlijk geen enkele transactie plaatsgrijpt. Wie wel de aanzet tot een vorm van verkeer geeft, maakt zich — niet zozeer in zijn ogen, maar naar hij vermoedt wel in de ogen van anderen — meteen uitermate verdacht, en zelfs als hij of zij niet woordelijk te kennen geeft waar het hem of haar om te doen is, zou hij of zij dat net zo goed wel kunnen doen, omdat het vernislaagje van sociaal theater meteen barst in honderden haarlijntjes en als kwalijk ruikend stof handen en vingers afzichtelijk maakt.

14:50–14:52 (Marc)

Hij kan er niet omheen, net als om het even wie: het meisje dat hij nu voor zich heeft, is fantastisch — hij wist het zodra hij haar zag, maar toch is hij niet meteen op een van de vrije plaatsen van de vierzit gaan zitten: het zou geweest zijn alsof hij op zijn knieën viel, en zoiets maakt nooit een goede indruk, dus heeft hij haar schijnbaar genegeerd en is hij tot in de tussencoupé gelopen. Het was niet meer dan passend dat de trein geen vervolg kende, zodat hij niet verder kon lopen en hij het ook niet meer wilde — een immense vreugde overspoelde hem, kortstondig: terwijl hij door het raampje de laatste resten van het Sint-Pietersstation achter een bocht zag verdwijnen, moest hij de neiging onderdrukken om zijn vuisten te ballen, zijn spieren te spannen, sissend *yes* te roepen en te juichen. Hij is ervaren genoeg om haar niet dadelijk perfect te noemen, maar hoewel hij nog maar één blik op haar geworpen heeft, weet hij zeker dat ze in de buurt komt — hij mag (en ook dat is een overtuiging die hij aan ondervinding te danken heeft) niet te enthousiast worden, want dat werkt in zijn nadeel, omdat het haar zal afschrikken, maar ook omdat hij zichzelf al te grote teleurstellingen moet besparen. Het is een onmogelijke opdracht, deze keer — alles aan haar vraagt erom bekeken en bewonderd te worden; het is alsof zij ter plekke uitgetekend wordt met een fijne, voortdurend van kleur veranderende tovervilstift: de punt met zijn pupillen verbonden door twee lijnen waarvan het snijpunt nooit stilstaat, maar zwierige, gebogen curves beschrijft op een strak gespannen warmwateroppervlak.

Hij kan beginnen met haar delen het dichtst bij hem: een tiental centimeter boven het vloeroppervlak hangt haar linkervoet, gehuld in een lichtblauwe pump waarvan het leder een beetje beschadigd is, geschaafd aan de tip, en ook ter hoogte van de knobbel waarmee haar grote teen met de voet kan scharnieren. De schoenen passen haar volkomen — zo goed dat ze ermee geïdentificeerd zou kunnen worden. Haar linkerbeen is gekruist met het rechterbeen, zodat haar kuit samen met haar voet voorzichtig danst in de lucht, op de cadans van de rijdende trein, of die van haar zeer goed werkende reflexen. Heel haar onderlichaam is gehuld in een panty: het zwarte polyamide kleeft op haar huid, bijvoorbeeld al meteen waar de schoen ophoudt, net boven de samengesmolten tenen, en net onder de bobbel van haar enkel — een bescheiden zwelling, bijna materieloos, niet meer dan een schaduwvlek op het duistere marmer van haar voet.

Alles tussen de voet en de knie kan nauwelijks aanschouwd

worden: de boven- of voorkant is als een ijsvlakte waarop zijn ogen, ofwel uit schrik erdoorheen te zakken, ofwel door de uitgestrekte gladheid, niet stabiel kunnen blijven en een onderkomen zoeken op de gewelfde, compacte massa van haar kuitspieren, waaruit eventuele onregelmatigheden — de afdruk van een pees, een oneffenheid in de opperhuid, een litteken of een muggenbeet laat op het jaar — weggebeiteld zijn door de voorgevormde mal van de panty. Maar ook dit deel biedt geen houvast, omdat het zijn ogen voortdurend dwingt de hele curve te volgen, van de verzonken, onzichtbare oksel van haar knieholte tot aan haar achillespees.

Dan komt het rechterbeen, dat stabiel en rechtlijnig het linkerbeen ondersteunt, en door die dragende activiteit gedeeltelijk onzichtbaar wordt. Als twee aardplaten die nu en dan traag een paar millimeter ten opzichte van elkaar verschuiven, nadenkend over de continenten die ze zouden laten ontstaan — zo verdwijnen haar dijen, nog voor ze zich goed en wel uit de knieschijven hebben verzelfstandigd. Hij gaat meteen verder, misschien omdat hij niet onbeleefd wil zijn, en er rekening mee houdt dat zijn gedachten ondanks alles gelezen kunnen worden — omhoog, naar boven, steeds dichter bij wat echt bij haar hoort, en wat aangekeken of waarmee gesproken kan worden.

Eerst breekt nog de stof van een horizontaal gestreept truitje aan: donkerblauw en zandkleurig goud wisselen elkaar om de vier, vijf millimeter af — en de lijnen komen tevoorschijn als een theaterwand tussen de twee gordijnen van haar eveneens blauwe, maar iets lichter getinte, openhangende jasje. Hij weet dat zelfs bij de meest slanke meisjes de huidplooien zich in een dergelijke houding bescheiden kunnen opstapelen ter hoogte van de buik — maar bij haar lijkt dat niet het geval, hoewel het patroon van het truitje overtollig vet kan camoufleren.

Merkwaardig gelijkaardig aan de ogen: haar boezem, niet opvallend groot, niet opvallend klein, maar zelfbewust geaccentueerd door de bescheiden maat van haar truitje, dat de vormen redelijk trouw en nauwkeurig volgt, en slechts details of uiterste randen en hoeken niet doorgeeft aan de buitenwereld. Het is onmogelijk om hier lang naar te kijken — zeker niet wegens de vorm, want die ontvangt zijn blik als een stopcontact een stekker —, maar door de betekenis, de waarde, de directe schoonheid en de perfecte symmetrie, door de nabijheid van de ogen ook (waar de zijne heen kunnen vluchten, als hij niet voorzichtig genoeg is, en op die manier het risico van de afkeurende of bestraffende blik loopt, of — wat erger is — van het meewarig, spottend en geërgerd wegdraaien van de oogbollen) —, door de stuitende zichtbaarheid en de directe bereikbaarheid van deze borsten, in direct contrast met de ongenaakbaarheid ervan, als werden ze door een elektrisch schrikveld beschermd. Zij heeft zich niet gedecolleteerd, maar dat is niet erg — *cleavage* en inkijk zouden afbreuk doen aan de volheid van hun vorm, die toch slechts op basis van hun afdruk zijn geestesoog bereikt.

Haar hals wordt dus bekranst door een iets dikker biesje in dezelfde goudkleur als de helft van de strepen — een kettinkje of een halssnoer draagt zij niet. Stevig als boomwortels komen de beenderen en de slagaders tevoorschijn, hoewel ook hier, zoals bijna overal, ingepakt door de gelijkmaker van haar huid die dieper liggende nuances blijft toestaan. De kaaklijn van haar gezicht, vooral als ze het een beetje afwendt (wat ze voortdurend doet), is een bijna perfecte raaklijn, aanleunend bij het orthogonale assenstelsel waarin haar hoofd gekaderd kan worden — een in één trek getrokken lijn van haar oor, tot aan het allerlaagste punt van haar kin — een bijna perfecte asymptoot, omdat de kromming van haar jukbeenderen, zoals het hoort, eerder hoekig is dan rond.

Van haar lippen, beide rood gekleurd, is de onderste vleziger en voller, zonder te pruilen of uit te puilen, terwijl de bovenste dunner is, en er slechts voor de volledigheid of voor de accentuering lijkt te zijn. In profiel zou haar neus ontsierend werken — iets te groot, en vooral door een top bekroond die proportioneel bij een andere, bredere neus lijkt te horen — maar in vooraanzicht lijkt dat onevenwicht afwezig. Wimpers en wenkbrauwen zijn van een beetje make-up voorzien, en haar rechteroog, aan de rand, wordt voor een klein stukje bedekt door een bles: bijna het hele haarpakket op de voorste helft van haar schedel maakt er deel van uit, en de lijn die de grens ervan op haar voorhoofd tekent, is even regelmatig als de kaaklijn, en loopt rustig en zonder incidenten van de ene naar de andere kant. Haar haren — lichtbruin, en vermoedelijk nog een tint lichter als ze pas gewassen zijn — hebben een perfect evenwicht bereikt tussen een chaotisch naturel en een stevig in de hand gehouden compositie, die niet tot de hoofdlijnen beperkt blijft, maar zich tot sommige details uitstrekt, zodat bijvoorbeeld de wat rafelige manier waarop haar kapsel zich opstapelt in haar nek, de glijdende souplesse van de voorkant lijkt te completeren.

Terwijl de trein tussen magazijnen en fabrieksgebouwen rijdt — met een lage snelheid, omdat het niet de moeite is om op te trekken, en omdat het in stedelijk gebied ook niet mag — herinnert hij zichzelf eraan dat hij niet mag vergeten de kleur van haar ogen te registreren, en die te onthouden. Het is iets dat hij meestal vergeet — een onoplettendheid, met een onwetendheid als gevolg, waar hij zich achteraf over schaamt, alsof het een teken is van hoe weinig hij zich interesseert voor essentiële dingen.

Als hij in haar ogen wil kijken, of eerder naar haar ogen, want oogcontact staat ze (opmerkelijk ascetisch) niet toe, gebeuren er twee dingen tegelijkertijd, waardoor het lijkt alsof ze iets met elkaar te maken hebben, en zich samen met zijn zoektocht in een driehoekig verband van oorzaak en gevolg ophouden: hij wil dus de kleur van haar irissen registreren; zij wil haastig een hoofdtelefoon die ze zopas uit haar tas heeft gehaald op haar oren zetten; en de trein, die wil niet meer verder en valt zonder te schokken stil — gewoon, alsof de beweging nooit heeft plaatsgevonden, alsof dit geen reis is door tijd en ruimte, maar een gemeenschappelijk bezoek aan een eeuwenoude, en voorgoed onveranderlijke plek.

14:52–14:54 (Kris)

Voorlopig gebeurt er niets — of toch niets dat niet ook zou gebeuren als de trein was blijven rijden. De mensen kijken om zich heen, een beetje verbaasd of geamuseerd maar niet bezorgd en evenmin boos — wie weet is de stilstand niet eens door iedereen opgemerkt. Ook Kris beseft dat dit niet abnormaal of uitzonderlijk is, hoewel het niet heel lang mag duren — zijn hart maakt een nauwelijks merkbaar sprongetje als hij denkt aan het ijs dat zich tussen zijn boodschappen bevindt, en dat met smelten is begonnen.

Het meisje in de vierzit lijkt met een lange vertraging rekening te houden, want ze heeft zopas een hoofdtelefoon opgezet: geen kleine oortjes die door een witte gespleten kabel bij elkaar worden gehouden, maar een echt toestel, waarvan de schelpen met dikke zwarte kussens, verbonden door een brede plastic diadeem, haar oren verpletteren. Omdat het geruis van de trein is weggevallen, komen de muziekgolven die haar oren niet bereiken gedempt tot bij hem, en ook wat de mensen in de wagon tegen elkaar of tegen hun telefoontoestellen zeggen, wordt meteen begrijpelijker.

'Dag meisje', zegt bijvoorbeeld de man die er het laatst bij is gekomen, alsof hij heeft gewacht tot de trein stilviel en hij zijn stem niet al te zeer moest verheffen. 'Mag ik je alsjeblieft iets vragen?' Vermoedelijk heeft zij hem niet goed gehoord — misschien heeft ze alleen maar gezien dat hij het woord tot haar richtte en is ze nieuwsgierig geworden. Ze wentelt haar hoofd van tussen de twee schelpen, alsof het toestel niet bewogen mag worden. Terwijl de man de zin uitsprak, heeft hij de groene pet die op zijn hoofd stond afgenomen, daarmee een kort kapsel blootleggend waarvan sommige stukjes nog korter zijn: een vijftal onregelmatige spatten, op het gedeelte dat voor Kris zichtbaar is. Hij draagt een zwarte broek met grote, door drukknopen afsluitbare zakken, zowel op het boven- als op het onderbeen, en een T-shirt met een tropisch bladerenpatroon van groen en lichtbruin — kleuren die flets en verschoten zijn door veelvuldig wassen of door blootstelling aan de zon.

Het meisje is daarentegen zakelijk gekleed, als een secretaresse, wat ze misschien ook is, maar daarvoor lijkt ze een beetje te jong, is haar gezicht te gaaf, zijn haar ogen te groot en haar haren te warrig gekapt. Ze kijkt naar de man, zonder dat er veel rechtstreeks oogcontact tot stand komt, en knikt.

Hij wacht niet en gaat meteen verder. 'Mijn gsm is leeg, zou ik die van jou even mogen gebruiken?' Hij spreekt correct, bijna geaffecteerd Nederlands, dat wat klanken betreft overduidelijk Vlaams is, maar waaruit een aantal clichés van de tussentaal zijn verwijderd; hij zegt bijvoorbeeld zonder veel moeite 'jij' en 'meisje', zonder de j tot een g of een k te vervormen. Toch is zijn uitspraak niet onberispelijk, omdat een bescheiden spraakgesprek zich erdoorheen slingert, en de s-klanken niet zozeer sissen als wel zwaar worden aangezet. Kris, die het gezicht van de man niet frontaal kan zien, vermoedt dat hij op dergelijke momenten zijn onderlip vooruitduwt, en een windkolk vlak boven zijn glooiende tong laat opkringelen. Meteen daarna is het haar beurt om haar onderlip als in een vlaag van vergeefsheid te bewegen: ze trekt een misnoegd gezicht als om aan te geven dat ze niet opgezet is met zijn vraag, maar meteen daarna kijkt ze weer neutraal en haalt ze uit de tas naast zich een mobiel telefoontoestel. Met opluchting ziet Kris dat het een echte monofunctionele gsm is waarmee je alleen kunt bellen — een soort die steeds zeldzamer wordt, maar die hem zeker minder kostbaar lijkt, en gepaster om aan een dergelijke man uit te lenen.

'Hallo Jos', zegt de man, nadat hij een nummer heeft ingedrukt en even heeft gewacht, en al dan niet opzettelijk of terecht spreekt hij de naam uit alsof hij met een Amerikaan te maken heeft, en zegt hij dus eerder 'Josh' dan 'Jos'. ''t Is ik hier, nog een paar minuutjes, Jos, we staan eventjes stil, maar ik ben er bijna, ik zie je aan de achterkant. Dag Jos.' Onmiddellijk, zonder nog op een toets te drukken, geeft hij het toestel terug, en het verdwijnt in de handtas. 'Ongelooflijk bedankt, meisje', zegt de man nu, en hij strekt zijn linkerarm en legt die hoog op de hoofdsteun van de stoel naast de zijne — wat gezien zijn beperkte lichaamslengte met ongemak of moeite gepaard moet gaan.

Het meisje kijkt naar buiten, naar de wereld die opgehouden is met bewegen, en ze trekt de twee oorschelpen uiteen om ze weer op haar hoofd te zetten, tot de man zijn rechterhand en meteen ook zijn rechterwijsvinger in haar richting uitstrekt en vraagt: 'Naar welke muziek luister jij?' Er verschijnt geen spoor van een glimlach op haar gezicht — eerder lijkt ze moeite te doen om hem zo onvriendelijk mogelijk aan te kijken. Ze stelt haar antwoord uit tot net voor ze de hoofdtelefoon in positie heeft gebracht. Al die tijd heeft ze de muziek niet uitgeschakeld, en is het geluid, als uit een radiootje voor heel kleine mensen, tevoorschijn blijven komen. 'Mahler', zegt ze, met een zakelijke, neutrale stem, alsof ze van hem iets in ontvangst neemt eerder dan dat ze informatie vrijgeeft, en de r heeft ze vast zelf niet meer gehoord, want toen waren haar oren al weer bedekt. 'Mahler', herhaalt de man, al dan niet tegen beter weten in. 'Mahler — hmmm.' De uitspraak van de Duitse eigennaam valt niet te onderscheiden van die van het gelijk klinkende Nederlandse substantief, maar toch heeft Kris het gevoel dat de man denkt dat hij — tja, waarom niet — in de maling wordt genomen, of dat er hier sprake is van een luidruchtige rockgroep waar hij nog niet eerder van gehoord heeft, en die zich manifesteert onder de naam Maler.

Daarna wordt het stil, alleen onherkenbare stukjes muziek ontsnappen, samen met het heel zachte geluid — eerder visueel gesuggereerd dan echt hoorbaar — van de vingers van de man, tokkelend op de hoofdsteun van de stoel links naast hem. Hij heeft het naar zijn zin of wil toch die indruk wekken: hij neuriet mee met een muziekje — de klanken in zijn hoofd, vermoedt Kris, of misschien zelfstandige geluiden die nergens naar verwijzen en die geen deel uitmaken van een groter geheel.

14:54–14:56 (Dirk)

De twee onderwijzers, de ene pas van de schoolbanken weg, de andere elke dag dichter bij zijn pensioen, hadden alle bij het dispuut betrokken passagiers op dezelfde vermanende toon toegesproken, alsof ze elk vermoeden van partijdigheid wilden vermijden. Het steeds minder luid huilende meisje had nog geprobeerd om haar slachtofferrol op te eisen, door jammerend maar gevat te wijzen op wat er was gebeurd, maar ze was vrijwel meteen tot stilte aangemaand. Het onderwijzend personeel was niet in de ware toedracht geïnteresseerd, en een echte interventie was er niet op komst: een van de meisjes werd bijvoorbeeld niet in veiligheid gebracht, noch werd een ander meisje als straf in een tweezit geplaatst (tegen het raam, eventueel onder bewaking), of in een hoek van de trein — soms zie je dat nog, op een plaats tussen twee wagons die voor niets anders gebruikt kan worden: een afgezonderde staanplaats, als een oranje omkleedhokje op het strand, met een tafeltje waarop iemand licht voorovergebogen kan leunen om bijvoorbeeld een rittenkaart in te vullen.

De meisjes moesten kalm blijven zitten, en ze kregen — een primeur voor de hele groep — door de oudere meneer een kleine, kleurige brochure aangereikt met informatie, puzzels en opdrachten, terwijl de junior collega elk van hen een paarse translucente balpen overhandigde.

Het had Dirk niet verbaasd als hij als laatste van het viertal ook een boekje had gekregen, of toch minstens een pen, alsof het niet was opgemerkt dat hij niet tot de groep kinderen behoorde, of alsof hij gecompenseerd mocht worden voor alles wat hij had moeten doorstaan en wat hem bespaard zou zijn gebleven als deze groep kinderen niet met hem de coupé had gedeeld. Hij kreeg echter een knipoog van de oudere man, terwijl de jongere begeleider hem negeerde.

Het leek voorlopig te werken: nieuwsgierig en dankbaar, en vast begerig naar de beloning die hun in het vooruitzicht was gesteld indien ze het boekje volledig en foutloos konden invullen, waren Liza, Lana en Caro meteen in diepe concentratie verzonken, en vergaten ze alles wat er rondom hen gebeurde en even voordien was gebeurd — alleen het geattaqueerde meisje droeg nog duidelijke sporen van scepsis en ontevredenheid op het gezicht, maar die verdwenen nadat ze in blokletters haar voornaam op de cover van de brochure had ingevuld. Door opzij te kijken zag Dirk bij zijn buurmeisje het onderwerp van de folder, gedrukt op glanzend papier op A5-formaat, niet meer dan een tiental pagina's dik: het was een gids van het MIAT, het Gentse Museum voor Industriële Archeologie en Textiel, voor klassen uit de eerste of tweede graad van de lagere school. Op de cover stond een foto van het museumgebouw, en op de eerste bladzijden werden er meteen zogeheten museumvertellers voorgesteld, zoals Marcel en Margriet, die in een textielfabriek weefgetouwen bedienden; Boerke van Zomergem, die op het land werkte; Hubert en Gilberta, die als kinderen 's ochtends vroeg naar de glasfabriek vertrokken omdat hun ouders het geld nodig hadden; en ook de havenarbeider Theofiel, die iedere dag anderhalf uur in de trein zat om van op het platteland de loodsen te bereiken in de Gentse haven waar hij jutezakken van het ene vervoermiddel op het andere moest overhevelen. Met prijzenswaardige en voor Dirk verbazende toewijding bleven de meisjes over het cahiertje gebogen, beantwoordden ze de vaak persoonlijke vragen, en voerden ze de bescheiden opdrachten uit, zoals het verbinden van een reeks grondstoffen met afgewerkte producten. Even slinks als snel, zonder haar werkzaamheden lang te staken, had het meisje dat voordien zo fel had uitgehaald met diezelfde rechterhand een koekje uit haar tas genomen, dat inderdaad integraal met chocolade was bekleed, en er misschien ook mee was gevuld. Het meisje naast haar merkte dat op, vanuit haar ooghoeken, en ze zag hoe het knabbelen en het wellustig langzame zuigen begon, maar met veel wilskracht gaf ze er geen gevolg aan, en probeerde ze met de punt van haar pen wegwijs te worden in het web van een reeks door elkaar geweven draden van verschillende kleur.

Ze hadden toen net als de hele trein het Sint-Pietersstation bereikt, en veel reizigers kwamen de wagon binnen, maar moesten met soms nauwelijks verholen teleurstelling vaststellen dat de zeldzame vrije plaatsen meteen werden ingenomen door anderen. Toen de trein weer was vertrokken, glimlachte de oude man, een paar rijen verder met het meisje op zijn schoot, naar Dirk: hij leek trots, waarschijnlijk was het kind dat het tentoonstellingsbezoek voorbereidde door de opdrachten uit te voeren zijn kleindochter. Het had er toen naar uitgezien dat ze binnen enkele minuten station Gent-Dampoort zouden bereiken: daar zouden de kinderen voorgoed uit de trein en uit het leven van Dirk verdwijnen om in groep naar het MIAT te wandelen, waar ze nog een flinke rondleiding konden krijgen vooraleer het museum sloot, vermoedelijk om zes uur. Tot het zover was, zou het minstens nog een paar minuten stil blijven, waarna er ongetwijfeld ook voor een paar minuten tumult zou losbarsten als de volgende halte werd aangekondigd, en als de begeleiders de ontruiming van de kindertroep in gang zouden zetten: de brochures moesten weer worden opgeborgen of worden opgehaald door de leerkrachten, en alles tasjes en jasjes en hesjes dienden goed gesloten te worden, zonder dat er iets of iemand werd achtergelaten in de trein.

Dirk stelde zich voor hoe dat gewriemel en gestommel zou beginnen als de trein de laatste rechte lijn nam naar het Dampoortstation, onder het monsterlijk hoge en brede viaduct van de autosnelweg door, met de neus al in het zoals zo vaak genegeerde tussenstation van Gentbrugge, en met nog slechts de binnenring en de tijdelijk ontdubbelde Schelde als verwaarloosbare obstakels, terwijl aan de linkerzijde de Gentse skyline zich ontvouwde, met de verspreide torens van verschillende aard en leeftijd als kreukels in het uitzicht. Hij kon de opluchtende leegte van het treinstel al voelen, als het zich voor het eerst sinds lang samen met de locomotief zou opmaken voor topsnelheid, richting Lokeren, weg uit de Gentse agglomeratie. Met hernieuwde kracht zou hij kunnen werken, en zou hij een aantal belangrijke beslissingen nemen, die — waarom niet — onderweg naar Antwerpen hun beslag konden krijgen, zodat, als hij samen met de trein de eindbestemming bereikte, het maakproces van zijn artikel op een definitieve maar in alle opzichten bevredigende manier tot stilstand zou komen. Het leek hem een goed idee om alvast alles klaar te leggen, zodat hij meteen na Gent-Dampoort een tweede start kon nemen.

Met pen en papier op schoot, maar nog niet in intellectuele arbeid verzonken, zag hij met evenveel dankbaarheid als verlangen een fly-over dichterbij komen — een gigantisch vliegdekschip dat zich een tiental meter boven de grond bevindt, en dat door zware betonnen pijlers in de lucht wordt gehouden — zo hoog dat de trein, die vanaf de spoorbedding een uitzicht boven de huizen biedt, er nietig onderdoor schuift. Plots was dit aan de zijkant met felgekleurde geluidsschermen bebouwde gevaarte echter niet meer dichterbij gekomen, en was de trein stilgevallen, op een plaats die Dirk toeliet om het door deze grijze infrastructuur gedomineerde landschap te overzien.

Dat doet hij nu nog steeds, al meer dan een minuut, hoewel hij ook met stijgende onrust niet vergeet af en toe naar binnen te kijken, bijvoorbeeld naar de onderwijzer, die weer naast zijn vierzit staat en, als het meisje met een nog niet weggelikte chocoladevlek op haar bovenlip vraagt waarom de trein niet meer rijdt, moet toegeven — vooralsnog met de glimlach en terwijl zijn rechterhand liefdevol en onderzoekend zijn baard streelt — dat hij het voorlopig niet weet, maar dat alles snel in orde zal komen.

14:56–14:58 (Roos)

Ze probeert zich te concentreren op de muziek, op de *Lieder eines fahrenden Gesellen* van Gustav Mahler — ze had zich erop voorbereid ook de titel te noemen, en toen ze er niet om gevraagd was, had ze dat bijna uit eigen beweging gedaan. De man leek al weer met iets anders bezig. Misschien beseft hij dat praten over muziek geen goed idee is, en hopelijk gaat hij snel genoeg beseffen dat met haar praten nergens toe kan leiden en dat het ook helemaal niet op prijs wordt gesteld.

Het is vreemd: toen de trein nog reed, had ze de neiging, hoe kort en absurd ook, om hem aan te spreken over die sketch uit *Buiten de zone*. Nu hij zelf meermaals contact heeft proberen te leggen, zou ze willen dat hij verdwijnt, dat ze met rust wordt gelaten, dat ze weer alleen kan zijn. Het is niet zo dat ze eigenschappen heeft ontdekt die haar tegenstaan of teleurstellen — hij heeft maar één eigenschap: dat hij voor haar is komen zitten en blijkbaar iets wil, al is het kijken, wat hij onbeschaamd, ongeremd maar vooralsnog ook uiterlijk onaangedaan doet.

Als de trein niet hier maar tien meter verder was stilgevallen, dan had ze, helemaal achteraan in de staart, als een van de weinige passagiers geen uitzicht gehad op het toch wel uitzonderlijke schouwspel van de op poten staande autosnelweg en van de recentelijk herschilderde watertoren. Zolang ze zich kan herinneren, hebben er geometrische motieven op de toren gestaan: paarse of gele ruiten in aardrode vierkanten, gevat in lichtblauwe lijnen — zoiets. Blijkbaar volstond dat niet meer, en de abstracte schilderingen zijn vervangen door levensechte maar meer dan levensgrote ijsblokjes, als eendjes vrolijk dobberend in het water, en soms zelfs onder het wateroppervlak duikelend — een toestand die in werkelijkheid niet lang zou duren. Er bevindt zich ook een cirkel tussen de kubusjes, half onder en half boven de golvende waterlijn, met een gebogen tekst tegen de buitenste lijn die te klein is om leesbaar te zijn, en met in het midden iets wat op een geel schildje lijkt. Op een van de ijsblokjes is een letter geschilderd — C — en daarnaast nog een letter of twee letters, maar die kan ze niet meer lezen, ze verdwijnen net om de gebogen hoek: vast de plek waar de kunstenaar of alleszins de maker van het fresco zijn signatuur heeft achtergelaten.

De man voor haar heeft waarschijnlijk geen van beide opgemerkt, toren noch tunnel, in de weer als hij is met haar te bestuderen. Ze is er zeker van dat zijn aandacht alleen verslapt als hij nadenkt over een volgende, betere, nieuwe openingszin, en over een herkansing voor de al dan niet stevig uitgewerkte plannen die hij met haar heeft.

Aan de ene kant is het natuurlijk flatterend dat zij — weliswaar niet voor het eerst — is uitgekozen om bekeken te worden: lang niet alle vrouwen zijn aandachtige observatie waard, en dus is er letterlijk iets bewonderenswaardig aan haar, iets waar ze trots op mag zijn, en iets dat haar de indruk kan geven dat het goed is dat ze bestaat, omdat ze ergens in excelleert op een wijze die andere mensen — of althans deze andere mens — blij maakt. Het is echter niet zo dat ze daarvan overtuigd moet worden of dat ze in hoge mate nood heeft aan dergelijke goedkeurende aandacht — als dat het geval was, dan was ze niet uit Oostende vertrokken.

Aan de andere kant levert ze, zeker in deze situatie, de toeschouwer alleen oppervlakkige genoegens aan, waar ze, buiten het feit dat ze zichzelf verzorgt of alleszins het verloederen belet, geen verdienste aan heeft en dus ook niet trots op kan zijn. Bovendien is de interesse van de man heel oppervlakkig: het gespreksonderwerp waar hij nu naar zoekt — de ideeën brabbelen en stamelen bijna prematuur uit zijn mond tevoorschijn — is een middel om een doel te bereiken dat, als ze het extreem genoeg durft te stellen, belachelijk eenvoudig is: hij wil in of op haar lichaam ejaculeren. Ze beseft dat ze de werkelijkheid reduceert of geweld aandoet, maar daar komt het op neer, of iets dergelijks komt erbij kijken.

Ze walgt even; haar lichaam en haar geest werken kortstondig samen omdat ze iets ervaren dat ze niet op prijs stellen, en dat ze meteen willen verbannen. Niet zozeer het reflexmatige visioen is afstotelijk, als wel het geleverde bewijs dat ze ertoe in staat is, dat haar verbeeldingswereld op die manier is ingericht en van dergelijke ongevraagde uitschieters is voorzien. Niet meteen maar toch vrij snel durft ze de motieven van haar medemens tot zoiets te herleiden, zonder in overweging te nemen dat zij makkelijk praten heeft, aangezien ze — voorlopig althans en toch minstens voor een tijdje — weer eens afscheid heeft genomen van bijna alles wat betrekking heeft op haar mannelijke medemens, en dus in die richting geen motieven meer heeft.

De limbische rilling die, met een paar beelden als brandstof, vanuit haar hoofd is afgereisd, heeft nu ook haar schoot bereikt, en als bij een lucifer die tegen een van de bekken van een gasfornuis wordt gehouden, komen de gelijkmatig verspreide vlammetjes van de infectie tevoorschijn — de opdringerigheid van haar medepassagier had die toch maar mooi voor een tijdje uitgeblazen. Dat is vervelend, zeker nu de trein stilstaat, zonder dat er een aankondiging komt van de treinbegeleider, zonder dat de oorzaak van de stilstand zich op een andere wijze laat vermoeden, en zonder dat er uitzicht is op een spoedige hervatting van de reis — hoewel ook het tegendeel waar is.

Op aangeven van Mahler zingt een vrouw in haar oren: *'Wenn mein Schatz Hochzeit macht'* — wanneer mijn lieveling trouwt — ja, wat dan? Dat onophoudelijke verlangen van mannen om te trouwen (wat ook een eufemisme is, een burgerlijke code voor het visioen dat ze zonet heeft gehad), die constante wil om lief te hebben en ook vooral geliefd te zijn — waar komt die vandaan? En het is toch vaak een zaak van mannen — zoals van die voor haar, of die in Oostende — meestal anders, intenser, gerichter dan bij vrouwen. Welke vrouw zou geregeld met een vreemde man doen wat haar medepassagier nu met haar doet? Het is iets dat haar al tientallen keren is overkomen, en haar niet alleen: ze hoort het van vriendinnen, van collega's, ze ziet het bij vreemden, zelfs op straat: altijd maar weer dat aanbod, altijd die onbekende die plots zo bekend mogelijk wil worden, bij de bakker, op café, in de bibliotheek, op een bankje in het park — maar vooral in de trein, misschien omdat mensen in een coupé meestal niets dwingends te doen hebben, en waarschijnlijk omdat het in een trein ook zo opvalt, tussen al die andere, zwijgende, al dan niet met behulp van technologie in zichzelf gekeerde vreemden, die nooit meer dan een paar zinnen met elkaar wisselen. Wie een praatje wil maken met iemand die hij voordien nog niet heeft gezien of in elk geval nog niet heeft gesproken — die is zo uitzonderlijk dat er nauwelijks nog twijfel kan bestaan over zijn intenties. Het merkwaardige is dat het zich nooit *niet* voordoet: zelfs de meest terughoudende, verlegen, schutterige man geeft te kennen, al is het met een zijdelingse oogopslag, dat hij interesse heeft — misschien niet eens praktisch maar wel altijd, minstens, in theorie.

Zover was het dus gekomen, althans in haar ogen: mensen lieten elkaar, als ze elkaar nog niet kenden, op een bijna hardvochtige manier met rust, tenzij ze liefde of seks wilden, of beide, en in dat geval *konden* ze elkaar niet met rust laten, zelfs als ze dat zouden willen. Dat mensen voortdurend koppels vormen, hoe kort ook, wordt blijkbaar gedurig van hen verlangd, alsof het stilzwijgend wordt aangenomen dat er voor hun bestaan geen andere invulling, laat staan een andere reden kan zijn.

Aangedreven door deze voor een paar ogenblikken sluitende redenering, voelt ze bijna medelijden met de man voor haar, niet omdat ze hem zal teleurstellen, maar vooral omdat hij is voorgeprogrammeerd om tot die teleurstelling aanleiding te geven — hij, en zo veel seksegenoten met hem —, niet alleen door zijn geboorte en zijn opvoeding en zijn band met zijn moeder en dat soort dingen, maar ook door bijna alles wat hij sindsdien gehoord en gezien heeft, wat hem is verteld en getoond, de plaatsen waar hij is geweest en de verhalen die hij heeft opgevangen — door advertenties, muziek, films, sms-berichten, amateuropnames, journaals, soapseries, diepte-interviews, internetstreams, nieuwsberichten, krantenkoppen, enquêtes, afgeluisterde gesprekken, publieke manifestaties, partijprogramma's en culinaire recepten voor vier of minstens voor twee personen.

Als je dat allemaal in overweging neemt, gedraagt hij zich nog best waardig, hoewel niet bijster origineel — ze heeft het een keertje meegemaakt, in de trein naar Brussel, dat een man, minstens vijftien jaar ouder dan dit exemplaar, haar aandacht wilde trekken met handgeschreven boodschappen: hij krabbelde zinnetjes op de gelijnde velletjes van een notitieblok, scheurde die met veel misbaar af, en wapperde er dan als een witte vlag mee in haar richting. Met heel veel wilskracht en een ijzeren controle over haar ogen en hun kijkrichting, is ze er toen in geslaagd zijn tekstberichten te negeren en ongelezen te laten — iets waar ze meteen spijt van had toen de man in Brussel-Zuid vertrok, al zijn schrijfsels meenam en haar weer alleen achterliet. En ook nu, terwijl ze met een samenwerking van buik-, sluit- en dijspieren een beetje verlichting van de jeuk probeert te bewerkstelligen, zou een spitsvondige vorm van afleiding niet onwelgekomen zijn.

14:58–15:00 (Kris)

Hij voelt zich bijna schuldig dat hij ze aan dit wachten overlevert: het vanille-ijs, de wijn, de voorverpakte kaas, maar ook een nieuwe tandenborstel en een tube tandpasta — en natuurlijk vijf waardebonnen van vijf euro, een bezit dat belangrijker is dan al het andere, dat hem meer plezier schenkt, en waaraan hij even onvermijdelijk als glimlachend moet denken, als hij zich tenminste niet afvraagt waarom hij eraan denkt.

Is dat immers wel normaal? Is het te verklaren? Is het erg? Moet hij zich ervoor schamen of mag hij er trots op zijn? En zijn beide dingen überhaupt mogelijk als er — buiten hemzelf en de caissière, die hem vast al vergeten is — toch niemand van op de hoogte is?

Hij moet toegeven dat er meer dan waarschijnlijk iets aan de hand is als zijn strategieën, voornemens, optelsommen en vooral zijn plezier achteraf bij het verzamelen van vijfeurobonnen, voortkomen uit hebzucht. Als hij de vijfeurobonnen verzamelt of op de uitreiking ervan aanstuurt uit inhaligheid — uit het verlangen naar meer geld en naar een vergroting van zijn fortuin — dan is hij een onaangename en zelfs verachtelijke vrek. Toch hoopt en meent hij op momenten vol zelfvertrouwen (zoals een paar minuten geleden, toen de trein reed) zeker te weten dat hij niet gierig is — hoe kan iemand die het spenderen van geld tot een minimum wenst te beperken, inkopen doen bij Delhaize, zonder twijfel de duurste supermarkt van België (hoewel winkelen in delicatessenzaken, bij zelfstandige kruideniers of in biomarkten nog meer geld zou kosten)? Om zich vrij te pleiten, en zijn gewoontes op een positieve manier te beargumenteren, heeft hij drie modellen bedacht — drie schakels van redeneringen die hij als een rozenkrans door zijn vingers laat glijden, iedere keer als hij vol verbazing of verwondering terugblikt op wat hem bij Delhaize is overkomen of op wat hij bij Delhaize heeft gerealiseerd. Ten eerste: zijn originele manier van shoppen is een kritische overlevingsstrategie; ten tweede: het is een creatief spel; ten derde: het is een efficiënt beslissingsmodel — en natuurlijk zijn de drie constructies niet perfect van elkaar te scheiden.

Het zou immers — ten eerste dus — perfect kunnen dat hij, heel bescheiden, sluipwegen zoekt en vindt die hem toestaan om op een zelfstandige manier een eigengereide consument te zijn, die natuurlijk zoals iedereen gevangen zit in de consumptiemaatschappij, maar die toch de regels en de wetten voor een gedeelte zelf bepaalt, en zo minstens de illusie van zelfbeschikkingsrecht in leven houdt. Op de tassen die tot knappens toe gevuld de zitjes naast hem bezet houden, staat boven- en onderaan, in vier talen, de volgende boodschap: 'Leef zoals je wil', *'Live the way you like'*, *'Leben wie man es mag'* en *'Vivez comme vous voulez'* — blijkbaar stellen Franstaligen meer prijs op beleefdheid. Een kleurig mozaïek van levensmiddelen vult de rest van het plastic oppervlak: moten zalm, een krop sla, keukenpapier, bananen, een smoothie; en dan in één vak het logo van de supermarktketen: de zwarte, wat hoekige leeuw, waarvan de staart een S vormt, al dan niet intentioneel. Heeft hij inderdaad een manier gevonden om te leven zoals hij wil, dankzij het spaarsysteem dat hem toelaat hink-stap-sprongen te maken over het veld van producten?

Natuurlijk heeft Delhaize — en deze naam kan als een eigennaam worden gelezen: als hij zich niet vergist, bestaat er iemand die John Delhaize heet, en die natuurlijk niet alles in het bedrijf beheerst en regelt, maar die toch als erfgenaam verwijst naar die ene ondernemende man met wie alles begonnen is, vermoedelijk ergens na de Tweede Wereldoorlog — natuurlijk heeft meneer Delhaize dus de regels voor het spaarspel bedacht, waarschijnlijk met behulp van een team van experts dat ervoor heeft gezorgd dat de techniek niet in het nadeel kan uitvallen van de ooit als familiebedrijf begonnen onderneming. Dat deze supermarkt aankoopbonnen van vijf euro wegschenkt, en daartoe de aankoop van sommige producten met een tiental, honderdtal of in zeldzame gevallen zelfs een duizendtal punten beloont — dat kan nooit helemaal in het voordeel van de consument uitvallen, en daarvan is hij zich aan de ene kant bewust, maar aan de andere kant blijft hij hopen op of geloven in het tegendeel: kan er niet een klant zijn die zo gewiekst en behendig bonnen bewaart en aankopen kiest dat hij Delhaize te slim af is? Niet zelden heeft hij gefantaseerd over de impact van zijn transacties op het zakencijfer en het businessplan van Delhaize. Zou het promotiesysteem wekelijks of maandelijks geëvalueerd worden, en zou hij invloed uitoefenen op die evaluatie? Zou er bijvoorbeeld nu, op dit moment, een al dan niet spreekwoordelijk alarm afgaan in Brussel, of waar het ook is dat de hoofdzetel is gevestigd, omdat in de winkel in Gent één klant een kwartiertje geleden vijf bonnen tegelijkertijd heeft gescoord? Zou hij daarvoor bekendstaan, al is het dan slechts met een klantennummer, bij de Delhaize-administratie? Worden hem per post of aan de kassa gepersonaliseerde deals aangeboden, precies om zijn verzameling bij te sturen of te beperken? Wordt hij geviseerd — en zo ja: waarom? Omdat hij het winstsaldo van de supermarkt klappen toebrengt? Of is het tegendeel waar: maakt Delhaize, op een magische manier, meer winst naarmate hij meer aankoopbonnen in de wacht sleept? Dat kan hij zich moeilijk voorstellen. Zeker na het bezoek van daarnet lijkt het hem zeer waarschijnlijk dat hij iets verdiend heeft, dat hij zijn lot verbeterd heeft, dat hij als individu een dappere stap vooruit heeft gezet, een persoonlijke, betekenisvolle daad van verzet heeft gepleegd op het terrein en in de ogen van een grote multinational.

Als dat alles niet het geval zou zijn, dan is er de tweede verklaring, en daarvoor heeft hij noch de goedkeuring, noch het verlies van iemand anders nodig. Als hij inkopen doet bij Delhaize met in zijn achterhoofd het objectief zo veel mogelijk punten te verdienen, dan beleeft hij daar een grondig en oprecht plezier aan. Dat kan niemand hem afnemen, en zelfs als het plezier zich op wankele of glibberige gronden overeind zou houden — is dat niet altijd minstens een beetje het geval als een mens ergens plezier aan beleeft? De weldaden die een supermarktbezoek meebrengt, uiteraard enkel in dit specifieke, speelse en spannende geval, horen bij de regels en de eigenschappen van de activiteit zelf — niet bij de oorzaken of de gevolgen. Het gaat om het rondlopen met het karretje in de gangen. Het gaat om het incalculeren van de vervaldata van enerzijds de vouchers die extra punten kunnen opleveren en van anderzijds de producten zelf, die soms in groten getale aangekocht moeten worden vooraleer ze punten opleveren — hoe lang doet hij bijvoorbeeld over drie potten magere yoghurt of twee strooibusjes parmezaankaas? Het gaat om het uitknippen van aanbiedingen uit de folder die met de post is aangekomen, om het creatief bedenken van een bestemming voor producten die hij uit eigen beweging nooit zou kopen, maar die hij, in ruil voor punten, best eens kan proberen (zoals flosdraad, amandelmelk, spruiten, tofu en recentelijk dus een elektrische tandenborstel). Het gaat om het intelligent combineren van aankopen, zodat sommige producten zowel onder de categorie 'bio' als onder de categorie 'groenten en fruit' vallen, en op het eind ook nog eens bijdragen aan de totale aankoopsom en aldus drie keer renderen. Het gaat om het stiekem weghalen van vouchers uit de papiermand die aan de uitgang staat opgesteld, net buiten het zicht van het elektronisch oog van de deur, die daar door onoplettende, onbegrijpelijke of zelfs ongelukkige bezoekers zijn achtergelaten. Het gaat om het zachte zingen van de tientallen in zijn hoofd, die tot een melodie samensmelten iedere keer als hij een juist product aantreft en inlaadt — een muziekje waarvan het geluid samen met zijn totale puntenaantal steeds toeneemt. Het gaat om een vervoering die hem aan computerspelletjes uit zijn kindertijd herinnert, waarin superhelden tegen dingen aanbotsen zodat er munten tevoorschijn komen, of monstertjes verpletteren zodat de weg naar de toekomst openligt. Het gaat om een eerste consumptie die verlekkerend vooruitloopt op de tweede — want wat hij koopt (dit is tenslotte Delhaize) is altijd van superieure kwaliteit. Het gaat om het nauwelijks geïnteresseerd kijken naar de anderen, die er moeten zijn — helemaal alleen zou hij niet in Delhaize kunnen rondlopen — maar die inwisselbaar blijven, als figuranten in een stuk waarin hij de hoofdrol speelt. Het gaat om het traject in de supermarkt, zodanig afgelegd dat er zich geen doublures voordoen, maar ook zodanig dat bederfelijke goederen of diepvriesproducten het laatst aan bod komen, zodat niets over het hoofd wordt gezien — ook niet, bijvoorbeeld, zoals zo-even, de aanbieding (slechts op het rek zelf vermeld en niet in de aanbiedingsfolder) om twee zakken koffiebonen te kopen en aldus honderd punten te krijgen. Hij is bonen gaan kopen (en een koffiemaler); hij geniet nu van versgemalen koffie (en zou niet meer zonder kunnen) — dat heeft hij aan de punten te danken, precies omdat bonen altijd meer punten opleveren dan reeds machinaal gemalen koffie. Daar gaat het dus om: verrassing, duurzame gevolgen, overeenkomsten, onverwachte consequenties — esthetisch, zintuiglijk, intellectueel plezier.

Als plezier niet volstaat, dan is er (als derde wolk van argumenten, redenen, verklaringen): efficiëntie, tijdsbesteding, snelheid, zekerheid, gemoedsrust, overtuiging. Door zich over te leveren aan het beloningssysteem van de punten en de aankoopbonnen, wordt hij ontslagen van de verplichting om de meest verscheurende keuzes te maken, of worden die keuzes althans in zijn plaats gemaakt. Het is duidelijk dat het aanbod te groot is, dat er voor elk product of levensmiddel te veel mogelijkheden zijn, net zoals er te veel supermarkten bestaan om uit te kiezen. Waarom Delhaize en niet GB, Match, Carrefour, Colruyt, Spar, Louis Delhaize, AD/Delhaize, Makro, Profi, Cora, Lidl, Aldi of Albert Heijn? Omdat hij heel tevreden is met het spaarsysteem van Delhaize, en hij geen enkel verlangen voelt om andere beloningsmachinerieën (die ongetwijfeld bestaan, en die natuurlijk ook, voor de multinational in kwestie, winstmagneten zijn) te leren kennen. Waarom yoghurt van Pur Natur en niet van Danone, Activia, Campina, Yoplait, Alpro, Bonne Maman, Benecol, Werbomont of van het Delhaizemerk zelf? Omdat er deze week vijfenveertig punten worden uitgereikt bij aankoop van twee potten volle yoghurt van Pur Natur (en ook omdat hij die yoghurt lekker vindt, net als alle andere soorten yoghurt, uitgezonderd die van Alpro op basis van soja: kleverig, poederig en met een onaangename smaak). Waarom poetsen met een elektrische tandenborstel van Oral B en niet met een elektrische tandenborstel van Philips, Braun, Grundig, Emag, Panasonic of Waterpik, of met een gewone tandenborstel van Colgate, Zendium, Signal, Elmex, Sensodyne, Oral B, MacLeans, Prodent of Aquafresh? Omdat er deze week een kortingsbon van tien euro op de verpakking van de tandenborstelmachines van Oral B kleeft, terwijl er daarnaast in het rek vijfhonderd punten worden beloofd bij aankoop, en hij daarbovenop een week geleden aan de kassa een voucher heeft gekregen waarmee hij nog eens vijftienhonderd punten kan verzilveren als hij een elektrische tandenborstel van dit type koopt. Het is een samenloop van omstandigheden die John Delhaize samen met zijn medewerkers misschien tegen zijn zin heeft veroorzaakt — het kan toch niet dat zij eropuit zijn hem een nieuwe tandenborstel te verkopen met zestig procent korting? Zoveel is het nochtans dat, op het eind, van de aankoopprijs wordt afgetrokken: de kostprijs van vijftig euro wordt aan de kassa meteen met tien euro verminderd, en daarna worden er tweeduizend punten aan zijn saldo toegevoegd, wat betekent dat hij, nu al meer dan een kwartier geleden, vier nieuwe bonnen heeft gekregen — althans dankzij die tandenborstel, want andere aankopen (zoals twee grote dozen vanille-ijs en twee zakjes koffiebonen) hebben samen met het tijdens vorige bezoeken opgespaarde saldo nog een bon geboren doen worden — de caissière was verbaasd en ze had er onvoldoende in voorraad, ze is bonnen gaan halen bij een collega.

Zo slaagt hij er dankzij Delhaize in om als consument stand te houden, om de saaiste kanten van het dagelijks leven draaglijk te maken, en om niet gek te worden door de ononderbroken herhaling van een divers en overweldigend aanbod. Het lijkt hem een vanzelfsprekende strategie, waarvan hij echter niet met zekerheid kan zeggen dat ze ook door andere mensen wordt gevolgd. Bij iedere winkelbeurt wordt hem eerder het tegendeel bewezen: als hij ziet hoeveel vouchers er in de vuilnisbak worden gegooid die aan de uitgang staat — vouchers die vaak efficiënt, in aan elkaar klevende groepjes van drie of vier, in twee stukken zijn gescheurd, zodat ze zeker niet meer door iemand anders te gelde kunnen worden gemaakt; als hij merkt dat sommige mensen niet eens over een Delhaize Pluskaart beschikken (en dus nooit een begin hebben gemaakt met het sparen van punten en dus talloze punten hebben weggegooid); of als hij, in de trein, om zich heen kijkt en moet vaststellen dat hij de enige is die zopas bij Delhaize boodschappen heeft gedaan en de trein neemt om naar huis terug te keren. Nu die trein stilstaat en de vertraging oploopt, wordt het steeds moeilijker om genoegen te ontlenen aan zijn eenzaamheid, en om in al zijn langzaam opgebouwde argumenten te geloven: iets als enige doen biedt garanties op bijzondere kwaliteiten, die echter met een vingerknip omslaan in getuigschriften van zieligheid.

15:00–15:02 (Zij)

Er wordt toch iets aangekondigd: een van hun zes wijsvingers gaat overeind staan en vraagt om aandacht — zes, want er is iemand uit het gezelschap verdwenen, afgestapt in Gent-Sint-Pieters, en net op tijd ontsnapt aan deze hechtenis, in hetzelfde interieur als voordien, met een onveranderlijk exterieur, maar met een tijd die zich nog minder dan anders laat stoppen. Het meisje is zichtbaar ontstemd als de conducteur met behulp van de luidsprekers de reizigers informeert — ze had liever zelf iedereen wijzer gemaakt, door haar gerichte zoektochten op het wereldwijde web, maar ze heeft niet eens een melding van de vertraging gevonden, laat staan een oorzaak.

‘Dames en heren, om nog onduidelijke redenen staan wij

even stil. Wij houden u op de hoogte en hopen de reis snel te hervatten. Onze excuses voor het ongemak.'

'Hij weet het ook niet', zegt het meisje, zichtbaar opgelucht nu ze niet verslagen blijkt — of misschien tevreden omdat ze nog steeds de tijd kan doden met het surfen langs www.nmbs.be, www.railtime.be, www.treinbestuurder.be, en alle andere infokanalen voor de nieuwsgierige reiziger.

'Kun je nog een trein nemen zonder dat-ie na verloop van tijd stilvalt?'

'We hebben geluk gehad.'

'Geluk? Koen, die heeft geluk gehad, die is afgestapt in Gent-Sint-Pieters. Wat voor een situatie is het als je gelukkig wordt genoemd wanneer je trein erin slaagt langer dan een halfuur aan de gang te blijven?'

'Wat zeggen ze online?'

'"Er is een probleem met de samenstelling van de trein tussen station Essen en station Roosendaal. Sommige treinen tussen Essen en Roosendaal zijn afgeschaft." Dat is niet voor ons. "Er is een persoon aangereden door een trein tussen station Antwerpen-Berchem en station Mortsel. Einde storing. Gevolgvertragingen blijven mogelijk." Ook niet voor ons... Nee, volgens het internet is er niets aan de hand, en hebben we op dit moment Gent-Dampoort al weer verlaten richting Lokeren.'

'Misschien ligt het aan ons, doen we zo meteen onze ogen open, en bemerken we dat we allemaal samen deze vertraging hebben gedroomd, en dat we ons in werkelijkheid al weer tussen de verspreide bebouwing bevinden.'

'Misschien moet dit voor het hiernamaals doorgaan, of voor het vagevuur.'

'Toch is het een schande.'

'Wat heb jij opeens? Moet je nog ergens heen dan?'

'Nee — dat is het niet. Maar we zitten al lang genoeg in de trein, ik vind het vervelend, ik heb niet zo goed geslapen vannacht en ik wil eindelijk naar huis. Ik heb aangenamere dingen te doen dan naar die onnozele watertoren kijken. En het is ook het principe: ik word zo kwaad als ik eraan denk wiens schuld dit is, en hoe het te vermijden valt. Weet je trouwens hoeveel we betalen voor deze rit?'

'Vijf euro toch? Een rit op de Go Pass?'

'Nee excuseer, je vergeet dat ik al ouder ben dan zesentwintig en geen Go Pass meer mag kopen, ik moet de volledige prijs betalen of een Rail Pass kopen — zesenzeventig euro voor tien ritten. De laatste jaren is de prijs met een halve euro per jaar gestegen, terwijl de vertragingen, de stakingen en de afgelastingen zijn verdriedubbeld.'

'Ook dat is maar een indruk die je hebt. Het is allemaal per-cep-tie. Perceptie.'

'Perceptie.'

'Hou toch eens op met die schandalige relativering! Sommige dingen worden echt slechter en een van die dingen, dat is de NMBS. Vroeger was een trein met vertraging een zeldzaamheid, nu is een trein zonder vertraging een uitzondering.'

'"Beschadigingen aan het treinmaterieel: IC 9228." "Treinverkeer onderbroken door lek chemisch product." O nee, dat was gisteren.'

Een van de jongens vraagt zich in stilte af of je daar toch niet een beetje begrip voor moet opbrengen: het is een complexe situatie. Bij grote bedrijven lopen steeds meer dingen mis, dat is niet alleen bij de NMBS zo. Het is eigen aan ondernemingen waar veel mensen bij betrokken zijn dat er fouten worden gemaakt. Bovendien is het algemeen bekend dat het vandaag veel moeilijker is om beslissingen te nemen dan vroeger. De verplichting om telkens overleg te plegen, om ook met het tegendeel rekening te houden, om alle alternatieven nauwgezet te overlopen — dat leidt automatisch tot vertragingen, tot twijfel, tot besluit- en hulpeloosheid. Zo overweegt ook hij dit ter sprake te brengen, en hij zegt, voorzichtig: 'Is perfectie niet te veel gevraagd?'

'Ik vraag niet om een perfecte dienstverlening. Ik vraag om een redelijke dienstverlening waarbij fouten niet de norm zijn. Ik vraag om treinen zoals die te verwachten en te voorzien zijn! In België is dat blijkbaar te veel gevraagd.'

'Ah! Nu komt het eindstation in zicht, nu zijn we er: het is de schuld van België.'

'Ik heb in Duitsland ook eens drie uur vastgezeten in een trein.'

'Jongens... hou het nog een paar minuten vol.'

'Een paar minuten? Wie zegt dat we niet veel langer zullen vastzitten?'

'Dan gooi ik het raam in.'

'Nieuws uit Nederland: "Tussen Maastricht en Beek-Elsloo rijden geen treinen door uitloop van werkzaamheden. Er rijden bussen tussen Maastricht en Sittard. Er rijden stopbussen tussen Maastricht en Beek-Elsloo. Houdt u rekening met een extra reistijd van vijftien tot dertig minuten."'

'Je weet toch hoe dat in elkaar zit? Sedert 2005 heeft de NMBS-Groep een drieledige structuur. Infrabel gaat over het spoor, de NMBS zorgt voor de treinen en de reizigers, en de NMBS-Holding is de overkoepelende groep, die ook de treinstations beheert. Een dergelijke structuur bedenken, dat is om problemen vragen, vooral omdat al deze onderdelen te weinig geld krijgen om goed te kunnen functioneren. Het is onnozel om het bestuur van de spoorwegen op te splitsen in drie delen: een dienst voor de treinen, een dienst voor de stations en een dienst voor de sporen, die afzonderlijk functioneren, terwijl iedereen weet dat je om iets of iemand te vervoeren treinen, sporen en stations nodig hebt — tegelijkertijd.'

'Ik heb dat nooit zo goed begrepen: je kunt een station, een trein en een spoor toch niet door één persoon in het oog laten houden en laten repareren als dat nodig is? Daar is toch specialisatie voor nodig?'

'Ja, dat klopt, maar blijkbaar is het probleem niet zozeer specialisatie, als wel harmonisatie. De delen zijn zodanig uit elkaar getrokken en gegroeid dat harmonie onmogelijk is.'

'Zijn er niet meer problemen in Wallonië dan in Vlaanderen?'

'Waarom denk je dat? Het is net omgekeerd.'

'"Er zijn problemen op het Franse net. Het treinverkeer is onderbroken tussen Doornik en Lille Flandres. Wij nodigen de reizigers uit om zich naar station Moeskroen te begeven, vanwaar ze hun reis normaal kunnen voortzetten."'

'Waarom vragen we geen uitleg aan de conducteur?'

'Die zal zich niet meer laten zien.'

'Misschien moet je de vertraging op Twitter aankondigen, het is altijd mogelijk dat iemand met een oplossing komt aanzetten.'

'Ja! Misschien word ik dan opgebeld door een journalist en kom ik live in het journaal op televisie.'

'Lach er maar mee. Het haalt niets uit. Niets haalt nog iets uit. Als je zou zeggen dat er geen probleem is, dan word je het slachtoffer van geruzie, als een kind wiens ouders ruzie maken zonder dat het begrijpt waarom. Als je zegt dat er wel een probleem is, dan ben je onvermijdelijk tegen de huidige NMBS, maar dan ben je onrechtvaardig, want de NMBS is er de afgelopen veertig jaar steeds meer toe gedwongen zichzelf machteloos te maken. Je doet het verkeerd, wat je ook doet.'

15:02–15:04 (René)

Toen hij jong was, nog niet zo lang geleden, verbaasde het hem wanneer zijn moeder zei: 'Daar kan ik toch niets aan doen' — en ze zei het vaak, iedere keer als hij of zijn vader of zijn broer of zijn zus ongelukkig was, kwaad, gefrustreerd: 'Daar kan ik toch niets aan doen', terwijl het evident was; ze werd nergens van beschuldigd, en toch voelde ze zich schuldig, alsof het haar niet-aflatende verantwoordelijkheid was, alsof zij ervoor moest zorgen dat alles naar wens verliep — alsof ze er, diep vanbinnen, tegen beter weten in, van overtuigd was dat ze een fout had gemaakt met andermans ontevredenheid tot gevolg.

Iedere keer was het haar reactie, als er door een lid van het gezin werd gevloekt, gejammerd of gezucht — bijvoorbeeld als ze in de file stonden, en zijn gezicht betrok, en hij zijn hoofd liet hangen en gebruikte lucht luid door zijn neusgaten ontsnapte omdat hij een voetbaltraining dreigde te missen, en zij haar handen nauwgezet op het stuur hield, in een tien-voor-twee-positie, als wijzers op een horloge; of bijvoorbeeld als zijn zus vitamines moest nemen, 's ochtends op een nuchtere maag, en ze de bordeauxrode, als een koffieboon glanzende pil niet naar binnen kreeg, en als dat eindelijk wel lukte na een paar minuten moest braken, hoewel ze nauwelijks drie lepels Honey Pops met melk had gegeten — hij zag het zijn moeder nog zeggen, aan de ontbijttafel, zijn zus gevlucht naar het toilet, en haar kokhalskreten overstemden het gefluister van hun moeder, die zich niet eens tot haar richtte; of zelfs als zijn vader met hoofdpijn wakker was geworden — hoofdpijn die niet als onderdeel van een kater werd benoemd, en dat misschien niet was, want soms had hij ook hoofdpijn als hij de avond voordien niets gedronken had — zelfs dan vond ze het nodig tegen te spreken wat niemand had durven denken: dat het haar schuld was.

Ze had het regelmatig gezegd, en vermoedelijk nog vaker had hij eraan teruggedacht, en hoewel dat in elk geval zou zijn gebeurd, onafhankelijk van de wendingen die zijn leven zou hebben genomen — er is immers geen mens die niet iedere dag minstens één keer ergens van beschuldigd wordt of zich tenminste beschuldigd voelt — onvermijdelijk was de frequentie van zijn herinneringen aan haar defensief gevleugelde woorden door zijn werk als treinbegeleider toegenomen. Eigenlijk viel het niet eens te vergelijken, en toch deed hij het, toch was er iedere keer de reflex haar voorbeeld te volgen, en te zeggen, *on repeat*, op automatische piloot: 'Daar kan ik toch niets aan doen!'

Een jaar en een maand was dit zijn baan: treinbegeleider — van het woord 'conducteur' was er geen sprake meer en mocht er geen sprake meer zijn, ook niet in het Frans — en niet zonder trots kon hij zeggen dat hij nog nooit tegen een reiziger had gezegd dat het zijn schuld niet was, hoewel het altijd, net als bij zijn moeder, *waar* was geweest: het was zijn schuld niet als bijna alle toiletten defect waren; het was zijn schuld niet dat er steeds meer mensen muziek beluisterden en meezongen, of films bekeken in de trein; het was zijn schuld niet dat er drie wagons minder waren aangekoppeld dan gebruikelijk was, waardoor in het gangpad tussen de stoelen mensen moesten blijven rechtstaan; het was zijn schuld niet dat er een deur niet meer sloot; het was zijn schuld niet dat de reservering van zestig zitplaatsen niet was doorgegeven — zoals het ook nu zijn schuld niet was dat de trein stilstond, al zes lange minuten.

Het was niet alleen zijn schuld niet — het was voorlopig niet eens te zeggen wiens schuld het wél was. Soms scheen het hem toe dat hij vooral daarvoor was opgeleid, of dat althans zijn dagtaak voornamelijk daarin bestond, wat natuurlijk niet hetzelfde was: verklaringen bedenken, situaties interpreteren, fouten verklaren, reizigers sussen, ongerustheid wegnemen — en vooral: de schuld van problemen bij iets of iemand leggen, als een klokhuis van een opgeknabbelde appel, dat een kind aan zijn moeder geeft omdat er geen vuilnisbak in de buurt is. Het was opmerkelijk hoe ontevreden treinreizigers waren, hoe kritisch ook, hoe mondig — hoe ze bijna in elk geval klachten hadden, altijd iets vonden dat beter kon, en vaak met de grootste inventiviteit mensen, groepen mensen, of daden van mensen met de vinger wezen.

Hij heeft het tijdens zijn korte carrière niet anders meegemaakt, maar een collega, die de locker naast de zijne gebruikt in de cel treinbegeleiding van Gent-Sint-Pieters, is er formeel over: het is de afgelopen tien jaar niets minder dan bergaf gegaan, in die mate dat het een zeldzaamheid dreigt te worden om een treinreiziger te treffen die niet meteen als een tegenstander tegenover je staat, voorzien van de meest extreme overtuigingen die nooit in de richting van het midden met jouw meningen kunnen worden verlegd, laat staan dat ze naar de waarheid toe kunnen groeien. Nu is die collega over meer dingen fatalistisch en gedeprimeerd, en lijkt hij te vergeten dat zijn eigen opvattingen niet minder radicaal en ongenuanceerd zijn dan die van de zo slecht ontwikkelde treinreizigers. Trouwens, wat maakt het uit dat iets negatief is geëvolueerd — je kunt de geschiedenis niet terugdraaien: het enige wat je kunt doen is vermijden dat iets met een catastrofe eindigt, maar dat is tot nog toe nauwelijks gebeurd. De meeste dingen eindigen nooit, dus redenen tot bezorgdheid zijn er niet — of het levert vooral niets op.

Het neemt niet weg dat hij ook nu duiding moet verschaffen terwijl het hem vooralsnog aan elke vorm van duiding ontbreekt. Even stilstaan vinden de meeste reizigers niet zo erg — het is de onzekerheid waar ze zo'n hekel aan hebben. Het is hem tijdens zijn opleiding verzekerd, in die termen: niet weten wat er gebeurt, dat is het ergste; onzekerheid is mensonwaardig, zeker voor wie zich in de altijd kwetsbare en licht onwennige positie van reiziger bevindt. Hij heeft de neiging om dat te relativeren. Onzekerheid: iedere keer als er een verdwijningszaak in het nieuws komt, valt dat woord ook, en als er dan eindelijk een lijk gevonden is, zie je de familie van het slachtoffer, of de advocaten van de nabestaanden, getuigen hoe opgelucht ze zijn nu hun onzekerheid voorbij is; en als er maar geen lijk wil opduiken, dan wordt het nog eens benadrukt: onzekerheid, dat is het ergste. Als het over het lot van een geliefde gaat, oké. Maar in een trein? Het is een neiging die hij moet onderdrukken, want het belangrijkste kenmerk van een klant is dat diens problemen niet gerelativeerd mogen worden. Zoals de kiezer heeft de klant altijd gelijk. René heeft trouwens makkelijk praten: hij moet nergens heen, hij is al op zijn werk, zijn uren lopen, hij wordt betaald. Dus: onzekerheid bij de reiziger — vreselijk!

De trein is gewoon stilgevallen — *gewoon*: een te vermijden woord bij argumentaties, het maken van een punt en het te woord staan van een reiziger, maar toch ziet hij zich gedwongen om het er voorlopig mee te doen, althans in gedachten. Hij weet natuurlijk wat er zich niet heeft voorgedaan, hier, met de halte van Gent-Dampoort in zicht. De trein is uit eigen beweging gestopt — of liever: er is door niemand besloten om te stoppen, bijvoorbeeld omdat er zich iets of iemand op de sporen bevindt, of omdat de trein vóór hen niet meer beweegt en de doorgang verspert, of omdat station Gent-Dampoort niet bereid is hen te ontvangen. De meest voor de hand liggende verklaring is een technisch defect: de voortbeweging van de locomotief is slechts mogelijk met behulp van machines, en als die beweging stokt, dan is er iets mis met de motor. Toch verzekert de treinbestuurder hem, herhaaldelijk, dat er geen enkel controlemechanisme een negatief signaal geeft: alles lijkt nog te werken, of in elk geval wordt het gebrek aan een gunstige werking door geen enkel verklikkerlampje, wijzersignaal of alarmgeluid begeleid. Dat heeft hij meteen beseft toen hij om 14:48, over de schouder van de bestuurder, door een vuil geregende voorruit naar de sporen keek die op hen lagen te wachten — en dat nu nog steeds doen — en die er toen al zo verleidelijk uitzagen omdat ze na een tiental meter in een flauwe bocht om de hoek onzichtbaar worden. Hij wist dus meer, toen hij daarnet zijn aankondiging deed — maar niets dat hij in een paar zinnen kon meedelen, en vooral niets dat de reizigers niet zou opjutten. Duiding is belangrijk, maar je moet niet om het even wat verkondigen.

15:04–15:06 (Marc)

Hij probeert haar gezicht te lezen zonder ervan te genieten — met een zo neutraal mogelijke blik. De onwetendheid is hem te veel: hij wil informatie, zeker nu de trein zonder aanwijsbare reden is opgehouden met bewegen. Die stilstand — aanvankelijk drager van beloftes — is na een paar minuten vervelend geworden, alsof hij zich niet meer kan ontslaan van het besef dat hij geen plan heeft, geen plan durft te hebben, en zelfs niet over een plan kan nadenken, terwijl er nu toch meer tijd en respijt is om zijn doel te bereiken vooraleer zij verdwijnt. Hij zou, als de vertraging blijft aanslepen, kunnen vragen om haar gsm nog eens te mogen lenen omdat hij Jos wil verwittigen — maar Jos bestaat helemaal niet, Jos heeft hij verzonnen om een aanleiding te hebben om haar aan te spreken, iets waar hij ondertussen spijt van heeft, niet alleen omdat het hem niet dichter bij haar heeft gebracht, maar ook omdat ze misschien gemerkt heeft dat hij helemaal niemand opbelde en als een idioot op een levenloos toestel zat in te praten. In het beste geval spreekt ze hem daar zo dadelijk op aan, al was het maar om hem te bestraffen door sarcastisch haar telefoon nog een keer aan te bieden, maar daar ziet het voorlopig niet naar uit. Het is niet voor het eerst dat hij Jos in het leven roept, hoewel het hem nooit ergens gebracht heeft. Misschien moet hij voortaan naar zijn moeder bellen, dat maakt waarschijnlijk een betere indruk — hoewel, doen alsof je naar je moeder belt, en dus je moeder ergens voor misbruiken, dat is wel heel gemeen.

Buiten, op de nok van een van de ongewoon roerloze huizen, zit een kraai — zwart, ook door het tegenlicht, alsof de contour van de vogel uit het uitzicht is weggesneden, of eerder op het raam is gekleefd als zo'n silhouetsticker, die moet verhinderen dat in de vlucht het raam als lucht wordt beschouwd. Het maakt de kraai griezeliger — zelfs de leegte die achterblijft na het klapwiekende vertrek heeft iets onheilspellends, maar enkel voor wie beseft wat eraan is voorafgegaan.

Heeft hij het goed, en draait ze met haar ogen vlak nadat hij de zijne weer op haar heeft gericht? Misschien is dat al te hoopvol: dat ze zouden knikkeren met elkaar, en hun kijkers door flitsende botsingen zouden wegstuiteren, een andere kant op, maar nooit buiten de stenen knikkerbak waar ze met wederzijdse instemming aan hebben plaatsgenomen. In de lagere school hadden ze zulke dingen: kleurige pauzes in een meters lange rij banken, van koud, pokdalig beton, de achterzijde tegen een witgeschilderde bakstenen muur, waarvan de elementen oneffen waren en soms uitpuilden — geen twee stenen gelijk. Tussen de knikkerbak en de muur was er onvermijdelijk een spleet, van een halve tot een hele centimeter breed, waarin kleine knikkers verdwenen als ze door hard spel te ver omhoog sprongen, of waarin gedurende de jaren ook vele andere dingen zich hadden verstopt of gevangen waren gezet: papiertjes, speelkaarten, mini-autootjes, rekkers, muntstukken — met een geodriehoek probeerden ze de kleine schatten los te peuteren, en het was zijn droom om ooit zo'n knikkerbak weg te schuiven. Er zou een naakte plek tevoorschijn komen, onbevuild in vergelijking met de rest van de muur, maar vol met het leven van de achtergebleven voorwerpen, als krioelende insecten die worden blootgesteld aan daglicht zonder dat ze het bestaan daarvan vermoedden.

Hij weet het dus niet, hij weet het nooit, wat ze denken, óf ze aan hem denken — want hoe verleidelijk is het om meteen nadat hij zijn ogen op een meisje heeft gericht, te denken dat ze dit voelt, en dat ze meteen op zijn blik gaat reageren door weg te kijken, al dan niet in een wijde boog? (Het gebeurt niet in een trein, maar omgekeerd is het onvermijdelijk om een anonieme blik in een massa gezichten — een meisje dat misschien alleen maar in de verte kijkt, of bijziend niet meer dan een waas waarneemt — om die blik op te laden met een eeuwige kracht, die het meisje wier ogen voor die straling verantwoordelijk zijn meteen tot de belangrijkste persoon in zijn leven maakt.) Meestal beseffen ze het niet eens, of doen ze heel goed alsof — de magere lat van daarstraks, die hem gelukkig niet is achternagelopen, was een onaangename uitzondering. Meteen afkeurend reageren, dat doen ze niet, en toch is hij er iedere keer van overtuigd, al is het dan voor even, dat ze hem verwensen, weg wensen, dood wensen zelfs, gewoon omdat hij ogen heeft. Het leukste is natuurlijk niet de extreme reactie van de afwijzende ergernis of de totale overgave, maar iets daartussen: een subtiel, plagerig of humoristisch spel van zwaaiende wimpers, getuite of nauwelijks van elkaar verwijderde (en soms licht bevochtigde) lippen, mysterieuze glimlachjes, ogen vol verwondering — niet alleen een gevolg van wat ze zien, maar ook als een boodschap rondgestuurd. Een spel dus, zo gespeeld dat het altijd nog als toevallig kan worden geïnterpreteerd, wat goed is omdat de dreiging dan niet te groot wordt — en het heeft voor haar vast het voordeel dat ze zich op elk moment kan terugtrekken zonder als inconsequent te worden bestempeld. Dergelijk voorbeeldig gedrag is echter zeldzaam, zeker de laatste jaren en zeker hier in België. Als late tiener, op de middelbare school, is hij een dagje naar Parijs geweest. Ze hadden na de middag, tussen museumbezoeken en geleide wandelingen in, een paar uur vrij, en met twee vrienden liep hij over straat, langs de Seine, over de Champs-Elysées — meer blikken heeft hij toen gekregen tijdens die paar uur in Parijs dan hier verspreid over een heel jaar! Hoeveel er kan gebeuren in het handvol seconden en meters dat een niet eens zo langzame passage over het trottoir in beslag neemt! Er is tijd en plaats genoeg om de ogen een paar keer weg te slaan — en dan op te kijken, en om precies op die manier aan te geven dat er interesse is, of althans nieuwsgierigheid. Het was als in een film: als hij er nu aan terugdenkt, heeft hij toen een paar keer, zonder stil te staan, over zijn schouder gekeken, eerst naar het in een strakke, blauwe jeansbroek gehulde achterwerk, en dan weer omhoog, naar het lange haar, dat plots en onverwacht als een douchegordijn een tikje nijdig werd weggetrokken, en een licht spottende blik te zien gaf — na twee, drie tellen was het voorbij, maar je kon er een hele dag op teren. Is het trouwens zoveel gevraagd om te erkennen dat je medemens bestaat door hem kort aan te kijken? Misschien moet hij nog eens terug naar Parijs.

De herinnering maakt hem triest, en ook een beetje kwaad

— hij heeft het geluk allesbehalve aan zijn kant, en nu valt ook de trein stil — het is niet zo dat hij ergens heen moet, maar hier had hij niet op gerekend, en hij heeft het gevoel dat hem iets ontstolen is, of dat hij zelfs wordt gedwarsboomd. Hoewel hij niet precies zou kunnen omschrijven wat het is dat hij wil, en er niet veel zin in heeft om daarover na te denken, is hij er vast van overtuigd dat hij vandaag niet krijgt wat hij begeert, terwijl er niet meer redenen zijn dan anders om hem de vervulling van zijn verlangens te ontzeggen.

Volstrekt onbeweeglijk kijkt ze naar buiten — wat bijna onmogelijk zou worden mocht de trein weer gaan rijden, want zelfs al kun je heel goed in het ijle staren, de wegglijdende wereld vereist voortdurend kleine oogbewegingen. Bovendien geeft ze op geen enkele manier motorisch gevolg aan de muziek die ze hoort, waarvan flarden blijven ontsnappen, als de indrukken die nagelaten worden door bewegingen, gemaakt onder een zware en dikke deken. Maler: geen idee wie of wat het is — hij houdt niet van muziek; muziek zorgt enkel voor afleiding van wat op dat moment belangrijk is, bijvoorbeeld door verwachtingen te scheppen, zoals ook omgevingen of uitzichten dat doen, alsof het geluid of de ruimte batterijen oplaadt die vervolgens in geen enkel toestel passen.

De conducteur verschijnt scherp afgelijnd in de deuropening, en vastberaden maar traag komt hij dichterbij, zodat de teleurgestelde woede van Marc kan toenemen. Als de NMBS-medewerker hun vierzit bijna gepasseerd is, strekt hij zijn rechterarm uit over de kloof van de middengang, en legt hij zijn hand op de grijze broek met plooi van het uniform, ter hoogte van de knieschijf, die meteen door zijn hand wordt bedekt. Het is een onberedeneerd gebaar dat hij meteen ongedaan maakt, als raakte hij schrikdraad aan. Geprikkeld en met gefronste wenkbrauwen kijken de nieuwe ogen hem aan, vanuit hun door de klep van de pet deels overkapte omgeving. De stilte blijft duren. Marc beseft dat hij iets moet zeggen, vooral ook omdat het meisje voor het eerst echt benieuwd lijkt naar een vervolg: ofwel is het einde van de plaat bereikt, ofwel heeft ze onmerkbaar op de pauzeknop gedrukt. Hij heeft echter het gevoel dat veel van zijn plots opgedoken drift is verdwenen, alsof niet de knieschijf maar hijzelf elektrisch geladen was, en hij door de aarding van het onderbeen van alle stroom is verlost. Nauwelijks hoorbaar vraagt hij nu: 'Is het nog ver?', als een kind op reis met zijn ouders, ongeduldig op de achterbank van de gezinswagen.

15:06–15:08 (Kris)

De stilstand, de stress, de stilte — zijn concentratie neemt toe, zijn geheugen wordt samen met het verleden bereikbaar, zodat de laatste twijfel als een leeggegeten bord door een ober wordt weggenomen: hij kent die man met zijn beschadigde kapsel of schedel, ginds tegenover het meisje; hij heeft die man eerder gezien, in een situatie die nauwelijks verschilde van de huidige. Alleen de bestemming, het traject en het meisje waren anders, net als de trein, die was blijven rijden. Ongeveer drie weken geleden was hij onderweg naar zijn moeder, die in Kortrijk woont, sinds het overlijden van zijn vader helemaal alleen in een veel te groot huis dat ze niet wil verlaten, met een uitgestrekte tuin die al een paar jaar door Kris wordt onderhouden — omdat het een gewoonte is, omdat hij het graag doet, en omdat geen van zijn vijf zussen of hun huidige partners het zou overwegen.

Op een zaterdag tegen de middag, na het vertrek van de trein naar Kortrijk, in een andere richting dan nu — westelijker, langs een route die minder vaak gefrequenteerd wordt — zonder veel omhanden, door het raam naar buiten kijkend, naar het gedeelte van de stationsomgeving dat onherkenbaar aan het veranderen was en waar tientallen funderingspalen waren gegoten, en een hele reeks hellende vlakken werden gegraven als toegangen voor de ondergrondse parking, maar ook als op- en afritten voor rolstoelgebruikers en fietsers — toen kon hij achter zijn rug een levendig gesprek afluisteren tussen een man en een jonge vrouw. Nieuwsgierig had hij even voorovergeleund in het gangpad, en had hij zijn hoofd naar achteren gedraaid: met zijn linkerelleboog en -bovenarm rustend op de leuning, had hij nog net de kruin van de jonge vrouw boven de hoofdsteun zien uitkomen, en tegenover haar had een man met een pet gezeten, die ongewoon geïnteresseerd een gsm-toestel in zijn hand hield en dit met geconcentreerde blik en opgetrokken wenkbrauwen bestudeerde, alsof hem er iets over was verteld dat hij nauwelijks kon geloven. 'Dat is knap,' had de man gezegd — Kris kon niet blijven kijken, maar hij hoorde hem nog net — 'dat wist ik niet, dat zoiets kon.'

'Ja,' had het meisje enthousiast en redelijk luid gezegd, 'en je kunt nog veel meer: je kunt ook een bestemming ingeven en dan rekent hij voor je uit welke bus of tram je het best kunt nemen als de trein eenmaal is gearriveerd, en als die informatie is vrijgegeven, dan weet hij ook of de trein vertraging heeft, en als dat het geval is, dan kijkt hij meteen of je misschien beter ergens kunt overstappen — het is bekend dat treinen met vertraging gaandeweg meer vertraging oplopen en de vertraging zelden of nooit inhalen — of je plannen moet wijzigen door een latere bus of tram te nemen. Het is allemaal ontzettend handig, en als je erbij stilstaat, dan wordt het voor een redelijke prijs aangeboden, en wat ik nog het mooist vind, is het ingebouwde kompas, omdat ik me niet kan voorstellen hoe het werkt. Een kompas is iets met magneten die in een olieachtige vloeistof drijven en ronddraaien — maar hoe zit dat dan in het computertje van een telefoontoestel, daar komen toch geen magneten of vloeistoffen aan te pas? En toch is er op het scherm een wijzertje dat dag en nacht, als het toestel tenminste is ingeschakeld, naar de noordpool wijst, zelfs als je het ondersteboven houdt, dan lijkt het pijltje even met zijn staart te schudden om zich daarna honderdtachtig graden te draaien, en weer naar het noorden te wijzen in plaats van naar het zuiden. Misschien heeft dat iets te maken met satellieten, maar toch kan ik me niet voorstellen hoe dat werkt, want de aarde draait rond en die satellieten niet. Er zit dus nog iets tussen, en dat gaat anders dan bij een kompas, dat zich richt op de noord- en de zuidpool.'

Tot in Kortrijk was het zo doorgegaan: bijna onophoudelijk had het meisje gepraat, zonder dat haar woorden of de dingen die ze aan bod liet komen, beïnvloed waren door de man, en zonder dat hij met meer dan een knikje, wat gemompel of het aanhouden van dezelfde medeklinker had kunnen reageren. Ze had over haar telefoontoestel gesproken, haar computer, het bureau waarop die computer rustte, de gordijnen die haar moeder had opgehangen om de lichtinval op het scherm te beperken, de nieuwe internetprovider waarmee ze een contract hadden gesloten, de veiligheidssoftware die ze had geïnstalleerd om haar zusje de toegang te versperren tot afzichtelijke of het best voor volwassenen voorbehouden websites, en ook over de vriendin die ze op het punt stond te bezoeken in Kortrijk, en die ze jaren geleden op vakantie in Spanje had leren kennen — twee Belgische meisjes, toevallig spelend in hetzelfde vakantieoord, aan het zwembad. Ze hadden contact gehouden, het was wonderlijk welke vriendschappen standhielden en welke niet — met de praktische omstandigheden had het vaak niet veel te maken. Een voormalige klasgenote woonde in Lokeren slechts om de hoek, en toch waren de contacten de laatste jaren bijna tot niks teruggebracht — jammer eigenlijk, zeker als je bedacht hoe moeilijk die vriendin het had, hoeveel problemen ze de laatste jaren had ondervonden, haar ouders waren gescheiden en haar vriendje was op een nacht, of eerder 's ochtends vroeg, in een biljartclub in elkaar gezakt en naar het ziekenhuis gebracht, waar ze niets anders hadden kunnen doen dan zijn maag leegpompen.

'Ik voel me ook niet zo goed', had de man plots gezegd — het kon niet anders dan toeval zijn dat hij zijn mededeling deed op het moment dat het meisje tussen twee zinnen door naar adem hapte. Meteen daarna had de conducteur het woord genomen, en alle passagiers hoorden zijn stem door de luidsprekers. 'Dames en heren,' had hij gezegd, 'wij komen aan in Kortrijk. Station Kortrijk.' Daarna was de stilte op de in de kleine stad binnenrijdende trein gerespecteerd, voor het eerst sinds lang.

Kris was opgestaan, en alsof hij langzaam op weg was naar de uitgang van de eveneens langzaam tot stilstand komende trein, stapte hij voorzichtig in hun richting, links en rechts op de zijkanten van de kopsteunen van de zetels steunend, alsof hij een onderwijzer was die tussen twee rijen kinderen liep, en hen telde door zijn handen kort op hun hoofden te leggen.

Het meisje had haar wenkbrauwen gefronst, wat haar gezicht lelijk en asymmetrisch had gemaakt, alsof er veel dingen tegelijkertijd gebeurden die niet naar haar zin waren. 'Er is toch iemand die op je wacht?' had ze gevraagd, bijna kwaad, alsof hij zopas op een leugenachtige manier het tegendeel zou hebben beweerd, en moedwillig een in haar ogen volstrekt vanzelfsprekende oplossing voor zijn probleem negeerde. 'Josh? Of hoe heet hij? Je hebt zonet toch met hem getelefoneerd?'

'O ja, Josh', had de man gezegd — er had een toon in zijn stem gezeten die Kris deed vermoeden dat hij grijnsde of zelfs in lachen zou uitbarsten. Zij waren nu ook overeind gekomen en stonden in het gangpad, waar alle passagiers met bestemming Kortrijk samendromden, als stroperige vloeistof in de hals van een ondersteboven gehouden, nog niet geopende fles. Kris stond vlak achter de man, hij kon de horizontale rimpels in diens nek zien, begroeid als met een stoppelbaard.

'Dan komt het wel goed', had het meisje gezegd — ze had zich omgedraaid, van de uitgang weg, zodat ze ook heel even in de ogen van Kris had gekeken, daarna in die van de man, en dan weer door het raam naar buiten. 'Je kunt je al snel ongemakkelijk voelen in de trein, dat onderschatten mensen, dat je lichaam in een trein niet minder ingrijpend wordt verplaatst dan in een auto — en jij zat in de rijrichting, dat scheelt een pak. Zelf heb ik er geen last van, maar er zijn mensen voor wie het onmogelijk is om in de trein tegen de rijrichting in te zitten, dat is heel merkwaardig. Soms gaat het alleen maar om een idee dat zich tussen hun oren bevindt. Ik heb ooit een keer in de trein gezeten en toen hoorde ik, toen we het eindstation binnenreden (het was in Oostende, geloof ik), dat een jongeman, die samen met vrienden in een vierzit zat, verbaasd luidop besefte dat hij gedurende de hele rit met zijn rug naar de locomotief had gezeten – iets waar hij kotsmisselijk en levensgevaarlijk draaierig van zou zijn geworden. Maar omdat het buiten donker was, en hij er te weinig aandacht aan had besteed, meegesleept in een conversatie over het concert dat hij even voordien met zijn vrienden in Brussel had bijgewoond, had hij al die tijd niet beseft dat hij niet in de rijrichting zat, en enkel daarom had hij er geen hinder van ondervonden.'

Schuifelend was de rij op weg geweest naar buiten. De treindeuren waren ondertussen – één keer hydraulisch pompend – geopend, en de rij wachtenden was steeds kleiner geworden, totdat ook Kris op het perron had kunnen stappen, en de man en het meisje op weg naar beneden achternaliep, de perrontunnel in, en hij hen nog steeds kon horen zonder moeite te hoeven doen – het luisteren vermijden, dat zou inspanning hebben gevergd. Toen de man zijn rechtervoet op de eerste trede van de trap had gezet, had hij ook kort zijn rechterhand op de linkerbovenarm van het meisje gelegd – aan de achterzijde, ondersteunend bijna, alsof hij haar wilde begeleiden.

'Hoe heet jij eigenlijk?' had hij gevraagd, zijn lippen samen met zijn hele hoofd iets meer in haar richting neigend. 'Ingelien', had ze gezegd, met de achteloosheid van iemand die meedeelt hoe laat het is – en alsof de onthulling van haar naam inderdaad niets betekende of veranderde, was ze verdergegaan, ditmaal sprekend over mensen die echte afwijkingen hebben aan hun evenwichtsapparaat, en wier statolietorganen en inwendige oorschelpen zodanig geschikt zijn dat de dragers ervan kunnen overlijden als ze langer dan een uur met hoge snelheid, met hun rug naar de bestemming, vervoerd zouden worden. Als ze zich niet vergiste, zo had ze met klem beweerd, dan was dat ooit een keer gebeurd op de hogesnelheidstrein naar Londen: een man was tijdens de reis gradueel zieker geworden, zonder eraan te denken dat zijn symptomen veroorzaakt werden door het transport waaraan hij onderworpen werd. Toen hij vijf minuten onafgebroken op het toilet had gebraakt, nauwelijks nog een hand voor ogen ziend en met zijn knieën rustend links en rechts van de closetpot, had hij het duivelse ongeluk gehad een toilet te treffen dat met de spoelbak eveneens een paar milliseconden terug in het verleden stond opgesteld, zodat hij nog steeds achterwaarts vooruit werd geslingerd met meer dan tweehonderd kilometer per uur — een toilet honderdtachtig graden in de andere richting georiënteerd zou zijn leven hebben gered.

Deze laatste zinnen en dus ook deze conclusie had Kris zelf moeten verzinnen, die zaterdag rond de middag in het station van Kortrijk, twee weken geleden, want zijn weg en die van het duo waren plots gescheiden, toen bleek dat zij in de stationstunnel de achteruitgang opzochten, terwijl hij het stadscentrum in moest, langs de voorkant, op weg naar zijn moeder en naar het huis van zijn kinderjaren.

Hij had zich nog één keer omgedraaid en had hen als silhouet in scherp tegenlicht gezien — ze stonden stil voor de vierdubbele glazen deur, in elkaars richting kijkend, en de twee afgelijnde zwarte vlekken van hun lichamen vloeiden op één punt in elkaar over: opnieuw, zo had Kris vermoed, had hij zijn rechterhand op haar bovenarm gelegd, waarschijnlijk niet meer om haar ergens heen te leiden, maar om haar nog even bij zich te houden. Op dat moment had hij niet langer kunnen blijven staan, omdat zijn moeder wachtte, en omdat het niet gepast is om, al is het dan vanaf een afstand, twee vreemde mensen in het oog te houden, zeker niet als je niet tegelijkertijd met iets anders bezig bent, of toevallig samen in dezelfde rijdende wagon zit — een tijdelijk treffen, een gezamenlijk reizen, dat je van veel verdenkingen ontslaat, en waardoor veel dingen plots geen verklaring meer nodig hebben.

Nu, in de stilstaande trein tussen Gent-Sint-Pieters en Gent-Dampoort, weet hij het stilaan zeker: deze man heeft hij, op een andere trein, tot een ander meisje, maar toch op een zeer gelijkaardige manier al een keer toenadering zien zoeken — voor de man zelf lijkt het verschil erin te bestaan dat dit meisje zwijgt, op een even vrijwel totale manier als het vorige meisje sprak. En wat is het verschil voor Kris? Weet hij meer nu, en is dat verschil in kennis voldoende om hem uit zijn rol van toeschouwer te bevrijden? Moet hij ingrijpen, omdat hij op basis van eerdere ervaringen weet dat deze man er een gewoonte van heeft gemaakt vreemde meisjes aan te spreken op rijdende treinen, al is het dan met een smoes? Kris heeft geen enkele reden om aan te nemen dat het contact dat hij op weg naar Kortrijk heeft zien ontstaan, tot iets vervelends, pijnlijks, onrechtvaardigs of misdadigs heeft geleid. Als hij thuis was, zou hij op het internet op zoek gaan om precies die laatste categorie feiten uit te sluiten — sindsdien heeft hij niets over een verdwijning, een aanranding of een verkrachting vernomen, en ook zijn moeder, die haar dagen deels met dergelijke dingen vult (of met het vergaren en becommentariëren ervan), heeft hem er niets over verteld. Waarom het slechtste denken? Waarom deze man verwijten wat hij zelf zou willen — misschien niet op dezelfde manier, met andere nuances, maar het basisverlangen is hetzelfde: gesprekken, kennismaking, de verbreding van de horizon door contact, de verbreking van het vreemde, de glans van het nieuwe dat in plaats van alleen maar aantrekkelijk ook toegankelijk zou worden.

Hij slaat de ogen neer, onnodig precies herschikt hij op de stoelen rondom hem zijn boodschappen, waaraan hij al een paar minuten geen gedachten meer heeft gewijd. Het is alsof hij met zijn vingers over het strak gespannen plastic van de tassen borstelt, als over het oppervlak van een drumtoestel, en zo een zachte ritmesectie voorziet bij het geneurie van de man met het licht gehavende kapsel, bij de geluiden waarmee het meisje zich van de buitenwereld — en van de gedachten die erdoor ontstaan — probeert af te sluiten, en bij nog een ander, algemener geruis, zo constant dat het lijkt deel uit te maken van de opnameapparatuur. Waar komt dat vandaan? Het kan toch niet bij de trein horen, want die staat stil! Of is hij misschien, door die ondertussen onrustwekkende vertraging, op het suizen van zijn eigen bloed gaan letten? Kort wordt hij vervuld van de visionaire zekerheid dat er zo meteen een ramp zal gebeuren.

15:08–15:10 (Dirk)

Uitzonderlijke situaties geven hem vaak de indruk dat hij iets op het spoor is. De kinderen worden steeds onrustiger: om hun verveling te bestrijden moeten ze hun toevlucht nemen tot spelletjes die gaandeweg luidruchtiger en volumineuzer worden, en die met zingen, armzwaaien en al snel ook met het wisselen van zitplaatsen gepaard gaan. Het meisje naast hem zit daarentegen bevroren in de tweezit, helemaal in zichzelf gekeerd: met een onbeweeglijk hoofd kijkt ze door het raam, naar de korte file auto's die voor een rood verkeerslicht ontstaat, en oplost telkens als het groen wordt — de buitenwereld heeft hun stilstand nog niet als merkwaardig opgemerkt, en voor een kijkfile is het te vroeg. Met de toppen van haar tenen raakt ze de vloer, en haar onderbenen trillen voortdurend. Ze kucht ook, op een ouwelijke manier die iets mimetisch heeft, alsof ze haar moeder of haar grootmoeder nabootst. Elke kuchsequentie bestaat uit vijf lettergrepen, de eerste een hoge, diepe aanzet, de volgende vier identiek en inwisselbaar, maar soms zo precieus en met zin voor nuance uitgevoerd, dat het niet anders kan of in haar imitatie zit ook iets spottends.

Waarschijnlijk om erop toe te zien dat de situatie niet ontspoort en dat de kinderen braaf blijven zitten, zelfs al worden ze door ongedurigheid of onrust overmand, zijn de leerkrachten in het gangpad blijven staan, vanwaaruit ze nu en dan met een korte uitspraak of een plots handgebaar aan een of meer scholieren te kennen geven dat wat er op het punt stond door hun toedoen te veranderen, ongewenst is. Zelf kunnen ze evenmin onbewogen blijven onder de situatie, en vooral de jongere onderwijzer heeft het moeilijk, afgaand op het aantal abrupte wijzigingen dat zijn gelaatsuitdrukking ondergaat, alsof zijn gezicht in de etalage is gezet en alle mogelijke toestanden doorloopt, om voorbijgangers te imponeren. Ook de grootvader is bij hen komen staan, nadat het kind van zijn schoot was verdwenen om aan de overkant, in de andere vierzit, door het raam naar de watertoren te kijken. Als de trein lang genoeg stilstaat, niet in een station om passagiers te laden en lossen, maar bij een onverwachte en ongeoorloofde onderbreking van de reis, wordt het voetgangersverkeer van de reizigers zelf, in de wagons, meer dan ooit mogelijk — zoals in een vliegtuig wanneer de kruissnelheid en de maximale hoogte zijn bereikt, en het *fasten seatbelts*-teken niet meer oplicht.

De drie generaties mannen staan als de punten van een gelijkzijdige driehoek tussen de twee vierzitten, zodat een van hen — de man van middelbare leeftijd met de baard — bijna recht tussen Dirk en het agressieve meisje staat, en haar voor hem volledig aan het zicht zou onttrekken, ware het niet dat haar hoofd samen met haar vlechten heen en weer slingert, op de tonen van een hem onbekend woordeloos muziekstuk, dat ze grotendeels zelf voortbrengt, slechts in geringe mate bijgestaan door enkelen van haar klasgenoten. De grootvader heeft er zonet op gewezen dat het al drie uur is — niet verwijtend, niet ongelukkig, maar alleen maar om het gesprek te openen, wat zeer goed is gelukt, want de onderwijzer met de baard heeft meteen een nogal berispende analyse gemaakt van de toestand. Op een ouderwets humanistische, en net daarom originele wijze legt hij de schuld voor het oponthoud niet bij instituten, infrastructuren of overheden, maar bij de werknemers van de NMBS zelf, die volgens hem hun dagtaak niet meer naar behoren vervullen, en op alle mogelijke manieren stiptheid verzaken. Het was er bijvoorbeeld mee begonnen dat er geen zitplaatsen waren gereserveerd voor hun klasjes, terwijl hij daar, eerst telefonisch en daarna per mail, uitdrukkelijk om had verzocht. Het is niets minder dan luiheid, en misschien zelfs moedwillige nalatigheid, aldus de senior onderwijzer, terwijl de junior op een indrukwekkende manier zijn wenkbrauwen fronst en heel even oogcontact maakt met Dirk, alsof hij wil aangeven dat die woorden hem vertrouwd maar niet welgevallig zijn — of misschien zijn alle woorden hem op dit moment te veel. Zijn collega benadrukt dat hij er nagenoeg zeker van is dat ook de stilstand niets meer dan een menselijk gebrek als oorsprong heeft, dat na enig onderzoek heel duidelijk aan te wijzen zou zijn. Als de grootvader een mening heeft, dan houdt hij die voor zichzelf, en ook op het oordeel van de leraar reageert hij niet: hij knikt alleen, met geconcentreerde blik, alsof het een analyse betreft die nieuw voor hem is, en waar hij diep over moet nadenken alvorens er iets over te kunnen zeggen.

De stand van hun lichamen maakt het onmogelijk, maar Dirk zou graag de man met deze mening in de ogen kijken, om hem vervolgens niet zozeer instemming als wel dankbaarheid aan te bieden: de interpretatie die de onderwijzer heeft geleverd van de onverwachte stop van de trein heeft hem voor het eerst sinds lang met een groots verlangen weer in de richting van zijn tekst gestuurd. Het is niet zo dat hij het ermee eens is, maar precies dat hem iets wordt aangeboden — kalm, helder, omvatbaar, en toch intern complex, als een vers opgeschud sneeuwdoosje vol ideeën waarmee hij het eens of oneens kan zijn, en waarover hij in ieder geval kan nadenken — daarvoor is hij dankbaar; dat zou hij vaker willen zien: mensen die niet hun mening presenteren, met emoties voorop, maar die eerder een verklaring formuleren, op basis van een noodzakelijkerwijs beperkt inzicht. Het bewonderenswaardige is dat de leerkracht lijkt te doen wat iedereen doet — met de vinger wijzen, beschuldigen, klagen en zeuren — maar dat hij zich daar bij nader inzien helemaal niet schuldig aan maakt, of het in elk geval op een zeer beredeneerde manier doet, zich bewust van de meeste andere verklaringen of tegenargumenten die er bestaan. Het idee dat het mensen zijn die deze trein in het bijzonder en de wereld in het algemeen besturen, zodat ook alleen zij bij een hapering of een storing verantwoordelijk kunnen worden gehouden, zonder dat ze zich achter oversten, overheden of overmacht kunnen verschuilen — het lijkt vanzelfsprekend, maar zoals elke goede interpretatie is het dat niet. Natuurlijk is het belangrijk om te wijzen op het belang van individuele verantwoordelijkheid: alles wat ons overkomt, hebben we in het beste geval aan onszelf te danken, en in het slechtste geval aan een bereikbare of identificeerbare medemens. Toch is het niet zo eenvoudig: mensen zitten vast in verroeste structuren; ze hebben niet altijd evenveel macht als de mens die ze in de ogen moeten kijken; ze kunnen niet altijd meer middelen tevoorschijn halen dan de middelen die ze hebben gekregen; ze kunnen niet anders dan samenwerken en zich vaak onderwerpen aan wat hun naaste collega doet. De treinbestuurder of de treinbegeleider staat machteloos als de bedrading knapt, de wissel door een grapjas is vastgelijmd, een collega een sein verkeerd heeft laten oplichten, een ongelukkige persoon op de rails gaat liggen, of een koppeling breekt zodat een wagon helemaal alleen op drift slaat. Een dominosteentje kan toch ook niet uit de weg gaan als de vallende golf het op de schouder tikt? Of zijn mensen geen dominosteentjes, maar altijd de plaatsers van de kleurige balkjes zelf, en zijn ze dus meester over het gebeuren lang nadat de ratelende neergang is ingezet?

Dat is het waar Dirk in zijn tekst een pleidooi voor houdt omdat hij ervan houdt — zo simpel is het: hij wil mensen ideeën zien construeren, wereldbeelden laten scheppen, niet in abstracte of filosofische zin, maar gewoon doordat ze om zich heen kijken en alles wat ze waarnemen en wat zich voordoet, op een heel concrete manier tot iets begrijpelijks en communiceerbaars samensmeden, zoals op een autokerkhof nauwelijks nog van elkaar te onderscheiden wrakken zich tot een mooi perfect kubusje laten samenpersen — tot een glanzend blokje dat je vervolgens als sleutelhanger overal mee naartoe kunt nemen. Dat is wat hij wil, dat is waarom hij schrijft in het algemeen en waarom hij in het bijzonder zijn artikel heeft geschreven. De dankbaarheid die hij voor de onderwijzer voelt, en voor diens weliswaar ouderwetse maar net daarom originele interpretatie; het geluksgevoel dat door hem stroomt als hij beseft dat hij met zijn pleidooi iets belangrijks op het spoor is; de zin die hij krijgt om die tekst nog duidelijker en overtuigender te maken — die positieve, opwaartse golf van een levensbevestigende kracht wordt als een prachtige zelfgebakken taart onder een industriële pletwals vernietigd als hij eraan denkt dat de trein stilstaat, dat hij hier onmogelijk een plaats kan vinden om te schrijven, en vooral dat die zowel klote- als kuthoofdredacteur Ball zijn geluk als schrijver in de weg staat, en daarmee ook het genoegen van al zijn mogelijke lezers, omdat die tiran nog kinderachtiger dan de kinderen in de vierzit gelooft dat interpretaties niet mogen worden gedrukt om in de openbaarheid op te duiken, vooraleer alle inconsequenties eruit zijn weggewerkt. Het resultaat is dat gedachten geen gedachten meer mogen zijn, en mensen geen mensen.

15:10–15:11 (Roos)

Na een zoveelste blik is ze naar het toilet gelopen, zonder de schelpen van haar oren te halen, met passen zo vastberaden alsof ze door een zorgvuldige afweging van voor- en nadelen zijn ingegeven. Het idee om naar de wc te vluchten is echter nagenoeg samen met de uitvoering ervan bij haar opgekomen, en het is niet door het vollopen van haar blaas voorbereid. Haar polshorloge toont aan dat de rit al meer dan een uur duurt; zeker heeft ze er de afgelopen zeventig minuten met een dorstig verlangen aan gedacht de ergste irritatie tussen haar benen met koude kompressen te verzachten — wat ze thuis weleens probeert, overigens met wisselend succes, maar wat hier onmogelijk zou zijn, zelfs in de omslotenheid van het toilet.

Van het totale karakter van die omslotenheid is ze zich pas bewust geworden nadat ze de smalle balkvormige greep van het deurslot een kwart naar rechts had gedraaid, haar tas op de grond had gezet, en op het neergelaten toiletdeksel was gaan zitten — het leek alsof ze werd achtervolgd, alsof ze geen tijd te verliezen had en niet kieskeurig mocht zijn over de eigenschappen van haar schuilplaats. Door die onnodige haast — de glurende man is haar niet achternagelopen, daar is ze zeker van — heeft ze bij het binnenkomen niet gemerkt dat er geen licht brandt in het toilet. Na het vergrendelen van de deur heeft ze in het schemerdonker (want volledig duister is het niet) naar een schakelaar gezocht, en toen haar rechterhand zich een decimeter van haar dijbeen verhief om tastend naar een knopje op zoek te gaan, heeft ze bijna geglimlacht om haar dwaasheid: in treintoiletten zijn er geen lichtschakelaars; het licht brandt er altijd. Behalve nu, hier — de lamp is kapot, of de bedrading die stroom moet aanleveren. Dat defect zal toch niets te maken hebben met de stilstand van de trein? Misschien heeft ze een ontdekking gedaan, de vaststelling van een probleem die het oponthoud zou kunnen elimineren!

Ze heeft het geluk dat er in het hokje geen ondraaglijke geur hangt. Fris ruikt het echter niet: flarden urinezuur, het moerassige aroma van doorweekt toiletpapier en ook een lichte touch van handzeep dringen zich op, evenwel zonder dat ze de bronnen zou kunnen of willen aanwijzen. In haar oren begint Janet Baker opnieuw aan het eerste *Lied eines fahrenden Gesellen*: '*Wenn mein Schatz Hochzeit macht, fröhliche Hochzeit macht, hab'ich meinen traurigen Tag!*' Haar schat gaat niet trouwen — ze heeft geen schat meer, en het stelt haar bijna teleur dat dit feit geen diepere indruk maakt, samen met de laatromantische muziek van Mahler, ooit treffend omschreven als de soundtrack bij een cardiogram van een brekend hart. Hier, in dit donkere kamertje, na het idiote intermezzo met dat onbeholpen individu, zou de impact van alles wat in Oostende is gebeurd, twee uur geleden, haar weer zwaar en diep kunnen overvallen, zodat haar hart zou breken, en ze eenzaam maar genoeglijk zou mogen huilen. Het gebeurt niet, zelfs een begin van zo'n opluchtende activiteit dient zich niet aan, in haar buik of achter haar ogen. Ze haalt de luidsprekers weg en zet het toestel af.

Dat ze alles in zwaar verzadigde grijstinten kan onderscheiden, komt door een heel flauw en misschien in stervensnood verkerend peertje links van de spiegel, boven de kleine lavabo.

Het licht wordt gedempt en geëgaliseerd door een stukje opaak plexiglas, dat maakt dat ze het gele waterzonnetje slechts als door een dikke laag ijs kan waarnemen. Hoewel dit licht door de spiegel wordt weerkaatst (bijvoorbeeld naar de veel hogere en bredere spiegel waarmee bijna de hele toiletdeur is bekleed), is de invloed ervan op de ervaring van het interieur verwaarloosbaar klein in vergelijking met die van het daglicht dat — bijna ongeloofwaardig op een plek als deze — naar binnen stroomt door een vierkant verluchtingsrooster, horizontaal gelijnd, niet groter dan vijftien op vijftien centimeter. Het is vlak boven de vloer, tegenover de voet van de closetpot, in de zijwand aangebracht, als onderdeel van het functionele meubel met daarin verder een vuilnisbakje, een handdroger, een zeep- en waterkraantje, een verdeler van vaalbruine papieren handdoekjes, een door reizigers niet te openen voorraadkast en — opmerkelijk — een lege toiletrolhouder, met daarnaast een eveneens lege kapstok voor een reserverol.

Het ventilatierooster heeft geen rechtstreeks contact met de buitenwand van de trein, maar het moet lucht (en licht) aantrekken van tussen het chassis, zelfs van tussen de wielen, en dus vanuit die vreemde onderwereld die door de treinsporen, de bielzen, de keien (aan de onderzijde), en de vloerpanelen, de buizen en de roestige staven (aan de bovenzijde) wordt begrensd. Dat lukt wonderwel, en als na een halve minuut haar pupillen zich voldoende hebben verwijd, kan ze alles onderscheiden en is ze zelfs blij dat het licht niet brandt.

Omdat ze op de geblindeerde wc-bril zit, bevinden haar ogen zich ter hoogte van de spiegel rechts, boven het handenwaskabinetje, hoewel ze niet in haar eigen ogen kan kijken.

Door een vreemde wisselwerking met de spiegel links, kijkt haar spiegelbeeld rechts altijd weg, de andere kant op, misschien naar de reflectie links: een meisje op het toilet, met alle kleren nog op de gebruikelijke plaatsen, dat haar onderzoekend in de ogen durft te kijken; een levensgroot portret, als de poster van basketbalspeler Michael Jordan die haar broer op de deur van zijn slaapkamer had vastgeprikt, en die haar, bijvoorbeeld als ze op weg was naar de badkamer, stond op te wachten op de gang, klaar om de zware oranje bal die hij in zijn handen hield, in haar richting af te vuren — niet uit kwade wil, maar om haar met een pass bij het spel te betrekken.

Ze hoort niet veel. Het gebruikelijke gebrul van de rijdende trein is nog steeds afwezig, waardoor ook daglichtvariaties ontbreken, en het rooster een egaal stralend oppervlak blijft, alsof er toch een kunstmatige lichtbron achter schuilgaat, een vermoeden dat precies door de kleurloze teint van het licht wordt tegengesproken, net als door de wisselende kracht waarmee de lucht naar binnen wordt geblazen of naar buiten gezogen — een zacht huilende beweging die ze, als ze heel goed luistert, een beetje kan horen.

Ze zit hier niet eens zo slecht. Ze zou het toilet kunnen gebruiken om te urineren, hoewel daar geen directe nood toe is (en het papier is op), en hoewel het waarschijnlijk beter is om de sluimerstand van de infectie niet te doorbreken. Ze weet niet of ze op momenten van rustige eenzaamheid — zoals nu — de candidiasis minder voelt en of ze zich er minder aan stoort als haar zenuwen niet extra worden geteisterd door de aanwezigheid van ongewenste mannen — of dat het zelfs zo ver gaat dat de irritatie afneemt, omdat niet zij maar de vreemde, om zo te zeggen allochtone bacteriën zich ook door de buitenwereld laten opjagen, enerveren of zelfs beïnvloeden. Dat lijkt onwaarschijnlijk, want hoe kan zo'n schimmel tot waarneming in staat zijn?

Ze denkt eraan hoe de viezigheid die althans van een gedeelte van haar bezit heeft genomen, een gezicht zou kunnen hebben — niet om herkenbaar te zijn, maar om te luisteren, te voelen en natuurlijk vooral om te kijken, om op de loer te liggen en vrouwen te bespringen. Ze weet dat veel meisjes en zelfs volwassen vrouwen, ook vriendinnen of familieleden van haar, geen openbare toiletten willen gebruiken precies uit schrik daarvoor; en als de ziektes die hun leven bij voorkeur doorbrengen op de lichaamsdelen die (bijna) met een toilet in aanraking komen, inderdaad zo'n actief en agressief beleid kunnen voeren — al is het dan door middel van een heel eigen, niet noodzakelijk menselijke gevoeligheid en zintuiglijkheid — dan is dat niet eens zo vergezocht. Achter haar rug, boven de rubberen stop waartegen het deksel van het toilet kan rusten en die, als ze zelf steun zoekt door naar achteren te leunen, tussen haar schouderbladen port, hangt een zoveelste apparaat om de reiziger ter wille te zijn: een dispenser van vochtige doekjes om de toiletbril mee schoon te maken — dat contact met een wc nooit zonder risico's is en zelfs met besmetting gepaard kan gaan, wordt erdoor bevestigd.

Het blijven in raadsels gehulde fenomenen, waarvan de oorsprong nooit eenduidig kan worden achterhaald. Een vriendin, die het dan weer van een andere vriendin had gehoord, vertelde haar ooit het verhaal van een meisje wier vriend bijkluste bij een doodgraver, een begrafenisondernemer. Zoals zovele vrouwen kreeg het meisje een vaginale infectie, die echter uitzonderlijk hardnekkig bleek te zijn, en zich op geen enkele manier liet bestrijden, maar integendeel in hevigheid toenam. Er was nader onderzoek nodig in een gespecialiseerd laboratorium, en dit wees uit dat het om een uitzonderlijk zeldzame bacteriële cultuur ging, die alleen kon floreren op reeds overleden en dus in ontbinding verkerende lichamen. Deze uitzonderlijke habitat werd nog gespecificeerd: niet alleen leefden deze schimmels van de dood, ze konden enkel bestaan in reeds van het leven afgesneden geslachtsdelen. Dat kon dus maar één ding betekenen, zo verzekerde haar vriendin, tussen gruwelen en glunderen in: het lief van dit beklagenswaardige meisje had zich vergrepen aan een of meerdere van de lijken die hij zo eerbiedig mogelijk moest verzorgen, en had haar vervolgens door geslachtsgemeenschap met de curieuze infectie opgescheept.

Het lijkt een urban legend, met alle typerende elementen in een checklist aan te vinken: necrofiele daden die duidelijk verboden zijn, stralen af op eerder alledaagse seksuele activiteiten die zeker leuk zijn maar ook een beetje eng, of waar in elk geval omzichtig mee moet worden omgesprongen; de dood is op een lugubere maar zeer directe en vooral ongeziene manier aanwezig; en mensen worden betrapt en ontmaskerd, zo schandelijk en schaamtelijk dat ze beter een nieuw leven kunnen beginnen ergens ver weg, bijvoorbeeld in Australië. Zelfs dat de slachtoffers een naam en een toenaam krijgen — die Roos zich niet meer kan herinneren, maar haar vriendin beweerde het paar vaag te kennen (met het meisje was ze gelieerd op een sociaalnetwerksite, en met de jongen had ze een keer gepraat op een feestje) — zelfs dat is, zoals in elke klassieke urban legend, eerder een garantie voor gefingeerdheid dan voor authenticiteit. Het meisje in het als een roddel doorgegeven verhaal bestaat dus waarschijnlijk niet echt, net als die mysterieuze en weinig consequente schimmel die eerst in een ontbindende vulva ontspringt, en daarna op een levend mannelijk lid de reis maakt naar een evenzeer springlevend vrouwelijk deel — het is niet mogelijk van de dood te leven om dan als het moet met het leven genoegen te nemen.

Het gaat natuurlijk niet enkel om feiten, maar ook om de rollen die de personages vertolken omdat de feiten hen ertoe drijven. Het meisje is een slachtoffer: wat haar overkomt, dat wordt haar opgedrongen omdat ze een niet te vertrouwen jongeman over zich heen heeft laten gaan. En zo heeft ook Roos gemeend, zonder er zeker van te zijn en zonder het uit te spreken, dat de haard van de brand tussen haar benen bij Frederik lag — van in het begin. Hij is er ook mee aan komen zetten, voor het eerst, toen zij nog volledig klachtenvrij was en hij een paar heel kleine rode stipjes bij zichzelf had opgemerkt — een symptoom dat hij met haar deelde, woordelijk althans, en dat nog geen twaalf uur later ook bij haar de problemen in het leven riep. De meest voor de hand liggende verklaring — of de meest aannemelijke manier om oorzaken en gevolgen op elkaar af te stemmen, wat niet hetzelfde is — legt de schuld bij hen beiden, eerder dan bij hem of bij haar. Het is niet de een of de ander die besmet is of ziek — het is hun samenkomst die blijkbaar voor problemen zorgt, en chemische reacties opwekt waarin bacteriën en schimmels woekeren. Voor een dergelijk besef — en voor de treurige waarheid die erin verborgen zit — is er geen plaats in de meeste broodjeaapverhalen en evenmin in om het even wat mensen tegen elkaar vertellen. Toch was er niet eens zo'n groot verschil: in het ene geval legde ze de fout bij de partner, in het andere bij dit partnerschap of bij de liefde in het algemeen — de manier waarop haar wereld er zowel door werd verklaard als verduisterd, was nagenoeg dezelfde. Haar probleem is dus makkelijk aan te wijzen, maar niet makkelijk uit te leggen, zodanig samengesteld als het is uit verschillende lagen, onderdelen en tijdstippen dat er veel meer tijd en ook veel meer lijden nodig zou zijn om de perfecte verwoording ervan te bereiken. En lijden doet ze niet echt, zoals gezegd, op dit moment: toen de trein vertrok, was haar eenzaamheid nog treurig en deprimerend; na de confrontatie met de zielige man (die alleen maar iets extremer en wat minder bewust doet wat de meeste mannen doen) werd haar isolement zoet en opluchtend; en nu flakkert het licht in het toilet aangenaam en kalm, als een mooie kaars die ondanks luchtstromen niet meteen zal uitdoven.

Dat de infectie na een week afwezigheid weer is teruggekeerd — vannacht, of liever vanochtend vroeg terwijl ze haar pogingen tot slaap afwisselde met stukjes lectuur, in het door een bevende tl-lamp verlichte toilet van het hotel, met in de verte zijn op dat moment redelijk kalme, bijna onnatuurlijk harmonisch vibrerende ademhaling — ze wilde het eerst niet geloven en ze heeft het proberen te negeren door zich goed te concentreren op wat ze aan het lezen was: *The Beast in the Jungle* van Henry James, een handige, goedkope pocketeditie. Maar het lezen vlotte niet, en ook zopas nog in de trein leek het haar weinig aantrekkelijk om te achterhalen wat het spreekwoordelijke beest in de jungle zou blijken te zijn waar de hoofdpersoon uit het verhaal zo'n angst voor had. Ze had toen, in het hotel, meteen de antibacteriële crème kunnen inbrengen, zoals ze dat de avond voordien, vlak voor het slapengaan, ook had moeten doen, net als de avonden daarvoor — preventief, om te vermijden wat nu toch was gebeurd. Zelfs als ze dat zou hebben gewild, op dat moment of op de voorafgaande momenten aan zee, was het onmogelijk geweest — moedwillig heeft ze de Gyno-Daktarin thuisgelaten, voornamelijk omdat het geneesmiddel al in onbruik was geraakt, nadat ze het vlak na aankoop één keer had ingebracht. Het is niet zozeer de handeling zelf, hoewel die ook iets afstotelijks en belachelijks heeft — het doet haar denken aan het speelgoedspuitje dat een nichtje van haar had, en waar ze als kind mee speelde, onder meer omdat ze er een beetje jaloers op was: een mooi, kleurig maar stomp voorwerp; een stof die voor vloeibaar moest doorgaan als een oranjerode tube achter doorzichtig plastic; bedoeld om mee te prikken, maar je zou er nog geen blad papier mee hebben kunnen perforeren. Zoiets is de onhandige recipient ook — gevuld met het goedje tegen de infectie, als een kogel in een huls — en toch is het vooral het idee eerder dan de verzorgende procedure zelf: dat ze een etterkleurige substantie naar binnen moet duwen, als tandpasta die tevoorschijn komt uit een tube die op de grond is gevallen en door een nog slaperige voet wordt platgedrukt — dat precies zoiets haar zou genezen van iets dat schijnbaar vanzelf is ontstaan: ze kan of wil het niet geloven. Misschien temt of vernietigt het medicijn de infectie, maar welke gevolgen heeft het op de lange duur? Dat is het probleem met geneeskunde: bijna altijd word je behandeld voor een acuut probleem, maar wat de gevolgen zijn op langere termijn, daar durft niemand bij stil te staan, en daar kan ook niemand bij stilstaan, precies omdat je aan het heden zou moeten ontsnappen om die gevolgen waar te nemen in de toekomst. Alles wordt altijd bedacht en meteen ook gedaan met slechts een dag, een week of in het beste geval een maand voor ogen. Natuurlijk zullen er wetenschappelijke technieken bestaan om de invloed van een medicijn te simuleren en te versnellen, maar dan nog is het onmogelijk om te onderzoeken hoe een met Gyno-Daktarin behandelde vagina er over dertig jaar aan toe zal zijn. Meer nog dan bij andere geneesmiddelen denkt ze er in dit geval zo over, en daarom heeft ze de olijfgroen gestreepte kartonnen verpakking, groter en opzichtiger dan een lunchdoos, niet meegenomen naar Oostende en heeft ze het medicijn ook de dagen voordien links laten liggen.

Een gevolg van haar ongehoorzaamheid als patiënt is dat het vrijwel onmogelijk wordt om nog naar de dokter te gaan: het zou absurd zijn om te klagen over een ziekte als ze de aangeraden behandeling niet heeft opgevolgd omdat ze erop vertrouwde dat wat zich op een natuurlijke manier aandient, ook op een natuurlijke manier zal verdwijnen. En ook die laatste overweging is absurd of naïef, want waarom zou ze zich nog in een natuurstaat bevinden, terwijl alles aan en in haar al jarenlang door onnatuurlijke daden en dingen is verontreinigd, zonder dat ze daarvoor een zondig leven heeft moeten leiden: in leven zijn is meer dan voldoende. Zelfs wie alleen maar ademhaalt, neemt voor eeuwig en altijd dingen tot zich die niks met het menselijk lichaam te maken hebben, en die er zelfs vreemd of tegengesteld aan zijn — in leven zijn is meer en meer vervuild raken, tot je zoals de Zenne in Brussel destijds overkoepeld moet worden, aan het zicht en aan de geur en aan alle andere zintuigen onttrokken, zodat je door iedereen vergeten kunt worden. Het idiote verlangen om te blijven wat je bedoeld was te zijn — en toch kan ze er geen afscheid van nemen.

Het kan ook aan de basis liggen van haar grote probleem met mannen — even gedetailleerd als grootschalig. In de maanden waarin ze de seksuele contacten met mannen tot nul herleidde, die zich in haar leven geregeld zonder onderbreking tot jaren hebben opgestapeld, had ze nooit last van vaginale infecties — zelfs niet van het begin ervan! Dat lijkt het centrum te zijn, zo beseft ze niet zonder wanhoop, waar haar gedachten telkens naar terugkeren of waar ze alleszins rond cirkelen: het is het contact met anderen dat haar ziek maakt of haar uit een natuurlijk evenwicht haalt. En ook algemener is dat zo, omdat elke verbintenis die ze aangaat haar uiteindelijk belemmert om te worden wie ze echt is, zonder tussenkomst, hulp of tegenwerking van anderen. Het is natuurlijk niet zo dat ze in een lot gelooft — een belangrijk, na te streven lot, waarvoor ze moet vechten om de onafwendbaarheid ervan gerealiseerd te zien (in dat geval zou het geen lot meer zijn) — maar dat neemt niet weg dat ze nooit heeft begrepen met wat voor een blindheid veel vrouwen erin slagen om een man tot de ware te promoveren, en dus meteen tot de coauteur van hun leven. Het is toch ridicuul om dan niet, al is het maar één keer, op een ochtend die man naast je aan te kijken en te denken: een miljoen levens had ik kunnen hebben, en door jouw schuld schiet er nu maar één leven meer over! Hartelijk dank! Of denkt ze nu weer kapitalistisch of onvolwassen — en zijn dat misschien synoniemen? Als haar gedachten zich vastrijden, doen ze dat ofwel omdat de weg doodloopt op een verpletterende conclusie, ofwel omdat de modder te diep is, en de wielen geen grip meer krijgen en als een op hol geslagen rad van fortuin rondtollen. Ze weet niet welke van de opties ze verkiest, maar het zou helpen mocht de trein weer gaan rijden — als ze eenmaal thuis is, zal ze zich minstens voor een tijdje met de thuiskomst gelukkig kunnen voelen.

Soms hoort ze hoe er op de gang iemand passeert. En plots denkt ze, verstrooid, nog half in haar redeneringen verzonken, dat het normaal is dat het licht niet brandt — de toiletdeur is immers gesloten. Dat zou de wc echter tot een koelkast maken, en haar tot een levenloos stuk vlees. Toch: er mag dan geen knop zijn om het licht aan en uit te knippen, kan het in normale omstandigheden onafgebroken branden, milieuonvriendelijk en verspillend? Hoe zou de lamp weten dat er iemand is binnengekomen? Op aangeven van een elektronisch oog, een verklikker, een aanwezigheidssensor — die nu misschien niet werkt, kapot of geblindeerd is, en zo de duisternis rondom haar kan verklaren? Is ze dan onzichtbaar geworden, en bestaat ze niet meer? Dat was tenminste het voordeel van de voyeur zopas: hij bewees met zijn blikken dat ze bestond. Wat ook kan: het licht wordt ingeschakeld zodra de deur aan de binnenkant op slot wordt gedaan — met een schok wordt haar adem afgesneden als ze eraan denkt dat het toilet niet gesloten is, en zowel aan de buitenkant van de deur als in de treinwagons door een groene strook of een gedoofd rood lampje achter de letters W en C als beschikbaar wordt gepresenteerd. En hoewel ze weinig te verbergen heeft omdat ze volledig gekleed op een toilet met neergelaten bril en deksel zit, grijpt ze nu toch naar de grendel, die tot haar opluchting al gesloten is — ach ja, het is niet abnormaal dat je zoiets even uit het oog verliest, al is de knip nog maar een minuut geleden op de deur gedaan.

15:11–15:13 (Zij)

Omdat elk woord alles erger lijkt te maken, hebben ze iets gezocht om zich individueel en in stilte mee bezig te houden, en een minuut geleden hebben ze ongeveer gelijktijdig hetzelfde gevonden.

Een van de jongens kijkt onder het viaduct en de autosnelweg door naar een wachtgevel, op de kop van de huizenrij die samen met de stad stukloopt op de kolossale infrastructuur. De zijkant van het huis is bekleed met grijze, vierkante leien, die als ruitjes op hun punten balanceren, en samen een veld vormen dat bevuild is geraakt door regen, vochtinsijpeling en slijtage, en door de zeldzame afwezigheid van nu en dan een steen. Ook staat er voor de gevel een lantaarnpaal, die een verticale lijn trekt door een publiciteitspaneel tegen de zijkant van het huis, deels ter hoogte van de zolder en deels ter hoogte van de eerste verdieping. Er wordt reclame gemaakt voor de nieuwe lingeriecollectie van H&M, waarvan hij de afgelopen weken alle modellen heeft leren kennen, bijvoorbeeld toen hij wachtte op een trein met vertraging in station Brussel-Centraal, waar ze verspreid over de grote hal voor een lichtbak zijn opgehangen — een grote verscheidenheid van stukken (een nachtponnetje, een manteltje, een body, een klassieke kamerjas en een tweedelig negligé), maar ook van meisjes, die echter veel gemeen hebben: een gave huid, grote en geaccentueerde ogen, fris golvende haren en vooral een grote boezem, geaccentueerd of zelfs samengedrukt door de push-up-techniek, waarvan bijna elk ondergoedsetje is voorzien. Van waar hij zit in de trein — op zo'n vijftig meter afstand — zijn de twee borsten elk afzonderlijk toch nog zo groot als de nagel van zijn pink, hoewel ze misschien nauwelijks meer dan een percentje van zijn gezichtsveld uitmaken.

Nu en dan richt hij zijn blik een fractie naar beneden: veel dichter bij de stilstaande trein, en slechts zichtbaar doorheen het zeegroen geschilderde traliewerk dat het treintraject moet beschermen voor de vast heel zeldzame voetganger, is in een driehoekig grasperkje dat de parking van een doe-het-zelfzaak afzoomt, een aanhangwagen voor een paard geparkeerd — een raar voertuig, dat zich niet op eigen kracht kan voortbewegen. Door twee keer twee wielen, aan iedere zijde, wordt het ondersteund, en het helt voorover omdat het aan de voorzijde op de punt van de trekhaak rust. De *remorque* heeft een witte of eerder een beige kap, die kan weggenomen worden om de paardenkar tot een cabriolet te maken bij mooi weer. De kap versmalt achteraan tot een stompe punt die door het onevenwicht als de boeg van een schip in de lucht priemt, en net voor die tip zit een rechthoekig raampje, duister van waar hij zit, en vermoedelijk ook chronisch vuil, en even meent hij — het is een voorstelling zonder zintuiglijke grond — dat van in het interieur van de rolwagen een paardenoog naar hem kijkt. Het is schier onmogelijk, hoewel niet helemaal uitgesloten: waarom zou een paard zich ophouden in een dergelijke behuizing, zonder dat er een mens in de buurt is die even pauzeert bij het transport? En waarom, als er van een paard sprake zou zijn, kijkt het in zijn richting? Een paardenoog: zo noemde zijn grootmoeder een spiegelei — en meteen betrapt hij zich erop verlangend aan een gebakken spiegelei te denken, bespikkeld met grove zout- en peperkorrels, door twee sneetjes geroosterd brood begeleid, en vooraleer hij schuldig kan vermoeden dat hij te vaak aan eten denkt, kijkt hij weer omhoog naar de reclameaffiche van H&M.

Hij weet niet dat zijn vriend naast hem in de vierzit op hetzelfde moment dezelfde advertentie bekijkt, die paginagroot staat afgedrukt in het exemplaar van *Metro*, de gratis meeneemkrant die 's ochtends door pendelaars uit de reservoirs in de stationshallen wordt gegrist, en die ze daarna achterlaten in de trein, vermoedelijk nauwelijks gelezen. Tegen de middag, wanneer het zo laat is als nu, is de verspreiding over het hele land gegarandeerd, en soms tref je in het Nederlandstalige landsgedeelte een Franstalige variant aan — of omgekeerd. Hij heeft de nieuwspagina's achter zich gelaten — er was niets dat hij uitgebreid wilde lezen, omdat er in dit soort kranten nu eenmaal niet uitgebreid te lezen valt, en er evenmin iets in staat dat hij kan voorlezen, omdat niets betrekking heeft op treinen en hun vertragingen, maar vooral omdat hij te slechtgehumeurd is om voor te lezen, en omdat hij ofwel nors en ongelukkig wil zwijgen, ofwel kwaad en verwijtend tot iemand het woord wil richten. Dat laatste is redelijkerwijs niet te realiseren, dus mokt hij maar, en kijkt naar de variapagina links (met een sudokupuzzel, een kruiswoordraadsel, een weerbericht, een cartoon en toekomstvoorspellende horoscopen — voor een stier als hij wordt een belangrijke dag op het werk aangekondigd), en naar de in lingerie gehulde vrouw met de in een nauwsluitend decolleté opgekrikte borsten rechts.

Als hij naar links kijkt, krijgt hij een beetje zin om de puzzels op te lossen, maar dat hij zonder veel moeite een pen zou kunnen vinden — en dat de stilstand nog lang genoeg zou duren om de puzzel tot een goed einde te kunnen brengen — dat is onmogelijk! Het beeld rechts zou hem in andere omstandigheden tot vrolijkheid of lust kunnen aanzetten, maar nu draagt het enkel bij tot zijn ontevredenheid, doet het hem zelfs kritisch reflecteren over de kwaliteiten van zijn vriendin, en roept het zo die twijfels over hun relatie op waarvan hij verkeerdelijk dacht ze voorgoed achter zich te hebben gelaten. Dat was dus wel het geval geweest als deze trein zonder vertraging was blijven rijden! Hij ademt luid uit door zijn neus, wat zijn vriendin van haar schermpje doet opkijken, maar pas nadat ze met een strijkje van haar rechterwijsvinger een virtuele pagina heeft omgeslagen, met daarop — voor de derde keer — het sexy, schaars geklede vrouwenlichaam, dat ze eventueel aan hem had willen tonen, al was het maar om samen vooruit te blikken op wat ze zelf aan gelijkaardigs in petto heeft, en overigens lang niet alleen op visueel vlak — maar het is er vast het moment niet voor. Dus trekt ze grote ogen en perst ze haar lippen krullend op elkaar, om aan te geven dat ze de vergeefsheid van de toestand inziet, en tegelijkertijd toegeeft dat het terecht is dat het hem toch nog een beetje zwaarder valt. Dat ze zich meteen ook schuldig voelt — al is het dan een klein beetje, en in flitsen — dat weet ze goed te verbergen, net als de neiging om uit te roepen: 'Ik kan er toch niets aan doen dat we hier stilstaan!', want dat spreekt voor zich. Ze moet leren om zijn welzijn niet voortdurend tot haar project te maken — of ze moet leren, zo vertelt ze zichzelf, dat zijn onbehagen niet altijd diepgaand is — en daar slaagt ze naar haar eigen aanvoelen steeds beter in. Dus kijkt ze naar beneden om verder te bladeren in de digitale krant, en als blijkt dat de advertentie op de laatste pagina stond — ze vangt er een glimp van op, en merkt in zichzelf op dat veertien euro toch echt weinig is — surft ze met een paar bijdehandse bewegingen weer naar railtime.be — niet zo moeilijk, omdat ze er twee minuten geleden op bezoek is geweest.

De melding blijft dezelfde: de stilstand is ook buiten de trein niet onopgemerkt gebleven; de vertraging is aangekondigd; het probleem is gecommuniceerd. Over de oorzaak of de duur worden er vooralsnog geen uitspraken gedaan.

Een paar plaatsen verder spreekt een jonge moeder haar zoon — zes, zeven jaar oud — vermanend toe: 'Jij bent niet tof', zegt ze, ernstig alsof ze het meent, en misschien is dat ook zo. 'Als je niet snel braver wordt, dan laat ik je hier achter. Wat voor een kind ben jij eigenlijk? Ik had gehoopt dat je meer op mij dan op je vader zou lijken. Denk ook eens aan mama, die heeft het niet makkelijk.' Het kind naast haar is onzichtbaar achter de rugleuning van de zetel, en zijn snikken, die zopas nog zacht maar wanhopig door de wagon galmden, worden steeds minder hoorbaar.

Ze wil met haar vriend verontwaardiging delen of misschien zelfs bij hem een verzachtende interpretatie ontlenen, maar nog voor ze oogcontact met hem maakt, komt hij overeind en zegt hij, krachtig en zelfs agressief, maar ook ingehouden, terwijl hij de vierzit al verlaat: 'Godverdomme, nu ben ik het beu!'

15:13–15:15 (René)

Door het raampje van wat zijn kleedkamer wordt genoemd — het is eerder een smal en tijdelijk bureau met een kapstok, een paar laden, een spiegel en een deur die op slot kan — ziet hij de wolken voorbijdrijven: witte flarden tegen een melkgrijze verontreinigde hemel, en even later door de zon belichte sluiers op een blauw oppervlak: ze verdwijnen met een relatief hoge snelheid, alsof ze wegzakken, verleid door de zwaartekracht. Soms wisselt de achtergrond met het decorstuk van kleur; wat nog minder vaak voorvalt, is dat het uitspansel, boven de watertoren, een egaal vlak wordt — bedreigend, alsof er niets meer is, of alsof alle onderscheid is verdwenen, en de gebouwen ontworpen zijn, maar de rest van de wereld nog niet, of niet meer. Nadat hij met een blauwe balpen, op de achterkant van een vergeten kassabon, met een paar nijdige trekken een paar van de ruiten heeft nagetekend die tot voor kort op het beton van het waterbassin waren geschilderd, baadt alles weer in een goudgeel licht, met de resten van de nevel nog slechts als de laatste sneeuw in een landschap. Het is wat je noemt wisselvallig weer — en dan staat de trein nog stil, zodat de omstandigheden waarin het milieu zich aan de mensen toont, niet met honderd kilometer per uur veranderen.

Hij heeft zichzelf een minuut gegund, hier, in de beslotenheid van de enige ruimte met een permanent privaat karakter in de hele trein — met uitzondering misschien van de bestuurderscabine — maar het is niet duidelijk of de minuut al niet langer duurt. Aan de ene kant is er in een trein met vertraging, of in een trein die al minutenlang stilstaat, meer tijd om rustig alle vervoersbewijzen te controleren, zonder dat je de controleronde halverwege moet onderbreken omdat een volgende halte zich aandient; aan de andere kant vergt het een lef waarop hij zelden een beroep kan doen: treinreizigers vragen of ze betaald hebben — en het niet alleen vragen, maar ook impliciet met een boete, een straf of een verwijdering dreigen — voor een dienst die hun in zekere zin is ontzegd, of die in elk geval is aangereikt door mensen en machines die gefaald hebben, al is het gedeeltelijk — en tijdelijk.

Er zijn geen richtlijnen, niet nu en niet tijdens de opleiding, hoewel het er in de dagelijkse praktijk op neerkomt, bij hem en bij zijn collega's, dat controles worden opgeschort als de trein stilstaat, zeker wanneer de oorzaak van de stilstand nog niet is vastgesteld en gecommuniceerd. Wie toch doorzet, en al is het met een lichte verontschuldiging de vervoersbewijzen opvraagt, kan dat nooit zomaar doen — dat is gegarandeerd. Ofwel krijg je het ticket aangereikt met een beleefde vraag om informatie en duiding; ofwel wordt het overhandigd met een ironisch, cynisch of sarcastisch commentaar; ofwel blijft het achterwege, en wordt niet zozeer op de stilstand van de trein gewezen, als wel op de controle zelf — bijvoorbeeld door de suggestie dat meneer de conducteur vast wat beters te doen heeft dan de reizigers lastigvallen; dat er weer eens een mooie gelegenheid is aangebroken voor het treinpersoneel om te staken; dat het de laatste keer is dat de reiziger de trein heeft genomen; dat de reiziger het treinticket nog liever zou opeten dan het aan de conducteur te overhandigen om het te laten knippen; dat de directieleden van de NMBS de grootste schurken en poenpakkers van het land zijn, enkel overtroffen door de Waalse politici; of dat — in alle ernst en kalmte — de procedure alvast opgestart mag worden om de reiskosten teruggestort te krijgen (wat pas mogelijk is bij minstens anderhalf uur stilstand of vertraging, en dan volgt restitutie na maanden wachten). Dat het met de treinen ooit weer beter zal gaan, is onvoorstelbaar; en als alles bij het oude blijft, is ellende tot in de eeuwigheid gegarandeerd.

Wie kan er iets noemen dat de laatste tien jaar gunstig is geëvolueerd? Ik ben niet geschikt voor deze baan, denkt hij nu; ik kan het leven zoals het vandaag is niet meer aan — zijn kin zakt tot op vijf centimeter van zijn borstbeen. Een grote vermoeidheid overvalt hem, zo groot dat hij niet kan geloven dat er geen ziekte achter schuilgaat (kanker, bloedarmoede, suikerziekte, voedselallergie, een virus, of een eenvoudige maar ongeneeslijke depressie). Het vlak van de kleine kassabon — glad, dun, waardeloos — heeft hij bijna helemaal met balpenstrepen opgevuld, en alles wat hij op de kracht van zijn geheugen erop had nagetekend is onder een even wilde als effen zee verdwenen.

Toch kan hij zich geen beroep voor de geest halen dat met meer plezier of alleszins met minder onophoudelijke problemen gepaard zou gaan — laat staan dat het redelijkerwijze binnen zijn bereik zou liggen. Herinneringen aan oude dromen, van lang geleden of van erg dichtbij, blijven nu ver weg, misschien omdat hij inderdaad te moe is, of omdat zijn neerslachtigheid elk toekomstgericht idee — al is het volstrekt illusoir — wegmaait. Het is alsof zijn hersenen als een spons worden samengedrukt, en de gedachten er als afwaswater uit tevoorschijn sijpelen: je bent tot niets in staat, verzekeren ze hem; je schiet schromelijk tekort; je kunt enkel nog wachten op de dood — de enige zegen die voor jou is weggelegd. Zoals vaker op dergelijke momenten denkt hij met gelijke delen angst, jaloezie en medelijden aan een collega die hij slechts vaag kent, en die vier, vijf maanden geleden plots heeft besloten zich te melden bij een psychiatrische instelling, en van wie sindsdien niemand iets heeft vernomen.

Heeft René ondertussen het idee opgegeven dat hij de trein weer zal zien vertrekken? Niet echt. Of liever: helemaal niet! Het ligt niet meer in zijn handen, dat is alles — als het zich daar al ooit bevonden heeft: de treinbestuurder heeft een permanente telefonische verbinding aangelegd met een technicus in Gent-Sint-Pieters (vlakbij dus, maar ver genoeg om de afstand niet al wandelend te kunnen overbruggen), en samen overlopen zij nu alles wat er fout zou kunnen zijn gegaan, en wat heel misschien te herstellen valt, zonder tussenkomst van buitenaf of zonder dat de locomotief naar een stelplaats versleept moet worden. Ook hier zijn geen afspraken voor — hoe lang kan of mag zoiets duren? Wie neemt er een besluit? Hij heeft dit niet eerder meegemaakt, maar meestal duurt het minstens veertig of vijftig minuten vooraleer het bestuursknooppunt meedeelt dat de trein wordt opgegeven, dat de reizigers op een bus moeten stappen, of dat de locomotief door een noodtrekker wordt vervangen — althans tot in het volgende station, waar de treinreis Oostende-Antwerpen van 14:02 dan vernietigd zal worden: de reis is mislukt, het heeft geen zin om verder te gaan, reizigers wordt verzocht zelfstandig hun weg voort te zetten, of met behulp van een andere trein, waar hij niets meer mee te maken zal hebben.

Zover is het nog niet. Wanneer hij naar buiten kijkt, ziet hij dat het ondertussen geregend heeft: donkere spatten sieren het lichtblauwe ijswater op de toren — en het is al weer opgehouden met regenen. Een zeer lokale bui, een kortsluiting in de cyclus van het water, met een regenwolk ter grootte van — en ook net boven — een drinkwaterreservoir? Alles is mogelijk.

Hij zou moeten aankondigen dat er gezocht wordt naar het technisch defect, en dat wij hopen de reis spoedig te hervatten — dat is alleszins waar — en dan vraagt hij zich af of hij die mededeling al heeft omgeroepen. Hij kan het zich even niet herinneren, voelt de hoorn van de telefoon in zijn hand, herinnert zich de woorden, maar dat kan van een andere keer zijn. Zijn kortetermijngeheugen is steeds vaker een ramp, vast een gevolg van de slaappillen die hij soms neemt, of misschien van de minuscule hersenbloedingen waar een verre oom van hem aan het eind van zijn leven aan bleek geleden te hebben, chronisch — er werd geschat dat hij verspreid over zevenenveertig jaar meer dan vierduizend mini-infarctjes had ondergaan.

Wat te doen? Vragen aan een passagier om hem aan zijn meest recente mededeling te herinneren? Of aan de bestuurder? Het zou belachelijk zijn — hij zou belachelijk zijn! Nee, door zichzelf en door de mogelijke gevolgen onder druk gezet, meent hij het nu weer te weten: hij heeft inderdaad gezegd dat er naar 'een oplossing' werd gezocht, en dat hij hen op de hoogte zou houden, en meteen daarna is de treurnis als een natte regenjas zwaar op zijn schouders gevallen, en heeft hij zich afgezonderd. Hij had het gevoel gehad dat hij loog, toen hij door die oude, massieve telefoonhoorn met draad sprak — want in wiens naam dacht hij te spreken, te vertellen, te sussen? Die vraag is nog steeds niet beantwoord, maar dat hij gesproken heeft, dat is zeker, dus kan hij weer naar buiten, kan hij tussen de passagiers door lopen — met dergelijke informatie nog vers in hun geheugen hebben ze hem een tijdlang helemaal niets te verwijten, of kan hij zich in elk geval op zijn mededeling beroepen.

Toch heeft hij nauwelijks een stap in een wagon gezet of hij wordt aangeklampt door een wat sullige man, die slechts in het gezelschap verkeert van twee volle boodschappentassen van Delhaize en een kinderlijk kleurige rugzak. De man veert op als hij passeert, en legt dan een koude rechterhand kort tegen zijn schouder — het is een handtastelijk publiek vandaag.

'Meneer', zegt de man stilletjes en zonder hem in de ogen te kijken — hij is niet ouder dan veertig, schat René. 'Meneer. Ik moet u iets zeggen, en ik zeg het eerst: ik heb geen ticket, sorry, sorry, maar het zou niet gegaan zijn, verkoopt u immers tickets tussen Gent-Sint-Pieters en Gent-Dampoort? Ik denk het niet, het is niet mogelijk, ook niet bij de computers. Het probleem is dat ik het woord tot u moet richten.' Nog altijd is oogcontact onmogelijk: de reiziger kijkt alleen maar naar zijn boodschappen, alsof het om iets gaat dat hij zopas cadeau heeft gekregen zonder dat hij weet wat hij ermee moet aanvangen, en zonder dat hij ondankbaar wil overkomen. 'Heeft u er echt geen idee van hoe lang wij zullen stilstaan? Want misschien houdt u de waarheid verborgen, omdat er paniek zou uitbreken. In dat geval: geen probleem! Alle begrip! Maar ziet u: het zou zo'n zonde zijn.' En dan nog eens, alsof de alliteratie hem als een verrassing bevalt: 'Het zou zo'n zonde zijn. Ik heb hier een hele reeks diepvriesproducten die beter niet zouden smelten, want daarna is het onmogelijk om ze weer in te vriezen, zoals u vast weet: omdat het voedsel verontreinigd is, of omdat het roomijs nooit nog romig kan worden — en om roomijs gaat het hier, drie liter zelfs, van Ola, ik denk dat het een goed merk is, over roomijs weet ik niet veel, ik hou er niet zo van, maar het was in de aanbieding, begrijpt u? Daarom is mijn vraag: heeft u misschien een diepvriesvak hier in de trein, waarin ik de producten tijdelijk kan onderbrengen — en indien niet: heeft u misschien een lepel of een paar lepels — ik ben bereid het ijs met u en met de medereizigers te delen. Alles is immers beter dan het verloren te laten gaan. Het zou zo'n zonde zijn!'

Als René de neiging heeft om te glimlachen, is dat deels om de man gerust te stellen, deels omdat het een grappige situatie is — grappiger of ongewoner, in zekere zin ook uitzinniger, dan de meeste dingen die hij tijdens zijn korte loopbaan heeft meegemaakt — maar deels lacht hij ook uit schadenfreude: als je denkt dat je er zelf slecht aan toe bent, als je jezelf zielig of ongeschikt vindt, duikt er meestal snel iemand op die nog averechtser in het leven staat. Hij lacht echter vooral om het gemak waarmee hij zijn job opnieuw kan verrichten, en omdat hij er, op dat moment, zelfs genoegen in vindt. 'Een diepvriesvak hebben wij niet,' zegt hij, 'maar gelukkig zullen we snel weer gaan rijden. En zo niet, breng ik de volgende keer twee lepels mee!'

15:15–15:17 (Marc)

Ze komt niet terug. Ze is niet zomaar even naar het toilet gegaan, maar ze kan hem, letterlijk, niet meer uitstaan, en ze wil in een andere ruimte zijn, waar hij niet is. Ondanks zijn mismoedigheid kan hij niet anders dan denken aan een mop die hij altijd erg goed gevonden heeft en die hij zelf geregeld vertelt, bij gelegenheid: Mohammed Ali parkeert zijn fiets op straat, voor de gevel van een café. Het ringslot hapert, en de fiets kan niet worden vergrendeld. Dus hangt hij een briefje aan het frame: 'Afblijven! Deze fiets is van Mohammed Ali.' Als hij na vele uren het café weer verlaat, is zijn fiets weg. Op de vensterbank ligt hetzelfde briefje, omgekeerd, en op de achterzijde staat geschreven: 'Uw fiets is nu van Eddy Merckx. Achtervolging is zinloos.'

Nochtans moet ze zich nog steeds in de trein bevinden, tenzij ze toestemming van de conducteur heeft gekregen om een deur te openen, of tenzij er al die tijd een deur open heeft gestaan — defect, of iemand is ze vergeten te sluiten: het komt voor, onlangs dook er een filmpje op van een rijdende trein met een open deur, het stond op het internet en het staat daar vermoedelijk nog steeds: de nacht raasde voorbij, het geluid was oorverdovend, en naast de deur, in beeld, stond een jongeman, breed grijnzend, zijn bovenlichaam half georiënteerd op het deurgat en half op de camera, en met een opvallend dikke duim in de lucht. Ze zou zeker een voorkeursbehandeling kunnen krijgen van de reisbegeleider, maar wat dan? Dan zou ze langs de bedding naar beneden moeten kruipen, en zou ze vervolgens ergens aan de rand van Gent staan, aan de voet van een watertoren, met het dichtstbijzijnde treinstation op bijna een kilometer afstand. Vermoedelijk zit ze nu in een andere wagon, wie weet niet eens in een ander rijtuig, en maakt ze een praatje met een man die ze wel leuk vindt, of met een meisje — het meisje zonder achterwerk en met de stokneus bijvoorbeeld — en praten ze met het grootste gemak over helemaal niets in het bijzonder.

Zodra de trein weer rijdt en ze het Dampoortstation bereiken, zal hij uitstappen en de eerstvolgende trein in de andere richting nemen – terug naar Brugge, waar hij met een mengeling van boosheid en droefheid naar huis zal rijden, misschien om te slapen of misschien om op het internet te surfen, en waarschijnlijk beide. Blijkbaar heeft hij het weer verkeerd aangepakt, of is hij op vreemde vrouwen gestoten. Het zou natuurlijk kunnen dat hij op vreemde vrouwen valt: het is niet uit te sluiten dat de uiterlijke kenmerken waar hij van houdt door een nog te ontdekken natuurwet verbonden zijn met onuitstaanbare of diep contact onmogelijk makende karaktertrekken. Dat het uiterlijk niets met het innerlijk te maken zou hebben, dat is toch niet te geloven! Schijnbaar is het zo dat je op basis van een gezicht niet kunt afleiden wat je mag verwachten op het vlak van intelligentie, sociaalvoelendheid, vriendelijkheid, genegenheid, verkniptheid en gewilligheid – maar waarom zou het niet om een reeks verbanden gaan die tot nog toe niet onthuld zijn, omdat de andere mensen besloten hebben ze geheim te houden?

Er zijn meer dingen waarvan hij vermoedt dat ze hem niet worden verteld, hoewel die vermoedens zich nooit voordoen als hij rond de middag wakker wordt en zich opmaakt om de trein te nemen. Het is pas een paar uur later dat hij begint te twijfelen, als de treinrit op niets is uitgedraaid en hij met lege handen naar huis terug moet – en nu hij al met lege handen in een trein zit die niet meer wil rijden, worden de vermoedens over zijn kennisachterstand groter dan ooit. Niet alleen weet hij namelijk niets over de harmonische verhoudingen tussen het gedrag en het gezicht van mensen – ook de formules die de emoties en reacties van zijn eigen bestaan regeren, blijven hem meestal vreemd. Het hangt er natuurlijk van af waarop je de aandacht richt. Er is een probleem of er zijn problemen; er is afwezigheid en tekort; en die toestand verklaar je aan de hand van jezelf of aan de hand van de anderen. Het kan dus ook zijn dat het noch hijzelf is, noch de loop der dingen die zijn leven regeert — maar een eigenschap, een gebrek of een ziekte die hij niet kent omdat hij de symptomen als volstrekt vanzelfsprekend beschouwt, en omdat de anderen allemaal samen hebben afgesproken dat ze hem in de waan zullen laten, omdat ze ervan overtuigd zijn dat onwetendheid, in zijn geval (over zijn geval), veruit te verkiezen is boven de waarheid. Dat bijvoorbeeld de weinige vrouwen die hij heeft kunnen verleiden om langer dan een paar uur met hem door te brengen (of die daartoe uit eigen beweging hebben besloten, want of ze zich laten leiden door zijn manoeuvres en intenties, dat is niet zeker en misschien is het tegendeel waar) — dat zij het na een paar uren, dagen, weken of een enkele keer ook maanden toch op een lopen hebben gezet zonder duidelijke opgaaf van redenen — zou dat niet zo kunnen zijn omdat er iets met hem aan de hand is — iets dat niet zozeer afschuwelijk is als wel erg zielig — iets dat gewoon onuitspreekbaar is omdat het hem voorgoed van alle andere mensen onderscheidt? Het zou iets kunnen zijn als een derde teelbal, maar dan veel erger: een gebrek dat op staatsbevel geheim moet blijven, waarvan in de wet geschreven staat dat het hem nooit verteld mag worden — zoals Jim Carrey, in de film *The Truman Show*: hoofdpersonage in een fictieve soap zonder dat hij ervan op de hoogte is. Het is een film die Marc fascineerde toen hij de tweede helft ervan een tijdje geleden op tv zag, maar waar hij als het kan toch liever niet te veel, te lang en te diep over nadenkt.

Hij heeft voldoende mensen bestudeerd (voornamelijk vrouwen, af en toe een man) — op televisie, op internet, in de krant, in het echte leven: dat grote verschil zou hem, al was het maar één keer, opgevallen kunnen zijn, en toch is dat nooit gebeurd. Dat alles erdoor verklaard zou kunnen worden is vast te veel gevraagd; zijn eenzaamheid moet andere wortels hebben dan bijvoorbeeld zijn werkloosheid — dat kan niet anders! Want inderdaad heeft hij meestal zelf zijn banen opgezegd, eerder dan dat hij is ontslagen — omdat hij de meeste jobs niet aangenaam vond, maar vooral omdat hij altijd vreesde ze niet naar behoren in te vullen — het een sluit het ander niet uit. Wat je niet graag doet, dat doe je niet goed, en omgekeerd. Het is zeker niet zo dat hij niet wil werken. Hij beseft maar al te goed dat vrouwen ontmoeten veel makkelijker is op de werkvloer, al ontrollen de gesprekken zich dan niet in een vakantiesfeer zoals ze dat — in een ideaalbeeld dat hij nog steeds voor mogelijk wil houden — in de trein doen. Toch hebben veel van zijn vrienden hun huidige partner ontmoet op het werk. Hij daarentegen heeft nooit ergens lang genoeg gewerkt om dat te realiseren.

Buiten wordt het verkeer drukker — zou de avondspits beginnen? Daarvoor is het te vroeg. Nog zo'n voordeel van een vaste baan: je dag wordt erdoor geritmeerd, hoewel dat natuurlijk ook een nadeel kan zijn. Het belangrijkste aan tewerkstelling is echter dat de meeste mensen het ook zijn: tewerkgesteld, en dat het verschil met hen dus kleiner wordt.

Hoewel hij zich er al volop bij heeft neergelegd dat het niks zal worden met deze dag, op het vlak van het inkorten van afstanden en het wegwerken van verschillen, toch biedt zich onverwachts een langetermijnplan aan als hij de treinbegeleider weer ziet binnenkomen. Conducteur! Werknemer van de NMBS! Dat hij daar nog niet aan gedacht heeft! Met zo'n dagtaak valt heel wat te combineren, en als je voor de staat werkt, krijg je veel betaald en heb je extra voordelen. Op het internet is daar vast informatie over te vinden. Waarschijnlijk kun je zelfs online solliciteren. Even is het alsof veel puzzelstukken van zijn probleem en van zijn persoonlijkheid in elkaar passen. Hij zou betaald kunnen worden voor het zoeken naar vrouwen in de trein! Dan ziet hij weer hetzelfde als voorheen — dat er niets is veranderd, dat de trein nog steeds stilstaat, dat het ijs op de watertoren nog niet is gesmolten, en dat het precies de conducteur is die daar door bijna iedereen op een nijdige manier voor verantwoordelijk wordt gehouden. Vrouwen houden nu al niet van hem, laat staan dat hij zich in een conducteursuniform zou hullen!

15:17–15:20 (Dirk)

Het lawaai van de kinderen was omvangrijker en divers geworden: er werd nog steeds gezongen of eerder op een niet-talige manier met de stem gemusiceerd, terwijl in een andere vierzit een welles-nietesdiscussie was ontstaan zonder dat het onderwerp of de argumenten te achterhalen vielen. Enkele individuen hadden het zachtjes of minder zachtjes op een huilen gezet — omdat ze om aandacht vroegen, omdat het hun te veel dreigde te worden, of omdat ze niet wensten achter te blijven nu iedereen een bijdrage leverde aan de totale kakafonie — iedereen behalve Dirk en het meisje naast hem, want zij was niet alleen opgehouden met kuchen, ze wiebelde evenmin nog met haar benen: ze leek in shock of ze leek te slapen met open ogen, die op een onbestemd punt in de verte gericht bleven.

Hij had diep gezucht: er zou een euthanasieknop voor treinen moeten bestaan, een noodoplossing die de wagons samen met de inzittenden doet verdampen zodra het duidelijk is geworden dat alle hoop verloren is, en dat zelfs een voortzetting van de reis geen echte opluchting meer zal brengen, hoezeer de situatie zich ook ten goede keert: de dag is verprutst, alles is voortaan bekleed met een vieze aanslag van vergeefsheid, frustratie, vermoeidheid en ongeduld — de stilstand en de vertraging hebben een ziekte in het lichaam van iedere reiziger geplant waarvan de symptomen slechts door een tijdelijke of definitieve vernietiging van het bewustzijn krachtdadig uitgeroeid kunnen worden, in de slaap of in de dood.

Zijn naar hij vermoedde ontstellend ontstemde oogopslag haakte zich heel even in die van de jongere leerkracht, die in het wilde weg, en machteloos, leerlingen tot bedaren probeerde te brengen. Het contact maakte een verpletterende indruk, en als de jongeman iets in zijn handen zou hebben gehad, zou hij het laten vallen hebben. Meteen wendde hij zich tot zijn oudere collega om hem iets in het rechteroor te fluisteren. Met een lichte rijzing van zijn schouderbladen en een wat mismoedige trek om zijn mond leek de man te twijfelen aan wat hij hoorde, en als een rust zoekend kompas bewoog hij zijn hoofd in alle richtingen, tot hij uiteindelijk met heel weinig overtuiging knikte.

Nu is het zover gekomen dat de jongeman niet langer twijfelt, toch nog heel even de troepen overschouwt als om de allerlaatste motieven en kracht te vinden voor zijn interventie, en dan zo luid als hij kan in zijn handen klapt, die hij boven zijn hoofd houdt, zodat hij als met een aureool door zijn armen wordt omkranst. Het gebaar maakt aanvankelijk meer indruk dan zijn handgeklap: al snel kijkt iedereen ernaar, en wanneer hij de indruk heeft dat dit het geval is, en zonder aan te kondigen wat hij gaat doen in de hoop dat iedereen het samen met hem gaat doen, begint hij te zingen — uit een mond die door een merkwaardige kringspier in bedwang lijkt te worden gehouden, en voortdurend als concentrische cirkels met hetzelfde middelpunt groter en kleiner wordt. Met heel zijn lichaam gesticulerend is het alsof hij een storm wil opwekken — vanuit het niets, want het is stil geworden, en er hangt zelfs een lichte angst in de wagon, alsof er met onredelijk of psychopathisch gedrag van de onderwijzer rekening wordt gehouden. Traag, nadrukkelijk articulerend, met grote ogen, als een professionele applausmeester of volksmenner zingt hij voor: 'In een klein stationnetje... 's morgens in de vroegte... stonden zeven wagentjes... netjes op een rij...' Wanneer hij deze eerste reeks verzen heeft afgewerkt, en dus ongeveer halverwege het liedje is, nemen alle scholieren deel aan het gezang — al is het dan bij sommigen, zoals het buurmeisje van Dirk, nog wat aarzelend, prevelend, en zonder een wijziging in hun lichaamshouding.

De muziekkeuze verrast hem, om verschillende redenen: aan de ene kant is 'In een klein stationnetje' een weinig originele *train song*, zeker in een stilstaande trein; aan de andere kant is het een nummer diep uit de twintigste eeuw, met een gedateerde tekst — zoals ook blijkt uit de volgende regels, die nu aan de beurt komen: 'Kwam een machinistje... draaien aan een wieletje' — en bovendien zou je denken dat deze kinderen er niet alleen een paar jaar te oud voor geworden zijn, maar dat ze het wijsje niet kennen omdat het hun nooit is aangeleerd, ten voordele van andere, meer hedendaagse en vooral ook gemediatiseerde meezingklassiekers, die een plaats krijgen op televisie en in de populaire of commerciële cultuur. Het meest merkwaardige en zelfs onwaarschijnlijke aan de keuze voor 'In een klein stationnetje' zijn de grote risico's die het meebrengt: indien niet ritmisch of melodieus, dan toch inhoudelijk en tekstueel, heeft het nummer iets optimistisch, om niet te zeggen iets opzwepends en zelfs bezwerends, zeker — opnieuw — als het in een stilstaande trein wordt gezongen, en zeker wanneer de laatste regels zijn aangebroken, zoals nu: 'Akke, akke, tuut, tuut... weg zijn wij!'

Dat is niet het geval, en als om dat besef voor zich uit te schuiven, zet de dirigent van de klasjes meteen een herneming in gang, alsof hij inziet dat stilte een groter kabaal dan tevoren zou doen losbarsten, alsof hij nog geen ander geschikt liedje heeft kunnen bedenken, of alsof hij — je weet het nooit met die recente generatie onderwijzers — gelooft in de wonderlijke werking van dit lied: door een breed gedragen en akoestisch tot stand gebrachte wilskracht, kunnen zij de trein weer in beweging brengen — weg van die ondertussen overbekende, verbleekte, verschaalde en verwenste plek tussen station Gent-Sint-Pieters en Gent-Dampoort — een plek die niet tegen langdurige aandacht en blootstelling bestand is gebleken.

Je moet het hem nageven: voorlopig is het gezang een succes, niet omdat de geluidsoverlast in de wagon is verdwenen, wel omdat geen van de kinderen nog huilt, schreeuwt of ongelukkig is, en omdat ook bij de andere passagiers de zeden verzacht zijn — zoals bij Dirk, die tot zijn niet geringe verrassing onder de indruk is geraakt van de klare, klaterende klanken die zoveel kinderkelen voortbrengen. De oudere meester glimlacht — nog slechts een klein beetje ontoegeeflijk en onwillig om de ander een pedagogisch succes te gunnen dat hij zelf niet heeft kunnen uitlokken; de jongere collega is trots en lijkt alle zorgen over hoe het dadelijk verder moet voor zich uit te kunnen schuiven. Het meisje met de vlechten, de aanvaller van al weer een halfuur geleden, zingt het luidst van allemaal, en net als toen ze haar klasgenoot een slag had toegediend, kijkt ze flink en hovaardig om zich heen, enerzijds op zoek naar erkenning, anderzijds om zich ervan te vergewissen dat zij het is, en niemand anders, die de boventoon voert. Als Dirk eraan gedacht had mee te zingen, dan zou hij door oogcontact met haar meteen op andere gedachten zijn gebracht. Wat er ook gebeurt, in de minderheid als hij is, heeft hij in deze trein geen enkele rol te spelen — niet de rol die hij zichzelf had toebedeeld voor het vertrek, en evenmin een nieuwe rol die hem door de omstandigheden wordt aangemeten. Hij kan alleen maar wachten.

De weke, snoeproze kindermonden openen zich steeds minder terughoudend: de net niet helemaal verdwenen set tanden, met daartussen het verhemelte, het tandvlees, de tong, de binnenzijde van de wangen, drijvend in een altijd bijna leeggelopen speekselbad — dit tableau vivant wordt nu nog slechts door enkele, binnen een paar jaar recht te trekken vertegenwoordigers van het volwassenengebit belemmerd. Ondertussen komt de finale van het liedje in zicht, en neemt het volume samen met de nadrukkelijkheid van de articulatie nog een beetje toe. De grootvader is in zijn schik, en hij haast zich om een paar foto's te nemen van het voorbeeldig collectieve gezang; de jonge leraar verliest zich in de roes van de performance, en in al de ogen die op hem, als dirigent, gericht zijn, zeker nu het tijd wordt voor een volgende beslissing; de oude leraar heeft nooit met volle overtuiging meegezongen, en hij houdt zelfs op met zingen, net voor het 'akke, akke' is aangebroken — zijn gedachten ijlen naar de toekomst. Het laatste woord van de laatste zin — een voornaamwoord: wij — wordt een lang uitgetrokken slotakkoord, met allerlei klinkers aangelegd, tot het doodloopt op een eerst nog glooiende, maar daarna loodrechte en ondoordringbare muur van applaus.

Zelfs Dirk kan niet anders — en het is gedeeltelijk van harte — dan kort in zijn handen klappen, zij het in een iets hoger ritme. Al snel vallen de laatste klappen in de wagon een voor een weg. Dan wordt het heel even volstrekt stil, en van die stilte, grotendeels ingegeven door besluiteloosheid, maakt het meisje met de vlechten gebruik om haar stem te verheffen, en om aan iedereen, even oprecht als nieuwsgierig, de eenvoudige vraag te stellen: 'Wie klapt er voor mij?'

Er komt niet meteen een antwoord, hoewel de vraag ernstig wordt genomen, bijvoorbeeld door Dirk, die meteen beseft hoe eenvoudig een antwoord kan zijn: hij klapt voor haar, zeker, maar niet alleen voor haar — mocht ze een solo-opvoering hebben gehouden, dan had ze zijn handen niet op elkaar gekregen, en die van de andere reizigers evenmin.

Het minste wat gezegd kan worden is dat de gebeurtenissen oneerlijk verdeeld zijn over de minuten: het meisje met de vlechten — haar wangen en voorhoofd hebben dezelfde rode teint als tijdens het hoogtepunt van het zangstuk — kijkt nog steeds verwachtingsvol rond tot iemand zich aanbiedt als haar exclusieve fan, en Dirk wordt een beetje bang dat ze hem zal uitkiezen om de vraag gericht tegen te herhalen.

Wat er dan gebeurt, doet hem vrijwel meteen denken aan iets wat hij jaren geleden mee- of eerder doormaakte, niet in een stilstaande trein maar in een rijdende bus, samen met zijn ouders en veertig à vijftig andere toeristen, in het begin van de jaren negentig, in Griekenland, op weg naar het orakel van Delphi. De touringcar had hen 's ochtends na het ontbijt opgepikt — en dat ontbijt was uitgebreid geweest: zoals het in hotelketens de gewoonte is, werd het aangeboden in buffetvorm, in aantallen onbegrensd, en slechts door het aflopen van de ontbijtperiode om halfelf beëindigd, niet meer dan voor een dag en eigenlijk slechts voor een uur, want daarna werd al weer het lunchbuffet uitgerold. In elk geval had Dirk zich niet op een buitenissige maar gezien de omstandigheden toch wat buitensporige manier te goed gedaan aan het verloren brood of, zoals dat ook wordt genoemd, aan de wentelteefjes: met melk doorweekt, wit, dik brood, dat vervolgens in geklutste eieren wordt verdronken, om dan druipend, verzadigd met die kruimelige zuivelmengeling, in hete olie te worden gebakken (aan beide zijden). Dat was weliswaar iets dat hij van thuis kende, maar dat hem ginds niet zo vaak en nooit in dergelijke hoeveelheden werd aangeboden. Natuurlijk is het onwaarschijnlijk dat de misselijkheid die hem overviel op de bus, na het rijke, hoewel nogal eenzijdige ontbijt, ook zou zijn opgetreden mocht hij die dag liggend naast het zwembad hebben doorgebracht, met zijn hoofd onder een parasol, en lezend in een vijfling van Agatha

Christie. Net zo is het onwaarschijnlijk dat hij ziek zou zijn geworden als hij had ontbeten met een paar beschuitjes en een kop lichte thee. Het een kon dus niet zonder het ander — of: het was van tweeën één, zijn goed gevulde lichaam op die iets minder goed gevulde bus — dat veroorzaakte de problemen, vooral ook omdat niet de kortste weg naar Delphi werd genomen, maar omdat er eerst nog een rondrit werd gemaakt (via haarspeldbochten, over in spiralen benaderde bergtoppen, en op nauwelijks geplaveide binnenwegen) langs alle hotels in de buurt om reizigers op te pikken — eventuele reizigers, want vaak bleek er op het plein voor een van die hotelpaleizen niemand te staan wachten of (binnen vijf minuten) op te duiken. Het was in het zicht van de met brokstukken begroeide helling waarop de oude Grieken zich de toekomst lieten voorspellen door een met dampen dronken of eerder high gevoerde priesteres, dat die rare sensatie die mensen onder misselijkheid verstaan, een hoogtepunt bereikte. Als de kolken in een pas doorgespoeld toilet was de malaise komen aanzetten. Het had ernaar uitgezien dat hij zou braken, en een plastic zak, waarvan de dichtheid afdoende was gecontroleerd, werd al een kwartier lang permanent ter hoogte van zijn kin gehouden door zijn moeder, die zich bezorgd leek af te vragen of ze iets had kunnen doen om dit lijden te verminderen — ze hadden zich niet moeten inschrijven voor de uitstap; alweer een uitstap, alweer sightseeing, alweer ruïnes, zon, zinderende hitte en een onverluchte touringcar, schokkerig en onvoorspelbaar bewegend alsof er geen gravitatieveld meer heerste, over een Grieks wegennetwerk zonder rechte lijnen langer dan één kilometer. Tot zijn verrassing en ook die van zijn moeder had hij niet moeten overgeven — totaal buiten zijn wil om, alsof er een alien in zijn lichaam zat in plaats van een halve kilo half verteerde wentelteefjes, had hij een luide boer gelaten: een onmenselijke oprisping van lucht was ontsnapt, als een bel die openspat op het wateroppervlak van een wereldzee, nadat er onachterhaalbaar ver op de oceaanbodem iets na jaren rijzen tot ontploffing is gekomen. De opluchting was immens geweest, en niemand van de andere, onbekende reizigers had op zijn onbeleefde tussenkomst gereageerd, alsof het iets was dat erbij hoorde en dat hun ook nog te wachten stond — alleen zijn moeder, die had breed en bijna luidop gelachen.

Zoiets dus (het is hem sinds die dag in Griekenland nooit meer overkomen) lijkt de trein zelf te ondervinden, alsof het niet om een toestel en een reeks containers gaat, maar om een walvis die te veel mensen heeft opgeslokt, die dobberend het moment langzaam naderbij ziet komen waarop hij hen het zoute zeewater in moet slingeren, en die dan uiteindelijk zijn maag als een pudding omgedraaid weet — waarop hij weer verder kan. De trein schokt namelijk — heen en weer, links en rechts — zo hevig dat de spoorbedding verlaten lijkt te worden, en dat het bijna aannemelijk wordt dat er zo meteen een reuzenkind met boze ogen in de wagon naar binnen zal kijken, om zijn immobiele speelgoedtreintje met de bijbehorende ventjes vervolgens tegen de muur van zijn speelkamer te keilen. Geen monster of geen peuter, maar de trein zelf gaat tot slot op de hurken zitten om dan een sprong vooruit te maken — en om vervolgens niet meer tot stilstand te komen!

Schrik is er — begrijpelijkerwijze — in de kinderen gevaren, maar als ze zien dat de trein weer rijdt, dat de leraren lachen en elkaar zelfs onnozel de hand schudden alsof ze succesvol een doorbraak hebben geforceerd, begrijpen ze gekalmeerd dat er reden tot blijdschap is, waarna er een nieuw applaus ontbrandt, veel luider nog en uitbundiger dan het vorige — misschien alleen maar omdat het gemechaniseerde *akke akke* van de trein weer sinds lang overstemd moet worden, maar vast ook uit oprechte opluchting en blijdschap. Dirk draagt weer bij aan het handgeklap, hoewel hij er als eerste in de wagon mee ophoudt: het is niet dat zijn opluchting van korte duur is — het is eerder dat er, net zoals toen in die Griekse toeristenbus, een leegte naar boven is komen drijven — zeker geen honger, ook geen nieuwe misselijkheid, maar een onbestemd gemis, alsof zijn lichaam rekenschap vraagt voor het lijden van zo-even, en ook geen genoegen wenst te nemen met een onberedeneerd vertrouwen in de toekomst en met een verwachtingsvol uitkijken naar de aankomst. Er is iets geknapt, zo zou je het kunnen zeggen; hij kan zich niet, of althans niet meteen, over de stilstand en de vertraging heen zetten, noch over de storing die de kindergroep heeft veroorzaakt — al was die bij momenten amusant.

Hij heeft zijn voornemens niet ten uitvoer kunnen brengen, en de manier waarop hij is belemmerd, maakt het moeilijk om te geloven dat hij daar nog in zal slagen — al gaat de rit vanaf nu probleemloos voort, of wordt de vertraging zelfs gedeeltelijk weer goedgemaakt. Dat is mogelijk: naar het schijnt rijden treinen met opzet trager dan de maximumsnelheid, precies om na een oponthoud de verloren tijd te kunnen terughalen.

Ondanks dat vooruitzicht is hij te lui en onwillig om verder aan zijn tekst te werken, en is elk excuus goed genoeg om dat niet te doen. Zelfs zonder nieuwe vertraging en met een ongebruikelijk voorspoedige snelheid, duurt de reis van Gent-Dampoort naar Antwerpen-Centraal nog minstens veertig minuten.

Traag rijden ze onder de E17-snelweg door, en terwijl een beperkte duisternis de kleuren in de wagon met grijstinten verzadigt, beginnen de leerkrachten met de voorbereiding van de aankomst en het vertrek. Door de speelse chaos zijn de kostbare vierkleurendrukbrochures van het Museum voor Industriële Archeologie en Textiel verspreid geraakt — op tafeltjes, tussen stoelen en op de grond, en ze moeten zonder uitzondering weer worden verzameld, wil een geslaagd bezoek niet in het gedrang komen. De bijdehante geweldenaarster, zangeres en aandachtvraagster neemt er in elk geval genoegen mee dat ze nooit zal weten wie er voor haar klapte, en als eerste is ze helemaal klaar: de brochure had ze veilig weggestopt en heeft ze zopas ingeleverd bij de oudere leerkracht; haar jas heeft ze reeds aan, het gele hesje is er al overheen getrokken, en de rugzak wordt tegen haar lichaam verankerd. Ze staat zelfs al recht, alsof ze haar medeleerlingen, die zich minder snel uit hun verdwazing, verbazing of namiddagslaperigheid overeind kunnen trekken, tot spoed wil aanzetten.

Buiten glijdt de bebouwing weer vrolijk en zelfs stralend voorbij, traag genoeg om gezien te worden, en snel genoeg om niet te gaan vervelen — het is een uitzicht als van een blinde die niet alleen op miraculeuze wijze weer kan zien, maar die ook als een verlamde rolstoelgebruiker de gave van het lopen heeft teruggekregen. Het gaat nochtans om bijvoorbeeld het kleine station van Gentbrugge, niet groter dan een met golfplaten begrensd hok, zoals er zoveel aan de rand van de pleinen van derderangs provinciale voetbalploegen staan — en algemener om de negentiende-eeuwse gordel rond Gent: arbeiderswoningen die elkaar het scheefzakken beletten, en die al jaren niet meer door arbeiders worden bewoond.

Het uitzicht verandert pas ingrijpend als de Schelde eenmaal is overgestoken, en links het panorama op de stad Gent als een waaier — chaotisch beschilderd en slechts door de stadstorens als door verticale plooien verdeeld — wordt opengespreid: bijna is de halve cirkelbeweging om de stad heen, die de trein tussen Gent-Sint-Pieters en Gent-Dampoort maakt, voltooid. Een laatste flauwe zwenking naar rechts, en dat station komt in zicht, hoewel het niet meer is dan een bijna platgeslagen V-vormig afdak, met aan weerskanten één spoor. Indrukwekkender is de groene wildernis die de treininfrastructuur van de stad scheidt: een van de vele braakliggende terreinen om en rond Belgische stations, talrijk aan de rand van overvolle steden, waar veel mee zou kunnen gebeuren, maar waar niemand iets mee durft aan te vangen. Enkel het eerste gedeelte van dit gebied wordt gebruikt als parking voor auto's, bussen en fietsen, aangelegd met een bijna homogene mix van gebarsten beton en kiezelstenen.

De conducteur neemt het woord. Opmerkelijk neutraal, zowel qua toon als qua inhoud, kondigt hij aan: 'Dames en heren, wij komen aan in Gent-Dampoort.' Misschien, zo vermoedt Dirk, volgt er later duiding; misschien valt er helemaal niets te zeggen dat niet neerkomt op een bevestiging van feiten enerzijds, en van onwetendheid en onmacht anderzijds. En zo valt de trein weer stil, wat een lichte huivering teweegbrengt, zo kort na die ongewilde en onnodig langdurige stop, hoewel er toen, in tegenstelling tot nu, van gedeeltelijke ontruiming geen sprake was. Het meisje dat naast hem zat en dat zo sterk onder de stilstand leek te lijden, getuige haar gekuch en haar zenuwtics, glimlacht nu naar Dirk, net vooraleer ze, als allerlaatste van de groep, de wagon verlaat. Het vervult hem met vreugde: het eerste echte contact sinds uren, vermoedelijk enkel tot stand gebracht omdat het niet lang kon duren — hij wil iets zeggen, maar het is te laat, en misschien heeft ze zelfs zijn glimlach niet opgemerkt. Ze had een opmerkelijk volwassen gezicht — of niet zozeer een gezicht, als wel een gelaatsuitdrukking: berustend, een beetje droef, gelaten. Onwillekeurig vraagt hij zich af tot wat voor een vrouw ze zal uitgroeien, in wat voor een toekomstige wereld, en of ze, op latere leeftijd, aan hem zal terugdenken, aan de stilstand, of aan hem tijdens de stilstand — en of hij dat, omgekeerd, zelf zal doen.

15:20—15:24 (Kris)

Hij stond klaar toen de trein stilviel, en de deuren zich met een diepe druk op de groene knop lieten openen. Vaak zijlings schrijdend, zijn rechterzijde volgend op zijn linkerkant, had hij met zijn bagage de gangpaden doorlopen op weg naar de meest voordelige uitgang, voor zover hij die kon voorspellen, zodat hij op het perron in Gent-Dampoort meteen de trap naar beneden zou kunnen nemen — eindelijk!

Hij had zich door een groep jonge scholieren moeten wringen, en een van zijn draagtassen was in het gezicht van een kind geslingerd, dat zich voorover had gebogen om iets op te rapen of om iets dat op de grond lag van een beetje naderbij te bekijken.

Hoe hard het was aangekomen kon hij niet zeggen, maar hij had achter zijn rug een kreet gehoord, en toen hij omkeek, had een meisje met vlechten een hand tegen haar kaak gehouden en hem boos aangekeken. 'Sorry, sorry', had hij gezegd, en toen was hij weer verder gegaan, ze huilde niet, het leek best mee te vallen, hoewel in de zak waarmee ze in aanraking was gekomen, die in zijn linkerhand, de twee dozen vanille-ijs zaten.

Hij voelde zich machtig toen bleek dat precies een beweging van zijn gestrekte vinger de deur opende, en bijna gelukkig toen een zachte, aangenaam koele luchtverplaatsing zijn gezicht als met twee vrouwenhanden probeerde te omvatten, en hij voorzichtig de dubbele trede afdaalde — de drempel van de wagon en daarna het uitgeklapte rooster dat de kloof tussen trein en perron overbrugt –, als een introductie op de trap naar beneden, terug naar de bewoonde wereld, waar zijn bewegingen weer helemaal van hemzelf zijn, waar de tijd niet door rijdende of stilstaande ruimtes wordt geritmeerd, en waar hij in kamers waar zelden iemand anders komt over alle vereiste technische toestellen kan beschikken — weg dus uit de ijzeren greep van de trein.

In de verte ziet hij nog net, vooraleer hij naar een lager niveau verdwijnt, de conducteur staan, spelend met de sleutel die hij in het stopcontact zal steken dat boven het perron in de lucht priemt en dat zich door een stalen stang laat ondersteunen — daarin zal de sleutel rondgedraaid worden, zodat de trein weer mag en kan vertrekken. Het kan niet meer dan inbeelding zijn, maar hij heeft het idee dat de conducteur naar hem lacht, om hem lacht — en hij schaamt zich als hij beseft (net zoals vlak nadat het was gebeurd en sindsdien nog meerdere malen) hoe belachelijk hij zich inderdaad heeft gedragen door de man aan te spreken, door op te biechten dat hij zwartreed en door om hulp te vragen voor zijn roomijs — hij had moeten zwijgen en zoals gewoonlijk zijn met hindernissen bestrooide gedachtelandschap ongezien moeten laten onder de bekende stolp. Hoe leuk het ook kan zijn om kronkels met iemand te delen — je weet je nooit helemaal begrepen, wat de problemen vaak erger maakt, of ze in ieder geval een wrang en wereldvreemd kantje geeft, alsof er wordt gesuggereerd dat jijzelf het probleem bent, eerder dan wat je overkomt. En inderdaad is de vertraging van bijna een halfuur niet zo erg — hij weet er raad mee, en het maakt zijn taak om zo efficiënt, zuinig en aangenaam mogelijk boodschappen te doen alleen maar spannender. Het openbaren van zijn problemen aan anderen doet dat niet, integendeel: je ziet aan hun ongelovige, soms geamuseerde, soms geërgerde ogen, dat ze in hun lange leven jouw dagelijkse dilemma's niet eens hebben overwogen, laat staan dat ze zich er passioneel toe hebben moeten verhouden.

Bijna is hij de stationstunnel uit. De eerste deur naar buiten, aan het begin van de gang die door een glazen wand uitzicht biedt op een blikkerige zee van fietsen — die eerste deur is al weken defect, zodat hij een korte omweg moet maken langs de volgende uitgang. Hij realiseert zich nu, alsof hij zichzelf nog steeds in de gaten houdt vanuit de ondertussen toch minstens vijf meter hoger wegrijdende trein, hoe vaak zijn dag of een deel van zijn dag erop is gericht om zo snel mogelijk thuis te komen. Soms omdat hij dringend naar het toilet moet, soms omdat het al laat is en hij wil gaan slapen, geregeld omdat er thuis iets is dat hij zo snel mogelijk wil afmaken — en opvallend vaak omdat hij iets bij zich draagt dat hij in veiligheid moet brengen of naar zijn hol moet verslepen, als het kadaver van een hert vooraleer ongedierte of aasgieren het opmerken. Hoewel hij nu etenswaren transporteert die niet mogen ontdooien, is het veel vaker gebeurd dat hij bereide gerechten mee naar huis nam waarvoor het omgekeerde gold: ze mochten slechts in heel beperkte mate afkoelen. Een pizza in een kartonnen doos, een halvemaanvormige kebab gehuld in blinkend zilverpapier, groentesoep in een piepschuimen beker, een vegetarische kroket op een dik bed van sla (met een blikje wortelsap), Chinese noedels in een plastic bakje — of natuurlijk frieten, ingepakt in verschillende lagen grijzig papier (en toch door een klein scheurtje aan het buitenklimaat blootgesteld). Aan het eind van de afgelopen zomer was hij zo nog, hongerig na lang te hebben doorgewerkt, met de fiets een groot pak friet, twee kipcorns en een zonneschijfburger gaan halen in een van de vele kwalitatieve frituren van Gent. Altijd staan er lange rijen hongerigen vaak tot buiten aan te schuiven. Toen hij zijn bestelling eindelijk had meegekregen, had hij zich naar buiten gespoed om het pak eten in een van zijn fietszakken op te bergen en vervolgens naar huis te sprinten. Een groep jongeren die onaangekondigd de straat was overgestoken, begeleid door metalige muziek die uit een draagbaar telefoontoestel blafte, had de rit bijna voortijdig afgebroken: hij had moeten uitwijken, vooral omdat een van de jongemannen niet zozeer naar het voetpad als wel naar het fietspad was overgestoken en dat nog een hele tijd leek te willen gebruiken, waardoor het voorwiel van de fiets van Kris niet anders kon dan overwegen om zich in een tramspoor te vestigen — een ramp die, met een nijdige ruk aan het stuur, en een met benenwerk bewerkstelligde herpositionering van zowel fiets als fietser, toch was afgewend — tot groot vermaak van de jongelui, overigens. Desondanks had hij, naar zijn mening, zijn voordeur snel kunnen openen, en had hij er ook naar uitgekeken om aan het vermoedelijk nog redelijk warme eten te beginnen, toen eerst weinig verrassend en nauwelijks vermeldenswaardig bleek dat het licht in de gang nog steeds niet was hersteld door de huisbaas, en toen vervolgens — veel verrassender en niet te negeren — ook bleek dat het licht in zijn appartement zich niet liet inschakelen, niet in de gang, niet in de keuken, niet in de woonkamer, nergens.

Nadat hij minutenlang tevergeefs naar de oorzaak van de elektriciteitspanne en daarna naar een paar kaarsen had gezocht, was hij in het duister van de late zomeravond aan tafel gaan zitten — en toen hij de laatste, nauwelijks nog lauw te noemen friet (voor meer dan de helft geglazuurd met gesmolten en daarna — maar niet zoals voorheen — weer gestolde mayonaise) in zijn mond had gestopt, waren bijna alle lampen als op commando gaan branden, en had hij gehoord hoe achter zijn rug, in de keuken, ook de koelkast en de diepvries zich bibberend op gang trokken.

Terwijl hij het op een paar toeristenbussen na lege parkeerterrein oversteekt en de straat waarin hij woont alvast in het zicht komt; terwijl hij knikt naar een buurman met wie hij nog nooit een woord heeft gewisseld; terwijl hij nadenkt over de plaats van zijn huissleutels (linker- of rechterjaszak); terwijl hij door de gang schuifelt, wegens een lange rij fietsen nog smaller dan aangegeven door de muren (en nog steeds niet verlicht); terwijl hij de draaitrap opcirkelt, erop toeziend met zijn brede lading geen verfschilfers van de muur te strijken; terwijl hij de voordeur van zijn appartement opent; en vooral terwijl hij zijn hand naar de lichtschakelaar uitstrekt — op al die momenten wordt dat de laatste, en naar zal blijken onnodige angst: dat de stroom, cruciaal om het ijs op tijd weer in te vriezen, om het bederf van de andere etenswaren te beletten, en om het opladen van de elektrische tandenborstel aan te vatten — dat die stroom het zal laten afweten.

15:24–15:28 (Zij)

Buiten de trein zijn zij niet langer samen, althans niet lijfelijk, want hoewel het een opluchting was om afscheid te nemen — overhaast, vluchtig, zonder nieuwe afspraken, en zonder dat de stilte, de ontstemming en de bescheiden ruzie tijdens de stilstand zijn goedgemaakt — nu blijkt hij toch weer aan hen te denken, al was het maar omdat het bushokje waarin hij op een bank zit, wordt gesandwicht door dezelfde reclamecampagne van H&M die hij heeft bestudeerd in de schaduw van de watertoren. Nu kan hij de modellen recht in de ogen kijken en nu kijken de modellen naar hem — de vrouw aan zijn linkerkant ligt op haar buik, in wat tot een sfinxhouding zou uitgroeien als ze haar schouders wat meer zou oprichten — wat ze waarschijnlijk niet doet omdat ze geen boven- maar een onderstukje moet promoten, en daartoe het meest voorbestemd lijkt, tenzij er iets is gefotoshopt. Omdat hij de afgelopen dagen heeft samengewoond met een van zijn vrienden, diens broer en diens vriendin, op het vakantieappartement van haar ouders aan de zeedijk van Oostende, is het normaal dat hij hen in verschillende toestanden en hoedanigheden heeft meegemaakt. Zo is het vast ook normaal, zij het om andere redenen, dat zijn aandacht vooral naar haar is uitgegaan — en dat er, met uitzondering van een paar extremen, geen houding door een fotomodel zou kunnen worden aangenomen die niet minstens in de verte herinnert aan de poses waarin zij tijdens het verblijf in Oostende heeft gezeten, gelegen of gestaan.

Ja, ontegensprekelijk lag zij bijvoorbeeld zo op bed toen hij op maandagavond hun kamer was binnengekomen op zoek naar een aansteker — ze had net een douche genomen; ze zouden mosselen eten en daarna biljarten. Haar onafscheidelijke machientje had ze voor zich op de matras liggen, en in een iets meer voldragen sfinxhouding surfte ze op het internet, slechts gehuld in een weliswaar weelderige en aan alle zijden verhullende badjas. Het merkwaardige – als hij er nu aan terugdenkt, nog net in de schaduw van de hoge spoorwegberm, die vlak voor het Dampoortstation drievuldig met verkeerswegen is ondertunneld — en ook het raadselachtige en indrukwekkende, was dat de dubbele matras waarop zij lag van alle lakens en dekens was gestript, behalve van het hoeslaken (met daaronder waarschijnlijk nog een matrasbeschermer), wat het bed ongewoon oppervlakkig had gemaakt, bijna tot een tafel of een werkblad, waarop zij bovendien omgekeerd had gelegen, dat wil zeggen met haar voeten naar de muur en met haar hoofd naar de achterkant. Wat had dat te betekenen gehad? Toen hij binnenkwam, had ze even opgekeken, en ze had een natte haarlok achter haar oor gelegd, knipogend — zo leek het althans, want de knipoog had zich voltrokken net toen ze haar langzaam opdrogende haren herschikte.

Ze is op alle vlakken te goed voor haar slechtgehumeurde vriend, die weliswaar op een andere manier ook zijn vriend is, maar die haar zonder twijfel op verschillende manieren onrecht aandoet. Hij zou dit graag verder onderzoeken en onderbouwen, en in gedachten uitdiepen waar het, als het waar is, toe zou kunnen leiden, maar dan rinkelt zijn telefoon.

Het is zijn moeder. Zou hij opnemen? Als er een bus arriveert, is hij binnen tien minuten thuis bij zijn ouders in Destelbergen, en hij heeft haar ge-sms't dat zijn trein vertraging had en dat hij later zou zijn — maar omdat hij geen zin heeft om de letters van een nieuw bericht in te drukken, neemt hij op.

'Ben je d'r al?'

'Ja, of: nee — ik sta op de bus te wachten.'

'Dat was weer een schande! Hoeveel vertraging hebben jullie gehad?'

'Ik weet het niet precies... een halfuur... zoiets.'

'Je weet toch dat je vanaf een halfuur vertraging een deel van je ticket terugbetaald krijgt? Het is een schande — en het wordt er alleen maar erger op, en duurder. Ik heb gehoord — het is vanmiddag omgeroepen op de radio — dat er plannen zijn om een nieuwe internationale treinverbinding te organiseren tussen Brussel en Amsterdam. Dat zal geld kosten! Daar zal volk naar komen kijken! Die baas van de NMBS — die dikzak, met zijn baard, hij is al op tv geweest, ik herkende zijn stem, een grafstem zoals die van Frans Verleyen vroeger, die baas van *Knack* — en ze lijken nog op elkaar ook — enfin, een vliegtuig zonder vleugels, zo noemde hij die nieuwe trein, *een vliegtuig zonder vleugels* — je moet maar durven, de mensen zo'n schrik aanjagen.'

'Ja — zeg: ik ben bijna thuis, er is een bus op komst, je kunt straks verder vertellen.'

'Nee, maar luister nu eens: dat is toch ongelooflijk. Al die dwaze projecten — waar halen ze het geld? Een beetje rekening houden met de mensen? Ieder voor zich, dat is het enige. Het is bij je vader op het werk niet anders. Je weet toch dat hij al twee dagen niet is gaan werken?'

'Euh... nee — ja, ja! Dat had je verteld.'

'Ik weet niet wat hij hier zit te doen. Ze hebben een pallet op zijn voet gezet in het magazijn, zegt hij, maar ik weet dat er meer aan de hand is, en dat er nieuwe regels en handleidingen zijn ingevoerd vanuit Frankrijk, en dat hij binnenkort weer bijgeschoold zal moeten worden — op zijn leeftijd! Het beste zou nog zijn dat hij met vervroegd pensioen gaat, hij heeft lang genoeg gewerkt, en hij is geen dag ziek geweest, alleen de laatste jaren, af en toe, maar dat is omdat ze hem zo treiteren. Of het een oplossing zal zijn, dat is nog iets anders, want wat moet hij hier de hele dag zitten doen behalve mijn werk moeilijker maken — je weet dat hij niets op zijn plaats laat liggen, en het enige dat hij hier in huis wil doen, dat zijn dingen die niet nodig zijn. Gisteren is hij, zonder er iets over te zeggen, het tuinhuis beginnen te witten. Ik had al een uur niets meer gehoord, ik dacht: waar is die nu? Is hij toch gaan werken? En dan zie ik door het raam van de keuken dat hij alle tuinstoelen, de parasols, de barbecue, mijn zonnebank, die oude basketbalring op een paal en op een ijzeren voet, ook onze trampoline en die oude vogelkooi — enfin, dat hij alles naar buiten heeft gesleept en op het gazon heeft gezet. Het zal genoeg putten en strepen achterlaten! En dan begint hij eraan, maar dan gaat het zo traag vooruit — hij is nu nog niet eens halfweg. Ik zeg tegen hem vanochtend: ga jij hen toch halen met de auto in Oostende, dat is veel makkelijker, dan moeten ze niet met de trein — maar hij wilde niet, hoewel hij daarnet met de auto cigarillo's is gaan kopen, want zonder rook kan hij niet schilderen. En kijk: jij bent nu al drie uur onderweg.'

'Twee uur, hoogstens. Maar — de bus is daar, ik moet opstappen, straks valt de verbinding uit, ik ben er bijna.'

'Zouden ze die treinen en bussen niet beter afschaffen? Dat kan toch niet goed zijn voor het milieu? Al dat geld! En het werkt van geen kanten! Het is niet meer dan normaal dat het niet marcheert. Je raakt nooit waar je zijn moet, en al zeker niet op tijd. En reizen is zo onaangenaam, vooral omdat je alleen met marginalen te maken krijgt, die niet eens Nederlands spreken. Claire had het maandag ook voor: ze neemt 's ochtends vroeg de bus naar het centrum, ze moest naar de specialist, en met nog een paar straten te gaan krijgt de buschauffeur ruzie met de mannen van de vuilniskar. Er staat een auto dubbel geparkeerd in de Papegaaistraat, op een bepaald moment heb je de vuilniskar en twee geparkeerde auto's, met drie naast elkaar, er kon niets of niemand meer tussen, en die buschauffeur wordt ongeduldig, vooral omdat hij het gevoel heeft dat de vuilnismannen hun werk met opzet zo traag doen — om hem te pesten! In plaats van twee zakken tegelijkertijd in de laadbak te gooien, dragen ze één zak met z'n tweeën heel voorzichtig tot bij de pers en *leggen* die zak zachtjes bij de rest. Ze moeten moeite doen om niet in lachen uit te barsten, ik weet niet hoe het zat of waarom ze dat deden, misschien was het iets met hun godsdienst. Dus die buschauffeur denkt: dit krijgt een staartje, ik zorg ervoor dat dit een staartje krijgt! Hij neemt zijn gsm en fotografeert de vuilnismannen, hij is van plan om de foto's op Facebook te zetten, zodat iedereen kan zien wat hij moet verdragen terwijl hij alleen maar zijn job probeert te doen. Natuurlijk zien die mannen dat, en ze worden op hun beurt razend: zij mogen niet zomaar zonder toestemming gefotografeerd worden! Er wordt geschreeuwd, en de buschauffeur wordt zo kwaad dat hij zijn bus tot op één centimeter van de vuilniskar rijdt, waardoor de laadbak natuurlijk onbereikbaar wordt, en de vuilnismannen hun werk niet meer kunnen doen. Ook de chauffeur van de vuilniskar komt naar buiten: het is volgens hem de verantwoordelijkheid van de buschauffeur om de vuilnismannen toe te laten hun werk uit te oefenen, en als hij dat niet doet, dan belemmert hij de gang van zaken — hij mag een ziekenwagen ook niet boycotten! Ondertussen staat er in beide richtingen een file en wordt er geclaxonneerd en van heel ver weg wordt er gescholden, bijvoorbeeld door de bestuurder van een tram die ook stilstaat. Aan beide kanten wordt er met de politie gedreigd, terwijl het onmogelijk zou zijn voor de politie om tot daar te rijden. Een paar vuilnismannen proberen zo dicht mogelijk bij de buschauffeur te komen, wat lukt, want de voorste deur van de bus is opengemaakt om het discussiëren te vergemakkelijken en om de passagiers die het beu zijn te laten ontsnappen. Toch vindt de buschauffeur het nodig om op zijn stoel te gaan staan, zodat hij op het glazen scherm kan leunen dat voor de veiligheid tussen hem en de rest van de bus is aangebracht — en ook omdat het dan niet zo makkelijk is om op hem te spuwen. Hij zwaait met zijn armen in de richting van de vuilnismannen, met zijn gsm in zijn rechterhand. Enfin, ondertussen heeft bijna iedereen de bus verlaten, en Claire weet het ook niet goed meer, ze heeft schrik gekregen en haar hart davert, maar als ze van daar te voet naar de specialist op de Eedverbondkaai moet, dan komt ze een halfuur te laat, en dan nog in haar toestand! Om het compleet te maken komt net op dat moment bij de bakker de man buiten die zijn auto dubbel had geparkeerd en door wiens schuld alles fout is beginnen te lopen. Begint die man daar toch te schelden en te tieren tegen de buschauffeur en de vuilnismannen — of het soms prettig is om met belastinggeld betaald te worden om op een maandagochtend een hele straat te blokkeren en honderden mensen hun dag te verpesten? Claire is uitgestapt, en ze heeft er niet beter op gevonden dan haar zoon te bellen om haar te komen halen met zijn auto, die zat al op zijn werk — maar goed: een noodgeval is een noodgeval. Ze zouden dat openbaar vervoer beter afschaffen — er zou minder frustratie zijn, meer plaats voor auto's, meer open ruimte en groen. Het zijn mijn zaken niet en ik kan er niets aan doen, maar jij zit er toch maar weer mee, met een uur vertraging. Ik had medelijden, ik heb er de hele tijd aan moeten denken! Want als de trein stilstaat, dan duurt het lang — ik heb het één keer meegemaakt, en daarna nooit meer — het zijn momenten die blijven duren, en je hebt niets anders meer, niets omhanden, niets te doen, je kunt niet eens naar het nieuws op de radio luisteren of iets gaan drinken. Je zit vast en gevangen! Je zou nog gaan hopen dat er echt iets gebeurt! Hoe is het geweest aan zee? Ik heb je gisteren al eens proberen te bellen, maar er nam niemand op. Viel het mee daar in dat appartement? Niet te chic? Want om eerlijk te zijn: het is niets voor mij, ik zou mij daar niet op mijn gemak voelen, al dat wit, al die strakke lijnen en die moderne meubels, ik kan het mij voorstellen. Viel het mee?'

15:28–15:33 (Lien)

Het kan nog altijd: de trein naar Antwerpen is aangekondigd met vijfentwintig minuten vertraging, maar als het daarbij blijft, en als ze niet treuzelt en haar bezoek aan boekhandel 't Oneindige Verhaal in de Stationsstraat uitstelt tot het weekend, dan kan ze haar zoon om vier uur ophalen aan de muziekschool, om daarna zoals afgesproken met hem naar de stadsbibliotheek te wandelen.

Er zijn dingen die haar in situaties als deze kunnen helpen, en waar de meeste mensen ook een beroep op zouden doen — maar de meeste mensen komen niet terecht in situaties als deze, omdat ze de trein niet nemen. Al haar collega's op het Sint-Lodewijkscollege in Lokeren hebben een auto en bijna al haar collega's komen met de auto naar het werk, ook al wonen ze niet zoals zij op twintig kilometer afstand in Sint-Niklaas, maar in Lokeren of in nabijgelegen dorpen of gemeentes als Eksaarde, Waasmunster, Daknam of Zele. Alleen de leraar biologie, Hulpiau, komt — zoals dat op een bijna karikaturale manier bij zijn specialisatie past — met de fiets naar school, in alle denkbare weersomstandigheden. Gesteld dus dat andere mensen wel de trein zouden nemen — zoals zij geregeld opwerpt in de leraarskamer als er weer eens iemand in de file heeft gestaan, is dat voor werknemers van het college vanzelfsprekend aangezien de school op driehonderd meter van het station ligt —, dan hebben die andere treinreizigers een gsm. Ze vermoedt dat het niet gebruikelijk is dat kinderen van zeven jaar een gsm hebben, en dat de meeste mensen het schandalig of ongepast zouden vinden om jonge kinderen van zoiets te voorzien — maar Michiel heeft er in elk geval geen, dus ze kan hem niet opbellen om te zeggen dat ze wat later zal zijn. Natuurlijk: als zij een gsm zou hebben, dan kon zij, mocht de vertraging verder oplopen, het secretariaat van de muziekacademie verwittigen, zodat er iemand Michiel na afloop van de les nog een tijdje binnen zou houden of hem op het hart zou drukken voor de ingang te wachten — zijn mama is op komst. Ze zou haar man kunnen opbellen, ware het niet dat hij evenmin een gsm heeft — ze hebben een vaste lijn, maar ze vermoedt dat hij niet thuis is: op woensdagmiddag, op dit moment, gaat hij meestal zwemmen met hun dochter.

Ze probeert te doen wat ze denkt dat juist en goed is, maar uiteindelijk doet iedereen dat, met uitzondering van psychopaten. Alleen is het zeker zo dat ze samen met haar echtgenoot besloten heeft om een aantal dingen anders te doen dan de meeste mensen — en hoewel ze dat niet doen gewoon om anders te doen (maar dus omdat ze goed willen doen), toch is die alteriteit een fundament onder hun huwelijk, zoals de meeste koppels in meer of mindere mate een wij-tegen-de-rest-van-de-wereldgevoel kennen. Dus: in hun gezin geen gsm's, geen auto, geen televisie, en een gerantsoeneerd gebruik van het internet. Of ze daarmee doet wat juist en goed is (voor hun kinderen), daar is ze lang niet altijd zeker van — wat misschien opnieuw iets is wat haar van anderen onderscheidt. Ze zou het gaan denken als ze hoort hoe heftig meningen worden verkondigd, of hoe tegendelen van beslissingen of overtuigingen als compleet ondenkbaar worden beschouwd. Bij de leerlingen van de middelbare school waar ze Latijn geeft, is het niet anders: het is bijvoorbeeld onmogelijk om hen eraan te doen twijfelen dat Walen profiteurs zijn, dat hebben ze gewoon als een wet aangenomen zonder dat ze het kunnen of willen beargumenteren, terwijl de studie van het Latijn hun precies zou moeten leren nadenken, of althans met nuances en retoriek omgaan — als zelfs zij haar studenten daar niet meer toe kan brengen...

Of het bij haar man ook zo zit, dat is moeilijker te zeggen: hij is degene die altijd zo nauwgezet mogelijk aan hun kinderen uiteenzet waarom iets niet mag dat bij andere kinderen vanzelfsprekend is — het neemt niet weg dat ook hij twijfelt, en dat het bijvoorbeeld op zijn aangeven is geweest dat het internet afgelopen zomer voor hun kinderen is opengesteld, zij het voor maximaal een halfuur per dag per persoon, en altijd met een van hen in de buurt om geregeld eens op het scherm te kijken.

Achter het station van Lokeren ligt een parkje dat ze ondertussen goed kent, hoewel ze er nooit is geweest en het altijd, zoals nu, alleen maar van bovenaf heeft bekeken, staand op een van de perrons of zittend in een vertrekkende of aankomende trein — en afhankelijk van de dikte van het bladerdek, door de seizoenen heen, heeft ze gezien dat er zich een paar kleine vijvers in het parkje bevinden; dat er een oud, bijna kasteelachtig huis staat; en dat dit huis is uitgebreid met een moderne, rechtlijnige aanbouw die ze nauwelijks als een opwaardering van de omgeving kan zien. In dit huis en in de uitbreiding is de muziekacademie van Lokeren gevestigd, zo heeft ze van een collega vernomen. Al vaak heeft ze overwogen om wat vroeger naar het station te komen om het parkje te bezoeken en in het echt, van dichtbij, te bekijken, en om misschien naar het weifelende musiceren te luisteren dat uit openstaande ramen waait — maar altijd heeft ze geen tijd, of vergeet ze haar voornemen en denkt ze er pas aan als ze al weer boven op het perron staat, en daar blijkt de tijd te kort om terug naar beneden te gaan. Vandaag had het gekund, maar toen ze om iets over drie in het station arriveerde, was er geen vertraging aangekondigd: tien minuten lang negeerde de berichtgeving het uitblijven van de trein, en dan werden er plots vijftien minuten aan de aankomsttijd toegevoegd, waarna het kwartier elke minuut met een paar minuten werd vermeerderd — en dus had ze nooit het idee gehad dat ze zonder risico het station zou kunnen verlaten om zich even door het park te laten opslokken en om naar de muziekacademie te kijken — het viel immers voor dat een vertraging kleiner bleek dan aangekondigd, en in dat geval zou ze de trein missen, zou ze nooit op tijd de muziekacademie van Sint-Niklaas bereiken, en zou haar zoon ongerust worden.

De vertraging bedraagt nu — rode, onvriendelijke letters, toch voorafgegaan door een positief plusteken — achtentwintig minuten, wat zou betekenen dat de trein elk moment kan arriveren. Als dat niet gebeurt, heeft ze een probleem — of dan heeft Michiel er een. Hoewel, zelfs dan valt het mee: hij kan toch vijf minuten wachten? Moet en zal hij niet ook dat leren, samen met al het andere? Ze maakt zich zorgen om niets of toch om niet veel, terwijl ze zich op andere vlakken van de opvoeding van hun kinderen heel goed aan hun voornemen kan houden om hen niet nodeloos te beschermen of hen met al bij leven overgeërfde angsten te overladen. Natuurlijk kun je zeggen: en dat internet dan? Geen auto, geen tv, geen gsm? Is dat geen onredelijke overbescherming? Aan de ene kant heb je dan gelijk, maar aan de andere kant zorgen al die technologische toestanden er net voor dat kinderen nooit leren om op eigen benen te staan. Ze moeten niet zelf ergens heen wandelen of fietsen, want ze worden met de auto gebracht; ze kunnen op elk moment van de dag of de nacht, op elke plaats, waar ook ter wereld (met uitzondering van een paar oceanen of zuidelijke zeeën), opgebeld en gecontroleerd worden (of zelf opbellen en controleren en om hulp vragen); en tv en internet — ze twijfelt: misschien zijn haar kinderen wereldvreemd omdat ze Lady Gaga en Astrid Bryan niet kennen (omdat ze niet zoals zijzelf het *Metro*-krantje in de trein lezen), maar een intrinsiek gemis is dat niet. Misschien worden ze op die manier weggehouden van beelden en geluiden die hen op een dag zullen overspoelen, maar misschien — hopelijk — heeft de multimediale onthouding hen uitstekend op die dag voorbereid, omdat ze geleerd hebben zelfstandig te denken, en vooral omdat ze beseffen dat niet alles met een muisklik of een druk op de knop bereikbaar is gewoon omdat je het wenst.

In augustus waren ze met het hele gezin op een gigantische familiebarbecue — haar man maakt deel uit van een familie die je eerder 'een geslacht' zou moeten noemen, omdat zijn overgrootvader ongeveer een eeuw geleden negentien broers en zussen had. (Wat een vertrouwen in de wereld en de toekomst moet je hebben om negentien kinderen het leven te geven? Zij voelt zich soms al schuldig dat ze twee mensen ongevraagd een leven in de eenentwintigste eeuw en in het derde millennium heeft geschonken.) Dat er nog steeds bijeenkomsten van die clan worden georganiseerd, is natuurlijk niet de verdienste van de stamvaders en -moeders, maar van een paar enthousiaste en trotse familieleden die als ze zich niet vergist ongehuwd zijn gebleven en die in hun ruim bemeten vrije tijd de stamboom hebben opgesteld en die vervolgens ook zeer goed — jaarlijks — onderhouden en in levenden lijve bij elkaar brengen. Op zo'n reünie zijn altijd tientallen jonge kinderen, en een van de redenen waarom ze het nog steeds kan verantwoorden om erheen te gaan (en er plezier aan beleeft of ernaar uitkijkt), is dat ze altijd met veel trots moet vaststellen hoeveel aangenamer haar zoon en dochter zijn dan de meeste andere jonge takken aan de stamboom, aan wie namelijk nauwelijks iets wordt ontzegd. Als het zo is dat de strenge of oneigentijdse regels waarmee haar kinderen worden opgevoed, hen in de meeste gezelschappen (nadat er een kwartiertje is gespeeld of gepraat) tot freaks maken — dan is dat toch ook zo omdat al die andere kinderen niets minder dan monsters zijn! Ze willen om het even wat ze zien meteen hebben, en als ze iets voorgeschoteld krijgen, dan willen ze het meestal niet, omdat ze iets willen dat ondertussen verdwenen is, dat iemand anders heeft, of dat ze met een duivelse verbeeldingskracht ter plekke verzinnen. Ze worden opgevoed tot onbeleefde ontevredenheid en ondankbaarheid — en Lien huivert bij de gedachte aan de maatschappij die uit dit soort volwassenen opgebouwd zal zijn. Dat mensen bijna voortdurend niet meer weten hoe het verder moet, dat is vooral te verklaren door het feit dat hun eigen kinderen onbegrijpelijk en onhandelbaar zijn geworden, en dat het inderdaad onmogelijk is je een wereld voor te stellen waarin zij het voor het zeggen zullen hebben — laat staan dat je die wereld zou kunnen voorbereiden. Natuurlijk: kinderen blijven kinderen, maar ook alleen als ouders ouders blijven. Twee jaar geleden was er naar aanleiding van de jamboree (zoals ze het soms lachend noemt) een stadswandeling georganiseerd in Sint-Niklaas (de creativiteit van de organisatoren kent geen grenzen), in groepjes van telkens twintig familieleden. Een gids — een gepensioneerde, wat wijsneuzige maar vriendelijke vrouw — leidde hen rond langs alle bezienswaardigheden die in de verte of van dichtbij iets met het leven en werk van Mercator te maken hadden (hoewel Mercator in Rupelmonde geboren is en niet in Sint-Niklaas, wat natuurlijk tot hoogoplopende conflicten tussen beide gemeentes had geleid) — Mercator, de grote cartograaf die de bolle wereld vlak had gekregen. Zij namen afscheid van deze dame, en de gids drukte op haar beurt vragend de hoop uit dat de toer plezierig was bevonden. Een jongetje van vijf dat op een minimountainbike (ondanks het formaat ontzettend gedetailleerd en van alle accessoires voorzien) de wandeling had afgelegd door als een wesp rond de groep te zweven, bevond zich op het moment van de vraag vlak voor de voeten van de vrouw — en zonder te moeten nadenken, na een halve seconde, doorbrak hij de stilte (die compleet was omdat iedereen zich nog één laatste keer concentreerde): 'Nee!' (Hoewel: *neije!* is fonetisch juister.) Een luide boer in haar gezicht was niet onbeschofter geweest. Elke zinnige ouder zou op zo'n moment zijn of haar zoon een klap in het gezicht moeten geven — als hij of zij tenminste wil verhinderen dat het kind tot een waan- of krankzinnige opgroeit. Dat was niet gebeurd, en de gids had met een mengeling van gekwetstheid en neerbuigendheid afscheid genomen.

In gedachten en herinneringen verzonken is zij ondertussen in de trein gestapt, die redelijk vol zit, en waarin veel reizigers zichtbaar vermoeid zijn, of althans een beetje murw, omdat ze bijna een halfuur langer dan verwacht onderweg zijn, en ook omdat ze in een trein zitten waarin de lucht stilaan is opgebruikt door het abnormaal intensieve gezucht van de medereizigers. Toch vindt ze een lege tweezitsbank. Aan de andere kant van het gangpad zit een jonge vrouw aan het venster; ze draagt een hoofdtelefoon, kijkt nogal gedeprimeerd en neemt haar zonder te groeten, zoals de gewoonte is, heel kort ter kennisneming op. Het lijkt alsof er een verwijt in haar blik ligt, omdat Lien nu pas de trein betreedt, en aan al het voorgaande is ontsnapt.

Het is moeilijk te zeggen waarom — misschien is het de opluchting nu ze eindelijk vertrokken is, op tijd om haar zoon op te wachten, tenzij de muziekles vroeger dan gepland is afgelopen. Als ze het park ziet wegschuiven wordt ze herinnerd aan een klein drama uit haar kindertijd. Ze was door iemand, de moeder van een vriendinnetje waarschijnlijk, met de auto voor de deur afgezet, en vervolgens bleek haar moeder niet thuis. Zittend op de koude drempel wachtte ze, en al snel was ze beginnen te huilen. Het was een buurvrouw die haar had opgemerkt, een briefje voor haar moeder onder de deur had geschoven, en haar van de grond had opgetild om haar mee naar binnen te nemen, al troostend terwijl ze zich vooroverboog. Ze herinnert het zich nog goed: het was geen gele *post-it* — die bestonden nog niet, of die hadden na de uitvinding in Amerika het continent nog niet bereikt, net zoals ook gsm's nog ondenkbaar waren, zodat zij noch iemand uit haar directe omgeving op de hoogte gebracht had kunnen worden van de lekke band die de fiets van haar moeder had opgelopen. Waarom die traantjes, toen? Overbeschermd? Ook dat lijkt iets dat in haar kindertijd nog uitgevonden moest worden.

15:33–15:39 (Dirk)

Het letterscherm boven de deur raadt reizigers aan om over een geldig vervoersbewijs te beschikken, en waarschuwt voor boetes als het tegendeel blijkt. Dan volgen de cryptische mededelingen 'Via 1528 0,25 euro/sms' en 'Via mobile m.nmbs.be' — vooral die eerste wegaanduiding heeft hij nooit begrepen: je bekomt informatie door te sms'en, maar hoe weet deze inlichtingendienst wie jij bent, waar je bent, in welke trein je zit? Dat is het exceptionele aan gsm-gebruik: je moet altijd zeggen waar, en nooit meer wie je bent. Twintig jaar geleden zou het belachelijk geweest zijn om tijdens een telefoongesprek te vragen: waar ben je? Een telefoon hing immers aan de muur, of stond op een tafeltje in de gang of in de woonkamer, als onderdeel van een stilleven met een asbak en een vaasje met een paar bloemen: wie belde en wie gebeld werd, die was thuis, of op kantoor. Je belde naar een plaats en niet naar een mens. Neem die beroemde sketch van het komische duo Gaston en Leo — zo klassiek dat een van de hoofdpersonages, Joske Vermeulen, een paar jaar geleden een standbeeld heeft gekregen — en zo vertrouwd, ook voor Dirk, omdat hij er zowel op tv, destijds, als op het internet, vaak naar heeft gekeken. De laatste keer dat hij dat deed, had iemand op YouTube in de commentaarbox geschreven: 'niet zomaar een sktech, maar DE sketch'. Een man belt vanuit een telefooncel: binnen een kwartier vertrekt zijn trein naar Duitsland, en hij wil aan een vriend nog vragen wat voor type scheermachine hij, zoals verzocht, moet meebrengen. Hij krijgt echter het zoontje aan de lijn, dat zodanig is geconditioneerd dat hij zijn naam niet kan zeggen zonder er meteen ook zijn volledige adres achteraan te gooien — en dat zich door zijn ouderlijk huis voortbeweegt als een dwerg in een dubbel uitvergrote wereld. De misverstanden stapelen zich op: geen van zijn ouders is thuis, en zijn jongste zus ligt nog in de wieg. Zoiets vrolijks zou vandaag onmogelijk zijn, niet het minst omdat telefooncellen uit het straatbeeld zijn verdwenen. Je kunt er niet meer op rekenen — of omgekeerd: iedereen gaat ervan uit dat iedereen op elk moment en om het even waar over een hoogstpersoonlijke telefoonlijn beschikt. Het is een extensie van je lichaam, en als dat permanente hulpstuk een keertje ontbreekt, ben je volstrekt hulpeloos. Ooit kwam hij, na een lange reis per vliegtuig, bus, en trein, 's avonds laat in Antwerpen aan, nadat hij een week lang bij zijn ouders op vakantie in Spanje had gelogeerd. Zijn moeder had hem verzocht iets te laten weten als hij weer thuis was. Pas een klein halfuur voor zijn trein vanuit Brussel in Antwerpen-Centraal arriveerde, ging hij in zijn bagage op zoek naar zijn gsm, en bleek hij die niet terug te vinden. Zoals je dat kunt hebben met nauwelijks bewust beleefde momenten uit het nabije verleden, herinnerde hij zich plots heel scherp hoe hij het toestel in Spanje nog had willen opladen vlak voor zijn vertrek. De draad tussen de oplader in het stopcontact en de gsm was echter te kort om de telefoon op het nachtkastje in de gastenkamer te leggen — hij kon niet anders dan de gsm op de vloer laten rusten. Zo had de slaapkamer bij een laatste controlebeurt leeg geleken. Eenmaal in Antwerpen-Centraal wilde hij daarom snel een openbare telefoon opzoeken — die zich, zo kwam hij te weten na een rondvraag, in een uithoek van het station bevond, en vervolgens natuurlijk defect bleek — hoewel een goed werkende telefoon evenzeer nutteloos was geweest, want hij kende de nummers van de gsm-toestellen van zijn ouders niet uit het hoofd, hij had ze immers in het geheugen van zijn gsm opgeslagen. De volgende oplossing die zich aanbood: naar zijn eigen gsm bellen, zodat zijn ouders door het gerinkel gealarmeerd zouden worden, was evenzeer futiel want hij had zijn gsm op stil gezet, de hele vakantie door, vanuit een verlangen naar rust en isolement — halfslachtig natuurlijk, want waarom had hij zijn toestel dan niet uitgeschakeld? En als zijn moeder hem zou bellen — ongerust over het uitblijven van een teken van leven — zou ze geen gehoor krijgen, terwijl ze een scherm liet oplichten in de kamer vlak naast de hare. Weer thuis — het was al een flink stuk in de nacht geweest — had het internet hem moeten helpen: een met de hand volgeschreven telefoongidsje had hij niet, maar niet lang voordien was er een mail rondgestuurd met contactgegevens voor de organisatie van een of ander wijkfeest in Brugge waar hij niet bij betrokken was geweest, maar zijn ouders wel — en waar zijn moeder hem graag bij had willen betrekken. In die mail stonden contactgegevens — ook het gsm-nummer van zijn vader — en zijn eigen telefooncontract met Proximus stond hem toe om onbeperkt (hoewel tegen betaling) sms-berichten te versturen via het internet. Opgelost — en waarom eigenlijk? Gewoon om zijn moeder een angstige en slapeloze nacht te besparen. Het had iets komisch, maar anders dan Leo en Joske Vermeulen had hij er alleen voor gestaan, en had hij met geen levende ziel contact gehad.

Wanneer de trein zonder te stoppen door het station van Sinaai rijdt, beseft hij dat hij nog niets anders heeft gedaan dan door het raam kijken sinds ze in Gent-Dampoort vertrokken zijn, sinds de kindjes hem hebben verlaten en sinds hij niet lang daarna in een andere wagon is gaan zitten, gewoon om eens van omgeving te veranderen, en om zich vol goede moed te installeren, ditmaal niet in een vierzit maar in een tweezit, zodat hij niet meer gestoord zou worden — de trein moest al bijna volledig vollopen als er plots ook een beroep zou worden gedaan op dat soort plaatsen, naast iemand anders. Hij had al zijn papieren en zijn pen netjes voor zich op het neergeklapte tafeltje gelegd, en toen was hij beginnen te denken aan wat hem te doen stond. Hij had nog zo'n twintig minuten, en hij had meteen, waarschijnlijk iets te snel, beseft dat het hopeloos was, en vreemd genoeg had die hopeloosheid hem niet opnieuw boos of ongelukkig gemaakt — het leek wel alsof de stilstand, en daarna de doorbreking ervan, hetzelfde effect op hem had als een zware, al dan niet sportieve, lichamelijke inspanning: gevoelens van opluchting, ontspanning, rust, en een algemeen besef dat alles heel goed meeviel, en dat niets dreigend genoeg was om zich over op te winden — tenzij heel misschien, maar al bij al nauwelijks, het vermoeden van zijn eigen labiliteit, wispelturigheid, of zelfs zijn onvermogen tot concentratie.

Toch heeft hij zich precies in die conditie beter gevoeld dan daarvoor, toen hij moest nadenken over wat hij in zijn tekst had bedoeld, en over wat Ball met zijn commentaren wilde bereiken. Heeft hij zo niet bewezen wat de redacteur zijn geschreven pleidooi voor interpretatie verwijt: dat het onzinnig is om het ontdekken van betekenissen en conclusies als een reflex te willen installeren, gewoon omdat er soms geen betekenis te vinden is in iets, maar vooral omdat het agressief en zelfs totalitair is om van mensen onophoudelijk interpretaties of denkwerk te verwachten — soms willen ze gewoon beschrijven, vertellen, kijken, luisteren, zonder betekenis te geven of te moeten concluderen wat er precies in algemene termen is gebeurd of aan het gebeuren is.

In zijn tekst had hij onder meer geschreven: 'Het is nu vooral belangrijk om onze zintuigen achter te laten. We moeten leren om minder te zien, minder te horen, minder te voelen. Onze taak is niet om de inhoud naar achteren te dringen of te vergeten zodat we het kunstwerk echt kunnen zien. Onze taak bestaat erin een zo groot mogelijke hoeveelheid inhoud in een werk terug te vinden — meer nog: om veel meer inhoud uit iets te persen dan er aanvankelijk in aanwezig is.' En Ball had daarop gereageerd — niet met de commentaarfunctie van de Word-tekstverwerker, maar door rode woorden tussen of achter de reeds aanwezige zwarte te wringen: 'Je zou net het omgekeerde kunnen beweren: als er iets ontbreekt vandaag, dan is het de kunst van de beschrijving, het langzaam en aandachtig kijken, het trage en voorzichtige aanvoelen van wat iets zou kunnen zijn — aan snelle meningen, vooroordelen, agressieve uitspraken en ideeën is er toch helemaal geen gebrek?'

Precies door dat te beweren en als interpretatie van zijn tekst te presenteren, al was het in de vorm van een vraag, bewees Ball zijn eigen gelijk — de zaak was inderdaad hopeloos. In een betere wereld zou je kunnen schrijven en denken zoals een los- en uitgelaten hond rent doorheen een volgroeid en vroegrijp maisveld — hij ziet er nu een aan de linkerkant liggen, maar het is (deze tijd van het jaar) met de grond gelijkgemaakt. Een voor een knakken de stengels, gewoon door het nietsontziende lopen en springen — door de pure kracht van de vrijheid en van het plezier — zodat er al snel gangen en leegtes ontstaan in het patroon van de begroeiing — holtes die een figuur doen oplichten die voor de hond onzichtbaar blijft, maar die vanuit een luchtballon of alledaagser vanuit de trein, mooi lees- en herkenbaar wordt. Helaas werkt het niet zo: je moet eerst zelf de figuur bepalen, zelf die stengels omhakken, zelf precies weten wat je wilt gaan zeggen en het van tevoren nog eens samengevat zeggen ook, vooraleer de hond losgelaten kan worden. Als die hond tenminste ooit al losgelaten wordt, want in de wereld van redacteuren als Ball moeten honden aan de leiband blijven: ze kunnen niet anders dan constant tegen elkaar blaffen, zonder dat de een het van de ander wint, of zelfs zonder dat ze elkaar achterna mogen zitten in het maisveld, want dat is vooraf al platgebrand. Je zou net zo goed het omgekeerde kunnen beweren — wat een uitspraak! Wie of wat blijft er dan nog overeind? Is het dan echt beter om niets te beweren, van niets zeker te zijn (hoe tijdelijk ook), om onbezwaard te blijven door concluderende gedachten — niets te besluiten, niet te interpreteren — en het maisveld een onaangeroerde, indrukwekkende, zelfs angstaanjagende massa te laten zijn?

Neem nu die uitspraak van dat bazige meisje daarstraks, na het applaus waarmee het zangfeest werd bekroond: 'Wie klapt er voor mij?' Je zou ermee kunnen lachen — tegenwoordig is dat altijd een zekerheid: je kunt ermee lachen — en zowel de timing, de brutaliteit als de originaliteit hadden iets grappigs. Haar woorden zouden ook veralgemeend kunnen worden, als symptomen van een ziekte of van een maatschappelijke evolutie. Het meisje kan er simpelweg niet mee omgaan dat ze deel uitmaakt van een collectief en dat ze ook als dusdanig wordt geprezen — de enige lof die voor haar werkelijk is, en die ze als lof kan beschouwen, is lof op haar eigen persoon en haar verwezenlijkingen. Met andere, nog algemenere woorden: alles wat op haar afkomt, moet ze op zichzelf betrekken — iets wat niet individueel is, dat bestaat niet. Het is natuurlijk maar de vraag of en hoe erg dat is — want tegelijkertijd kun je haar geen kuddegeest verwijten: ze staat kritisch in het leven en ze wil duidelijk weten wat op haar afkomt en waarvoor ze al of niet verantwoordelijk kan worden gehouden. Dat het hier ging om een beloning in de vorm van gejuich, dat is niet eens zo belangrijk, en wie daar de nadruk op legt, die is van kwade wil en die houdt er te veel rekening mee dat dit meisje een kwartiertje voor haar uitroep een leeftijdsgenoot heeft aangevallen.

Zo heeft het koppel van de tegengestelde operaties en opvattingen weer zijn werk gedaan — geen van beide heeft gewonnen, en als een duiveltje en een engelbewaarder, links en rechts op de schouders, heffen ze elkaar op en verdwijnen ze als toverstof. Het resultaat is: je wist het niet en je weet het nog steeds niet, en bovendien ben je weer helemaal alleen. Zo kan alles onder een stolpje van kritische meningen gezet worden, waarna de lucht in een razendsnel tempo opraakt en alles verslenst. Niemand weet of er een reden is waarom de trein zevenentwintig minuten heeft stilgestaan; of een wereld zonder telefooncellen en zonder Joske Vermeulen — maar met meer gsm's dan mensen — beter of slechter is; of er vroeger meer (en luider en onbeleefder) werd gepraat in de trein; en of het beter is om een pleidooi voor eerder dan tegen interpretatie te houden. Ball heeft dus gelijk en misschien heeft hij ook bereikt wat hij wilde: Dirk is zijn overtuiging kwijt, of in elk geval de argumenten achter zijn overtuigingen, hij valt aan twijfel en besluiteloosheid ten prooi, hij zal mailen dat hij zijn tekst terugtrekt omdat zijn betoog niet goed genoeg is; hij heeft als denker en als schrijver gefaald, of hij heeft iets willen proberen dat hij niet goed genoeg beheerst — en misschien zal hij op het eind van zijn mail subtiel maar giftig suggereren dat Ball zelf zijn blaadje maar moet volschrijven, want de ideeën van de hoofdredacteur — die zijn zo goed dat ze vast niet zomaar omgekeerd kunnen worden!

Als hij dat eenmaal heeft beslist, doorboort de trein de rand rond Sint-Niklaas — links een ononderbroken rij huizen, zo dicht bij de sporen dat je erin naar binnen kunt kijken, en rechts drie vijvers met kapotgeroeste staketsels waar ooit springplanken aan bevestigd waren, die nu op de modderige bodem van de poelen aan het verteren zijn. Toch hoef ik het hierbij niet te laten, denkt hij nog, terwijl hij met een volle blaas overeind komt — en hij meent het, of hij ziet het alvast heel realistisch voor zich: de volgende keer dat ik het huis van Ball passeer, pis ik in zijn brievenbus.

15:39–15:44 (Roos)

Niet lang nadat de trein weer is gaan rijden, heeft ze het toilet voorzichtig verlaten, alsof haar belager sliep en ze geen geluid mocht maken, terwijl ze er alle reden toe had aan te nemen dat hij was uitgestapt in Gent-Dampoort, waar een zekere Josh op hem stond te wachten. Ze hoeft zijn blikken en zijn verlangens niet langer te vrezen, maar waarom voelt ze zich dan, in de gang, meteen lichtelijk onzeker — en waarom is ze niet teruggekeerd naar haar oorspronkelijke plaats in de allerlaatste coupé, maar is ze een flink stuk met de rijrichting mee gelopen, om elders, meer vooraan, alleen in een tweezit plaats te nemen?

Opvallend snel is de tijd sindsdien verstreken: ze had er weer zicht op gekregen haar bestemming te bereiken; ze was alleen; ze maakte deel uit van iets dat werkte en functioneerde, en waarin mensen op een gereserveerde manier deze functionaliteit respecteerden, voornamelijk door elkaar met rust te laten.

Terwijl ze Sint-Niklaas binnenrijden, loopt er een jongeman door het gangpad, op weg naar de uitgang of naar het toilet. Hoewel ze hem slechts in profiel heeft gezien, herkent ze hem — hij straalt eerst nog een vage vertrouwdheid uit die in het verleden geworteld is, maar daarna kan ze ook zeggen waar of wanneer. Ze heeft hem ooit, heel kort, ontmoet tijdens een treinreis, dat is zeker — en het kan geen inbeelding zijn, of een vergissing, zoals wanneer je denkt iemand al langer te kennen terwijl je hem vijf minuten eerder hebt ontmoet. Alles wat je doet, is die vijf minuten om onduidelijke redenen opblazen — niet omdat er een band is ontstaan die onredelijk diep en licht is voor die korte tijdspanne (omdat er reeds zo veel gepraat is en omdat het gevoel is ontstaan elkaar al jarenlang te kennen, of andere romantische onzin van die aard) — nee, gewoon omdat het aangezicht van de ander niet nieuw meer is, en omdat de bekendheid onbegrensd wordt: blijkbaar is er iets met vertrouwdheid dat aan de gebruikelijke tijdskaders ontsnapt. Om helemaal zeker te zijn zou ze hem nog eens moeten zien, om na te gaan of ze hem niet met iemand verwart, of hem een belang toekent dat zuiver op een dwaling van haar waarneming berust — en op haar geremde verlangen naar contact, uiteraard.

Dat alles moet wachten en het wordt bijna belachelijk gemaakt als ze boven de daken van het centrum van Sint-Niklaas, niet langer dan een paar seconden, een glanzend en schitterend Mariabeeld ziet opduiken, boven op de spits van de Onze-Lieve-Vrouwekerk, die door de trein in een boog wordt gepasseerd, alsof de toren het middelpunt is van het cirkelvormige spoortraject. Sint-Niklaas: een naam die twee jaar lang op haar lachspieren heeft gewerkt — omdat ze hield van een jongeman die er geboren was, en omdat het zo'n gepaste naam is voor de inwoners, voor zijn familieleden dus, en voor het dialect dat ze spreken (een streektaal die volledig lijkt te worden getypeerd door de juiste uitspraak van die plaatsnaam, die zij, als Antwerpse, overigens nooit meester is geworden) — en een naam die sindsdien, al bijna drie jaar, afwisselend scherpe ontevredenheid en diepe droefenis in haar weet op te wekken — zoals eigenlijk alles omtrent Johan, en haar liefde voor hem. Ze heeft tijdens de treinrit nog geen moment aan hem gedacht, of hoogstens op een feitelijke, nauwelijks beladen manier; ze heeft hem uit haar redeneringen en overwegingen gebannen, en geen enkele tegenslag is verzwaard door herinneringen aan hem; ze heeft de passage door Sint-Niklaas niet eens met schrik of verlangen tegemoet gezien — en nu ze die wat dommige provinciestad beziet vanaf de verdieping van deze spoorwegberm, en het goud van het Mariabeeld flauwtjes blinkt in de namiddagzon, nu is het weer zover, en is er niets omtrent haar dat niet meteen met hem te maken heeft.

Als er bijvoorbeeld iets is dat haar echt teleurstelt aan Frederik, die ze in Oostende heeft achtergelaten, dan is het dat hij Johan op geen enkele manier bleek te kunnen vervangen. Niets aan hem was goed genoeg in vergelijking met zijn voorganger — en de schaamte die ze voelde toen ze hem gisteren, op de kusttram, toen hij niet kon ophouden met het overwegen van mogelijke activiteiten en stopplaatsen, een weliswaar lichte klap op zijn rechterwang gaf — die wroeging kwam niet zozeer voort uit de slag zelf (die moet niet erg pijnlijk geweest zijn, en die deed hij af als een half grappige maar begrijpelijke poging om hem even het zwijgen op te leggen), als wel uit haar motivatie voor die tik: dat hij niet goed genoeg is, dat hij faalt, dat ze niet naar hem kan kijken zonder te beseffen dat ze nauwelijks iets voor hem voelt, dat zij nooit emotioneel de zijne is kunnen worden en hij de hare — en dat ze, als Mahler via Janet Baker weer in haar oor zingt *'Wenn ich den Himmel seh', seh' ich zwei blaue Augen stehn!'*, dat ze dan bijlange niet de ogen ziet van haar meest recente liefde, maar die van haar enige, schandelijk deserterende en sindsdien bijna perfect afwezige partner.

Ze heeft zich er goed in getraind hem te verdringen, door hem met andere mannen proberen te overstemmen, maar de muziek die hij is, speelt nog steeds, onafgebroken — en een argeloze aai over de geluidsknop, bijvoorbeeld door de op een Mariabeeld afgeketste lichtstraal, volstaat om het pandemonium van gevoelens weer heviger dan om het even wat te doen opklinken, en om het heden samen met de toekomst onder het verleden te smoren, als een schamel keukenbrandje onder een gigantische grijze en afdoende branddeken. Hoe is het mogelijk dat ze Sint-Niklaas niet heeft zien aankomen, samen met wat de passage bij haar zou teweegbrengen? Was ze maar op het toilet blijven zitten — en alsof haar ongeluk precies door het vertrek uit dat kleine kamertje is veroorzaakt, wordt ze nog droeviger dan voorheen en — ah, *yes* — nu komen de tranen toch, bescheiden maar even gerijpt als geconcentreerd; niet haar korte- maar haar langetermijngeheugen is ervoor nodig gebleken; alles wordt vertroebeld, zodat ze er niet eens meer aan denkt om die andere, zoveelste man, die terugkeert naar zijn plaats, aan te kijken of zelfs herkennend toe te knikken, en zodat ook de infectie weer eens ontbrandt, niet alsof er een gloeiend mes tussen haar benen wordt geplant, maar alsof het mes daar wordt geslepen, om het ooit hogerop in haar hart te ploffen.

Dus dit is het wat mensen onder gevoelens verstaan — en misschien wel onder leven in het algemeen. Ze had vermoed dat Frederik — nieuw, vriendelijk, anders — dit oud zeer zou verzachten, zelfs ondanks zijn vrijwel rimpelloze doortocht, maar het blijkt niet waar te zijn — en een deel van haar is daar blij om, en verwelkomt het verdriet weer met open armen, hoewel er een kleine, redelijke ergernis opstaat, voorzichtig maar onmiskenbaar, als een lange en permanent licht voorovergebogen man, die overeind komt in de volle theaterzaal van haar gevoelswereld. Waarom dus toch dit weer? Waarom moet het bij haar zo lang duren, en waarom kan ze zich er niet bij neerleggen dat ze niet bij elkaar passen — vragen die Johan haar hoogstens drie keer, en minstens twee jaar geleden, berispend heeft voorgelegd, maar die ze in gedachten bijna dagelijks heeft herhaald. Hoe zou dat passen in de kapitalismetheorie van zijn zogenaamde opvolger? Is rouw — lang, diep, ongeneeslijk — dan niet bij uitstek ouderwets, menselijk, oncommercieel? Of is ze toch weer egocentrisch, koppig en onbuigzaam verslaafd aan haar eigen ongeluk, dat ze als haar grootste bezit wil beschermen? Nee! Het is de wereld die tegen haar is — de wereld die echte liefde heeft uitgesloten en geannuleerd, en ze door zielloos bandwerk heeft vervangen. Als zij mens blijft, dan is het omdat ze zich precies daartegen verzet, door trouw te blijven aan degene die ze toch minstens een tijdje heeft bezeten, en echt heeft gekend en bemind.

De trein staat stil in Sint-Niklaas; ook dit station wordt gerenoveerd, en de conducteur heeft aangekondigd dat daarom het allerlaatste rijtuig niet door een perron wordt bediend. Nu ze weer helemaal in zijn ban is geraakt, verwacht ze Johan elk moment te zien opduiken op de roltrap naar het perron van zijn geboortestad, nog net op tijd om de trein naar Antwerpen-Centraal te halen (hoeveel vertraging hij zelf zou moeten hebben om een trein met een halfuur vertraging net niet te missen, dat vraagt ze zich nu even niet af) — en om toevallig haar rijtuig te betreden, en naast haar te komen zitten. En wat dan? Wat zou er dan gebeuren? *'War alles, alles wieder gut?'*, zoals Mahler het nog steeds in haar oren wil? Haar fantasieën gaan zo ver niet, alsof ze zich er gedurende de maanden en jaren in hebben getraind om niet te ver te gaan, en om het onredelijke verlangen dat hij liefde zou tonen zoals voorheen, op geen enkele manier te verbeelden. Wat ze wil is totaal onmogelijk — het kan zich hoogstens in het huidige moment ophouden, maar verder maakt het aanspraak op tijd noch plaats. Ze weet goed genoeg dat ze van alle mensen het liefst door hem omhelsd zou worden, terwijl er geen contact is dat hem meer zou tegenstaan dan een aanraking van haar (een paar totaal abjecte gevallen uitgezonderd). Dat hij toch nog wordt geactualiseerd in haar leven, komt enerzijds door getuigenissen van vriendinnen die hem toevallig gezien hebben, en anderzijds door het internet, dat ze, in fasen en golven, om nieuwe beelden en woorden vraagt. Net voor de affaire met Frederik alles weer even leek te hebben gestelpt, afgelopen lente, had ze gezien dat Johan zijn profielfoto op Facebook had veranderd: een nieuw portret, met zijn rug naar een antieke, prachtige spiegel, die ze herkende als die van zijn grootmoeder, boven de schouw in de woonkamer. Ze kon zien hoe gelukkig hij was, en hoe hij grijnzend lachte naar de fotograaf — of eerder de fotografe, die een seconde na de digitale belichting — Roos zag het levendig voor zich — door hem werd omhelsd, en daarna een uur lang intensief werd bemind. En hoewel ze geen account heeft, en haar toegang tot het sociale netwerk dus beperkt is, kon ze zien hoe leuk deze nieuwe foto gevonden werd, door maar liefst vierenveertig mensen in twee uur tijd. Dat anderen hem prijzen, en dat zij het niet meer kan — dat is misschien nog het ergste, hoewel ze het ook stekelig vervelend vindt dat geen van die hem op afstand goedkeurende mensen beseft hoe wreed hij haar behandeld heeft. Zo komt ze toch altijd weer terecht bij dat belachelijk grote belang dat ze aan zichzelf moet hechten — en kan het ook anders?

De trein rijdt weg uit Sint-Niklaas en er is niets veranderd: ze heeft alleen met zichzelf contact gehad, het weer blijft wisselvallig, de treinstilstand is niet verklaard, de vertraging is dezelfde gebleven. De treinbegeleider doorbreekt nu pas zijn stilzwijgen daaromtrent: 'Wegens een technisch defect rijden wij met een halfuur vertraging, waarvoor onze excuses.' Misschien wil hij de nieuwe reizigers inlichten, zoals aan televisiekijkers die halverwege een wielerwedstrijd aansluiten, wordt verteld wie er op kop rijdt en wie er ondertussen heeft opgegeven, zodat ze het verdere verloop probleemloos kunnen volgen, en kunnen vaststellen wie er onverwachts een hoofdrol komt opeisen.

15:44–15:49 (Fons)

Ik heb sinds Oostende enkel vreemden gezien, tot wie ik nooit helemaal was veroordeeld — en zij niet tot mij. Als landschappen bij klaarlichte dag zijn ze in de verte voorbijgegleden, zodat ik hen rustig kon bekijken met alle ruimte die de verbeelding vereist, en die slechts wordt begrensd door doorzichtig glas, dat onvermijdelijk gaat reflecteren, en je weer in je eigen ogen doet kijken. Zo waren mijn medereizigers als vermeende spiegels, die enkel door nader onderzoek als portretten van anderen ontmaskerd zouden worden. Wat kunnen we anders dan van mensen hoopvol te vermoeden dat ze op ons lijken?

Ik had dus helemaal niet verwacht een bekende in deze trein aan te treffen, en ik schrok toen Fonske in Sint-Niklaas verscheen, vlak voor mij plaatsnam, en na twee minuten in mijn richting vooroverboog en vroeg: 'Zijt gij het?' Hij had de vraag voorbereid, met zijn mimiek uiting gevend aan binnenpretjes, door al zijn gelaatsspieren te stretchen, en die rond mond en ogen het vaakst, het verst, en het diepst rimpelend. Terwijl hij zich als een deugniet aan zijn gedachten, twijfels en herinneringen overgaf, verzamelde hij de durf om het tot een aanspreking te laten komen — of misschien bezat hij die moed van bij het begin in overvloed, en woog hij alternatieve openingszinnen tegen elkaar af. Ik schaamde me bijna omdat ik hem nog niet had begroet, hoewel ik meteen had gezien dat hij het was.

Hoogstwaarschijnlijk, in zijn ogen, ben ook ik het — de jongen die hij zo vaak heeft gezien in het huis van mijn grootvader, waarvan ik net op dit moment, op nog geen kilometer voorbij het station van Sint-Niklaas, aan het einde van het uitzicht de achtergevel herken, als een klein kraaltje in de krans lintbebouwing die rond de open ruimte is gelegd en waar de trein nu onbarmhartig doorheen prikt — het huis van mijn grootvader, waarvan Fonske zeven jaar geleden heeft gezworen er nooit nog een voet binnen te zetten: een dure eed waar hij zich aan gehouden heeft, hoe moeilijk dat vast ook is geweest. Gedurende de zeven jaren daarvoor was hij bijna dagelijks op visite geweest, enkel niet tijdens het weekend, op feestdagen en bij regenachtig weer — hij woonde slechts een straat verderop, maar zelfs onder een paraplu hield hij er niet van om in de regen te lopen. Zeven jaar visite — en in die periode, toch minstens een tiental keer, kruisten mijn bezoekjes de zijne. Daarna zeven jaar niets meer, schijnbaar voorgoed en radicaal — of niet helemaal, want hij bleef kerstkaartjes sturen, en één keer stuurde hij ook een handgeschreven briefje, dat mijn grootvader uit de gefrankeerde en afgestempelde enveloppe haalde en met een zuur gezicht niet meer dan diagonaal las, net op een moment dat ik voor hem aan de keukentafel zat. 'Vergeven, vergeven, ik zit niet in de biechtstoel', en met een nijdig gebaar gooide hij het papiertje weg. Het kwam terecht op een stapeltje sinaasappelschillen die even voordien zijn middagdessert hadden omhuld.

Van het incident dat tot de breuk had geleid, waren er geen getuigen. Zelfs mijn grootmoeder had niets gehoord of gezien, althans niet voor het te laat was, en de twee mannen schreeuwend tegenover elkaar hadden gestaan, en zij de veranda had verlaten om in de keuken te gaan kijken wat er aan de hand kon zijn. 'Dit neem ik niet! Ik eis onmiddellijke excuses!' had Fons gezegd met stemverheffing, en met een gestrekte wijsvinger duwde hij een klein kuiltje in het tafelkleed van *toile cirée*, alsof hij op een knop drukte om iets in gang te zetten. Lege bierflesjes stonden over de tafel verspreid — zoals gewoonlijk was de visite tot een bescheiden drinkgelag uitgegroeid, wat beiden al rond het middaguur tamelijk dronken had gekregen, en wat vooral het ritme van Fons' woorden had vertraagd. Hij kon niet zo goed tegen alcohol, maar wilde dat liever niet gezegd hebben; meermaals had mijn grootmoeder hem, in wat hij verkeerdelijk als onbewaakte momenten beschouwde, betrapt terwijl hij restjes bier — overschotten waarvan hij vermoedde dat ze hem te veel zouden worden — in een bloempot goot, op de aarde die een stevige wortelkluit beschermde, en die het abdijbier nog bruiniger dan anders deed schuimen vooraleer het naar de diepte zonk.

Van betrappen was er op die fatale middag geen sprake geweest: mijn grootmoeder werd genegeerd terwijl de ruzie als een match escaleerde en al na drie bewegingen heen en weer werd beëindigd, weliswaar na een uitgerekt slotakkoord, toen Fons eerst de deur tussen de keuken en de gang met een luide klap achter zich had willen sluiten (wat niet ging, want die deur klemde, en er stond tocht boven de vloer), daarna zo snel als hij kon (maar met een onhandig zware tred) de lange gang doorliep, en tot slot de voordeur keihard achter zich wegslingerde — wat grandioos lukte, een zware klap veroorzaakte, en veel verondersteld vaste delen van het huis van mijn grootouders zacht deed trillen.

Natuurlijk is het incident niet geheim gebleven, en als mijn moeder Fons niet een paar weken later zou hebben ontmoet in de supermarkt, dan was het vast op een andere manier aan het licht gekomen. Fons was in tranen uitgebarsten vlak na haar groet, en nog voor hij iets had teruggezegd, was hij jammerend achter zijn karretje aan gelopen, een wijde witte zakdoek als een prop watten voor zijn mond. Het had mijn moeder aangegrepen, en ze was meteen toen ze klaar was met boodschappen doen naar haar ouders gereden om hun om uitleg te vragen. Eerder onwillig had mijn grootvader iets gemompeld over een 'klein kind' en — daarmee contrasterend — iets over recente verwezenlijkingen van Fons die ongepast waren 'voor een man van zijn leeftijd'; mijn grootmoeder had het erop gehouden dat zijn bijna dagelijkse visites hun beiden te veel waren geworden — vooral omdat Fons steeds minder subtiele verzoeken om eens een paar dagen thuis te blijven, met een aan domheid of onbeleefde dwarsheid grenzende doofheid negeerde. Later, toen ze alleen was met haar dochter, had mijn grootmoeder dit gespecificeerd: hoorndol geworden van het dronken gezeur van zijn verondersteld vriend, en van diens patserige gepoch over ongeloofwaardige erotische verwezenlijkingen, zou mijn grootvader een ongepaste opmerking hebben gemaakt — heel toevallig, zonder nadruk, in een bijzin — over de nieuwe liefdesrelatie van Fons, en over diens motieven om een in Beveren woonachtige vrouw op geregelde basis op te zoeken en aldus zijn weduwnaarschap van jaren te doorbreken, hoewel hij haar niet in die mate frequenteerde dat zijn bezoekjes aan mijn grootouders zeldzamer werden.

In elk geval: zeven jaar later is Fons opnieuw met de trein op weg naar die vrouw, of althans naar haar toenmalige woonplaats Beveren. Het blijft afwachten of hij daar — en als er geen nieuwe vertraging komt, is dat binnen een vijftal minuten — de trein zal verlaten. Nu wacht hij onveranderlijk glimlachend op een antwoord op zijn eenvoudige vraag — 'Zijt gij het?' — die ik nog niet als onzin van de hand heb gewezen, maar die mij evenmin om nadere toelichting heeft doen verzoeken. Dat ik weet waarover hij het heeft, en wie ik voor hem zou kunnen zijn — het is voldoende. Zijn vraag is overbodig, of ze is op zo'n manier gesteld dat ik moet zijn wie hij denkt dat ik ben om zijn woorden te kunnen begrijpen. Stel dat ik van slechte wil zou zijn, en hem uit humeurigheid links zou laten liggen... Stel dat ik me Fonske helemaal niet meer zou herinneren... Stel dat hij zich zou vergissen, en in mij iemand anders heeft herkend... Dat alles is niet het geval, dus kan ik er beter over zwijgen, en zeg ik, vriendelijk knikkend, tegen Fonske: 'Ja.'

Hij sluit zijn mond, glimlacht breed, en knikt op zijn beurt, bijna betuttelend, alsof hij wil zeggen dat mijn verlate antwoord niet meer nodig was. Zo blijven wij zwijgend tegenover elkaar zitten, ik met mijn rug naar de toekomst, en hij met zijn ogen op mij gericht, maar met in zijn hoofd een versie van mij die niet meer bestaat, die waarschijnlijk met melancholie en ook met zoete berusting is omgeven, en die hij nu als verouderde software zou kunnen updaten. Buiten, in het relatief open landschap, zie ik de watertoren tussen Nieuwkerken en Beveren-Waas: veel meer dan de herschilderde toren in Gent, een grijze betonnen schotel op een voet, om iets in te serveren of om mee weg te vliegen. Ik zou moeten nadenken over een wederwoord, iets wat ik Fonske kan vertellen of kan vragen, zonder dat ik hem met pijnlijke herinneringen of onverwachte onthullingen moet confronteren; ik zou kunnen fantaseren over wie hij geworden is, wat hij nog weet, en of hij over een toekomst beschikt waar hij iets van durft te verwachten. En in de plaats daarvan roept het verdwijnen van de Wase watertoren — de afstand neemt toe, en mijn kijkhoek verscherpt tot nul — onverwachts een herinnering op aan een lang voorbije les fysica, die ik waarschijnlijk (maar geheel toevallig) heb ondergaan in een van de tienerjaren waarin ik Fonske geregeld ontmoette. Het is een van de klassiekers van de natuurkunde: werd de relativiteitstheorie van Einstein niet precies met een rijdende trein en een vast punt in het landschap uitgelegd aan kinderen? Hoe zat dat ook al weer? Een meisje helemaal achterin in de trein en een jongen voorin hebben een volstrekt ander idee over de positie van de toren, en over het moment dat die door de trein wordt gepasseerd — laat staan dat iemand tegen die toren aanleunt en de trein als een filmstrook voorbij ziet glijden. Niets echter om Fonske mee lastig te vallen, dus vraag ik hem: 'Hoe gaat het met u?'

15:49–15:51 (Niek)

Voor sommige mensen is deze trein nog nieuw en zelfs ongezien — zoals voor Niek: ze is onderweg, maar haar moeder rijdt niet snel genoeg. Toch zou dat makkelijk te verhelpen zijn: iets harder op het pedaal drukken, meer kracht uitoefenen — ze hoeft niet eens in een hogere versnelling te schakelen — gewoon de zool kantelen, naar voren, misschien vraagt het minder moeite om het niet te doen: ontspannen, zwaar en loom het enkelgewricht roteren, tot die beweging tegen het zacht gebogen en geribbelde plaatje van het pedaal tot stilstand komt. Daar kan nog iets aan gedaan worden, dat zou ze zelf kunnen forceren, door naar links voorover te buigen, over de versnellingspook en het horizontale middenstuk van het dashboard heen, door met haar linkerhand de wreef van de voet van haar moeder te bedekken en neer te drukken — vooruit, zodat ook de auto, sneller... Hier kan het tenminste, nu is het mogelijk, nadat ze meer dan twintig minuten in de file hebben gestaan — misschien moeilijk te begrijpen voor een woensdagmiddag om halfvier, maar toch was het zo: wegenwerken aan de rotonde in Melsele maakten tweerichtingsverkeer onmogelijk, en omdat er blijkbaar geen zinnige omleiding te bedenken valt, worden de autostromen op het gehalveerde traject gefaseerd met tijdelijke verkeerslichten, die als robots uit een animatieserie op wieltjes staan en elk moment naar elders kunnen rijden — zij wel. De nuance van het oranje signaal ontbreekt — het is gewoon ja of nee, als op een racecircuit — maar nog seconden nadat de sliert uit de tegenovergestelde richting spookrijdend was komen aanrijden (om op het nippertje naar het andere vak uit te wijken) — te lang dus na het verdwijnen van de laatste auto en het vrijmaken van het gladde, reeds vernieuwde wegdek, bleef het rood.

Ze hadden op poleposition gestaan, maar haar moeder wilde zelfs niet dreigend en ongeduldig het toerental de hoogte injagen, als om de antropomorfe signalisatie schrik aan te jagen, of om frustratie te ventileren en te communiceren. Dat ze de trein niet zou halen, dat kon en dat kan Niek niks schelen — ze heeft het misschien liever zo — maar dat ze stilstaan, opgesloten, zonder dat er iets beweegt, zonder dat ze wordt afgeleid — in gedachten — van het huidige moment en alles wat het betekent en niet kan betekenen — dat is ondraaglijk, onmenselijk, onhoudbaar, in die mate zelfs dat ze er chronisch — en op piekmomenten acuut — aan gedacht heeft de auto te verlaten, en weg te vluchten in de chaos van wortelloze huizen. Wat is het dan waar ze bang voor is? Altijd lijkt er iets vreselijks te zullen gebeuren, terwijl alleen dat vermoeden zich voordoet, en het feit dat het nooit bewaarheid wordt, toekomstige angsten verzekert eerder dan uitsluit. Het verlangen om te vluchten werd vreemd genoeg steeds groter naarmate ze het verkeerslicht naderden, en nooit was het beklemmender dan op het moment dat ze als eerste in de rij stonden, omdat haar moeder, angstig of op een onnozele manier bereid de wegcode te volgen, een kans om nog net mee te glippen met de vorige groep, dwaas aan zich voorbij had laten gaan.

Ze waren stil en ze zijn dat nog, de radio heeft enkel gespeeld tijdens de eerste minuten van de rit, die toen kort leek te zullen duren, en daarna heeft Niek het toestel uitgeschakeld en is er enkel over praktische dingen gepraat, vooral op aangeven van haar moeder, die heeft gevraagd wanneer de trein met vertraging in Beveren zou arriveren. Dat heeft ze om de drie, vier minuten gedaan en telkens had Niek het antwoord klaar omdat ze met haar smartphone, online, op de website van de NMBS stelselmatig kon zien hoe veel later de trein zou zijn. Ze had het thuis al opgemerkt, zodat ze toch nog vertrokken waren, want ze had zo getreuzeld, op haar kamer, bij het uitkiezen van schoenen, bij het vullen van haar tas, bij het afsluiten van haar computer en het kammen van haar haren — zo lang had ze erover gedaan dat ze een stipte trein naar Antwerpen-Centraal nooit zou hebben gehaald, net zoals ze haar kansen had moeten opgeven als de vertraging niet evenredig met de vertraging van de auto was toegenomen, en als ze die vertraging niet op het scherm van haar telefoon had afgelezen — op de site van de NMBS, en niet op die van Railtime, overigens, want daar was er niets aan de hand geweest en is het probleem pas een tiental minuten geleden gesignaleerd, en dan nog zonder de zwaarte recht aan te doen.

Ondertussen heeft ze, net als de trein van 15:25, zo veel vertraging dat ze zich zou moeten afvragen of het mogelijk is om op tijd te zijn voor de introductieles van het vak Inleiding tot het cultuurmanagement, die om 16:30 van start gaat op de stadscampus van de universiteit van Antwerpen, in de Rodestraat, minimaal tien en maximaal vijftien minuten stappen vanuit het Centraal Station — aangezien de trein daar, volgens de laatste berichtgeving, om 16:09 zou aankomen, lukt dat nog steeds. Het kan verstandig zijn om deze trein op te geven en op de volgende te mikken, maar die vertrekt pas om 16:03 en komt om 16:24 aan, en het is niet alleen schaamtelijk om op een opvallende manier te laat te komen in een les die slechts aan dertig studenten gegeven wordt (als iedereen tenminste is komen opdagen, wat zelden het geval is) — het is ook belachelijk, aangezien die les maar drie kwartier (en hoogstens vijftig minuten) duurt. Een ander alternatief was geweest om de trein naar Sint-Niklaas te nemen om 15:36 — in de tegenovergestelde richting — en om daar over te stappen op de trein naar Antwerpen-Centraal die niet in Beveren stopt. In dat geval had ze pas om 16:08 de terminus bereikt, maar die trein had ze niet kunnen halen, want die trein is perfect op tijd, wat wil zeggen dat Beveren ongeveer op dit moment wordt genaderd, evenwel zonder de geringste bereidheid om er een stop te maken. Ze moest dus bij haar eerste voornemen blijven, en het kan nog steeds, maar langer dan dertig seconden mag het niet meer duren vooraleer haar moeder onuitstaanbaar behoedzaam het station van Beveren bereikt en zij eindelijk uit deze kleine, rode driedeurswagen weg kan, om van op straat, zonder het stationsgebouw te betreden of een trap of een tunnel te nemen, tussen de fietsenstallingen door naar het eerste perron te spurten.

Plichtsbesef, een vreemde, koppige trouw aan een praktisch plan, en vooral de onwil om haar moeder getuige te laten zijn van een zoveelste mislukking — dat maakt dat ze toch nog graag die trein zou halen en vervolgens die les zou bijwonen, hoewel ze deze autorit onaangenaam en bij momenten ondraaglijk vindt; hoewel ze beseft dat de treinrit nauwelijks beter zal zijn, tenzij de trein ongestoord, onverstoorbaar, probleemloos vooruitglijdt — en hoe zal dat het geval zijn, met tussenstops in Antwerpen-Zuid en Antwerpen-Berchem –; en hoewel ze vreest dat de vijfenveertig of vijftig minuten die de les in beslag neemt, haar volledig in beslag zullen nemen, als massieve minuten, als pure tijd die ze niet voorbij kan laten gaan door zich op het college te concentreren, maar die ze moet uitzitten, als een straf, onophoudelijk geteisterd door een mix van claustrofobie, stress, paranoia, hyperventilatie, onzekerheid, verlegenheid en vermoeidheid — maar dat zijn slechts woorden die zich aandienen als het eenmaal zover is, om te suggereren wat er met haar aan de hand is, zonder te verhinderen dat ze onophoudelijk weg zal willen vluchten, opspringen en verdwijnen. Het vreselijke lokaal ook waar de les plaatsgrijpt, en dat ze maar al te goed kent omdat ze het vak vorig jaar ook heeft gevolgd zonder succes — vijf- of zeshoekig: je zou denken dat het helpt, dat het de uitgang naderbij brengt, de kijkrichting minder dwingend — maar nee, altijd lijkt iedereen dichterbij, zodat zelfs verziende ogen zullen toekijken als zij naar de deur vlucht — en wenkbrauwen zullen fronsen, alle monden glimlachen, alle schouders opgehaald worden.

Waarom moet het zo gaan, waarom kan ze niet zoals vroeger, zoals nog geen twee jaar geleden in het laatste jaar van de middelbare school, even onbezonnen als aandachtig in een klaslokaal of in een auditorium zitten, of in een trein of in een auto, of in om het even welke ruimte samen met andere mensen? Waarom moet ze onophoudelijk die druk voelen, die moeilijk te definiëren stuwing, die ervoor zorgt dat ze niet goed weet wat er van haar wordt verlangd of geëist, terwijl ze er tezelfdertijd zeker van is nooit aan de verwachtingen te kunnen voldoen? Waarom is ze zo'n overspannen wrak, terwijl ze zich in vergelijking met de meeste mensen gelukkig mag prijzen, en terwijl de wereld even onophoudelijk als argeloos op de futiliteit van haar problemen wijst? Het is vreemd en het is niet consequent, want het is bijvoorbeeld niet zo dat ze per definitie uit onbeweeglijke ruimtes of krappe tijdsvakken wil verdwijnen. Niet afgelopen zomer maar de zomer daarvoor nog heeft ze, in dezelfde passagiersstoel van dezelfde rode Volkswagen, een vliegtuig naar Barcelona proberen te halen, samen met haar beste vriendin Helga, die een rijbewijs heeft, en die de auto van haar moeder mocht lenen om naar de luchthaven van Ryanair in Eindhoven te rijden, vanuit Beveren dichterbij dan die van Charleroi, en ook goedkoper. Het plan was om de auto daar te laten staan van vrijdag tot zondag — wat kostte dat, twintig euro? Het was praktisch en niemand had er last van, want in het weekend had haar moeder de auto niet nodig omdat ze die van haar man of die van haar zoon kon gebruiken. Al ter hoogte van Antwerpen was het misgegaan, niet zozeer omdat ze geen TomTom of een andere gps hadden, maar omdat ze daar wél over beschikten, want Helga kon er nauwelijks mee overweg: ze slaagde er niet in om de beelden op het scherm en de woorden van de gidsende stem te betrekken op de werkelijkheid voor haar neus, achter de voorruit; en hoewel Niek dat wel kon, zat zij niet achter het stuur. Zo misten ze de ene afslag na de andere, wat ervoor zorgde dat ze plots na veertig minuten rijden, aan de rechterkant, totaal onverwacht, een afrit naar Beveren aangeboden kregen! Bovendien was er steeds minder benzine voorhanden, tot zelfs, toen ze dan eindelijk onmiskenbaar en route waren naar Eindhoven, het rode lampje met het silhouet van een precies gedetailleerde brandstofpomp was gaan knipperen – zeurderig, scherp en alarmerend. Stoppen om bij te tanken was een slecht idee, want de kleine kans die ze hadden om de vlucht naar Barcelona te halen en om hun weekendje in Spanje te laten doorgaan, in de uitlopers van hun laatste echte grote zomervakantie, op de drempel van hun volwassen studentenbestaan — dat waterkansje zou helemaal verdampen. Bovendien bleven de tegenslagen zich opstapelen, ook toen ze Eindhoven bereikt hadden: de terminal bleek zich goed te hebben verstopt, waardoor ze, zonder te weten waarom of hoe, zich klem hadden gereden op een verlaten parkeerterrein van een industriepark, tussen geel geschilderde betonnen boordstenen die terugkeren onmogelijk maakten. Om halfzeven bereikten ze de luchthaven, met een tank waarin vast niet meer dan een paar nevelwolken benzine hingen. Nadat ze hun bagage op hun rug hadden geladen, de auto op slot hadden gedaan, en tegen beter weten in naar de terminal waren beginnen te hollen, bleek hun parkeerplaatsje deel uit te maken van de kiss-and-ride, en mochten ze er dus niet langer dan één uur blijven staan. Meteen toen ze de hal betraden — om halfzeven dus, terwijl hun vlucht precies om halfzeven zou vertrekken –, bleek dat de vlucht anderhalf uur vertraging had, en dat ze dus nog moesten wachten — verrassend en opzienbarend, maar nu toch minder verbazend dan het feit dat Niek zich onafgebroken reuze had geamuseerd tijdens die vier uur dat ze erover hadden gedaan om van in Beveren de luchthaven van Eindhoven te bereiken. Ze had het allemaal om het even gevonden, relativeerbaar, amusant zelfs, en misschien wel betekenisloos, lachend, met Helga naast haar achter het stuur — wat een goede vriendin was zij! Toen — maar nu is het haar allemaal even automatisch als onomkeerbaar te veel, en nu zou ze niets liever willen dan alleen op haar kamer te zitten, een verlangen waarvan de vervulling verder weg lijkt dan ooit, want als ze uitstapt en met een paar woorden afscheid neemt van haar moeder en naar het spoor rent, daagt in de verte net de neus van de trein op — lomp, dreigend, onnozel bijna — en als ze niet oppast, dan kan ze niet meer stoppen, dan struikelt ze de sporen op, waarna de trein haar als een dekbed voorgoed zal induffelen. Wat een aantrekkingskracht heeft zo'n aanrollende locomotief! De ogen van de koplampen, de neerbuigende positie van de nauwelijks zichtbare machinist, het vermoeden van een totaal en sluitend contact tussen sporen en trein — zich daaraan onderwerpen, gewoon omdat het kan, omdat het zo heel eenvoudig mogelijk is zonder dat het nog een verschil lijkt te zullen maken.

Ze laat het zo, slechts één oude man met een gerimpeld gezicht komt tevoorschijn uit de trein; hij houdt, zichtbaar geëmotioneerd, een zakdoek voor zijn mond alsof hij een brandend of onwelriekend gebouw gaat betreden. Er is een vrije plaats aan een raampje, een nog jonge man met een bril kijkt haar nieuwsgierig maar niet onvriendelijk aan. Ze zet zich schrap voor alles waarmee de samenwerking tussen haar geest en haar lichaam haar zal confronteren — en buiten ziet ze nog hoe haar moeder vertrekt: ze is blijven toekijken. Niek wil haar hand opsteken, maar dan verwijderen de rode achterlichten van de auto zich al, en komt de trein in beweging. Op het eind van het perron staat een klein verkeersbord: een dikke rode cirkel met in het witte binnenste een geslachtloos zwart silhouet, armen gespreid.

15:51–15:54 (Dirk)

Haar gezicht stond zorgelijk, en het veranderde niet toen ze kort in elkaars ogen keken, hij rechtopstaand in het gangpad, op weg terug van het toilet naar zijn zitplaats, en zij half onderuitgezakt in de tweezit. Het contact was te kort voor een uiting van herkenning, als een van hen daartoe al zou hebben besloten. Hij was voorzichtig tussen de stoelen gelopen; de trein reed door een moeilijke zone, als een vliegtuig dat zich door turbulentie werkt, en de storingen die dit veroorzaakte, bleven onverwachte incidenten — trillingen, schokjes, of enkel flitsen van geluid. Er zat geen ritme in de voortbeweging van de trein — de cadans van zuigers en hefbomen was samen met de stoommachine verdwenen, en bestond enkel nog in de verbeelding. *Kedeng-kedeng-kedeng* was door elektrisch geruis vervangen, als een elpee door een cd, die door een kras tijdelijk wordt vernietigd eerder dan om de zoveel seconden venijnig wordt aangepord, of in het slechtste geval blijft hangen en tot een gekmakende herhaling van een paar noten of woorden wordt gedwongen.

Het was precies die zorgelijkheid die hij zich leek te herinneren toen hij weer was gaan zitten. Zou hij niet aan haar voorbij zijn gegaan als ze had geglimlacht of neutraal had gekeken, en niet ontsierd was door een ongetwijfeld vermoeide gelaatsuitdrukking? 'Ontsierd' was overigens het woord niet: ze droeg haar ontstemming als iets zwarts, als een onderscheiding die ze niet zomaar had verworven, maar pas na jarenlange voorbereiding — die zich door inzicht en intelligentie liet verantwoorden, en niet door de waan van de dag of door een stom praktisch ongemak werd veroorzaakt, maar oprecht en terecht bij haar hoorde, ook de vorige keer toen ze elkaar zagen. Hij wist dat hij zich meteen voor iemand als zij gewonnen zou kunnen geven, en nu, terwijl de trein Melsele nadert zonder met dat station rekening te houden, weet hij het nog steeds, waardoor hij ook ernstig aan zijn geheugen moet twijfelen, en zich afvraagt of het niet door grotere krachten tot fictieve herinneringen wordt gedwongen, als tot een fata morgana uit het verleden die een toekomst mogelijk moet maken.

Toch gelooft hij dat de beelden die hij ziet echt zijn, en dat hij ze als de eerste feiten uit hun gemeenschappelijke geschiedenis mag interpreteren: het moet jaren geleden zijn, zo lang dat hij zich meteen bezorgd afvraagt of zij hem achter de aanwas van zijn gelaatskenmerken tevoorschijn kan halen. Jaren geleden, en toen had het ook met een trein te maken — als hij gedwongen wordt om het bij elkaar te fantaseren, komt er in elk geval, en misschien slechts voorlopig, niet veel creativiteit aan te pas. Ja, toch, het was zeker zo geweest: lange tijd hadden ze tegenover elkaar gezeten, niet recht maar schuin, gescheiden door de middengang en door de ruimte tussen de banken in een vierzit, zodat als ze naar elkaar keken (niet noodzakelijk tegelijkertijd), de rechte hoeken door hun gezichtslijnen in gelijke delen van vijfenveertig graden werden onderverdeeld. Het was een oude trein geweest, dat is zeker — niet toeristisch of onwerkelijk, als in een droom, een themapark of een verfilming van een verhaal met Hercules Poirot — oud dus, maar zeker nog mogelijk en bruikbaar (hoewel op dit moment misschien al vernietigd): op de wanden van de coupés vreemde, monochromatische jachttaferelen, en de stoelen bekleed met donkergroen skai, onverwoestbaar rond opgeblazen kussens gehuld, die door verchroomde buizen werden begrensd, en ingekaderd in de tralies van bagagedragers, kapstokken en leuningen. Het is niet zonder trots dat hij zich nu op zijn uitstekende geheugen denkt te mogen beroepen — hij is ondertussen helemaal zeker: ze zaten in een trein die door de Belgische Ardennen reed, van Luik naar Luxemburg, met daartussen tientallen haltes, in onooglijke dorpen, kleine steden of op plekken die enkel door de stop van de trein bestaan, en waarvan er slechts een paar bekend zijn omdat ze meer dan enkele Franse klanken oproepen, zoals Durbuy, of Coo, dankzij de watervallen. Het was 24 december geweest — van 2004 misschien of 2005: hij stond op het punt af te studeren of had het net gedaan. Hij zou kerstavond doorbrengen met zijn familie in een chalet, een alleenstaand huis dat enkel voor dergelijke gelegenheden en bijeenkomsten gebouwd leek. Van een kerstsfeer, of van een iets neutralere stemming die bij het eindejaar hoorde, was er in de trein niet veel sprake geweest, vooral omdat de weersomstandigheden er niet naar waren: het was te warm, en het had hard en veel geregend, op een herfstige, gelaten manier, zodat waterniveaus stegen en rivieren flink gezwollen de randen van hun oevers opzochten of verlegden. Of het de Maas geweest was, zou hij niet kunnen zeggen — vermoedelijk was de waterloop niet breed en indrukwekkend genoeg, en ging het eerder om een zijrivier — de Amblève of de Semois of de Ourthe, wist en weet hij veel — onmogelijk om dat klaar te zien zonder het op te zoeken. In elk geval werd de treinrit door één constante begeleid, wat uniek was voor om het even welk verkeerstraject in België — met uitzondering van de kusttram — één rivier bleef namelijk altijd aanwezig, of toch bijna, want soms verdween de stroom onder een bruggetje of achter een dichte groep bomen — altijd dus dat ruisende water, indien niet hoorbaar dan toch schuimend zichtbaar, nog meer dan anders door de regenval van de voorafgaande dagen. Het maakte de reis tot een opeenvolging van saaie of spannende incidenten: geslaagde ontsnappingspogingen van het water, om niet tot stilstand te komen, maar om te blijven stromen en zich een weg te banen tussen, door, over of soms ook braaf langs de obstakels in het landschap of in de ondergrond ervan. Het resulteerde in een relatieve monotonie, waar hij waarschijnlijk net daarom toch naar was blijven kijken, alsof hij er tegen beter weten in rekening mee hield dat de waterloop ergens zou verdwijnen — niet uit het zicht, maar van de aardbol.

Zo had hij zijn aandacht verdeeld tussen het uitzicht, het meisje en een boek — dat hij zich nu niet kan herinneren, maar dat van de drie vormen van entertainment steeds minder aanspraak op zijn attentie had kunnen maken. Ongetwijfeld: dat was zij geweest, toen, acht of zeven jaar geleden: dezelfde nonchalant vormgegeven haartooi, hetzelfde regelmatige, mooie gezicht waarvan de schoonheid zich liet kenmerken doordat er niets in opviel (tenzij de neus, hoogstens een paar procenten overmaats) — en dus vooral die onbestemde treurigheid, als een zacht parfum, in zijn herinnering toen iets lichter dan nu.

Ze hadden iets tegen elkaar gezegd, hoewel niet veel, en veel minder dan hij zich had voorgenomen: hij herinnert zich vooralsnog enkel het echte en oprechte voornemen haar aan te spreken — een plan waarvan de uitvoering op zich had laten wachten omdat er voortdurend een beter gespreksonderwerp opdook in zijn gedachten, een minder opzichtige formulering, een meer flatterende frasering. En toch, ja, er was daar iets, iets belangrijks dat ze hadden uitgewisseld, iets dat meteen naar een grote diepte van vertrouwelijkheid was afgedaald. Zeker anderhalf uur hadden ze met elkaar in dezelfde ruimte doorgebracht, en zoiets vergeet je blijkbaar niet, ook omdat hij (in de kerstvakantie die op de ontmoeting volgde) nog vaak aan haar had teruggedacht, waarschijnlijk zelfs een heel klein beetje verliefd, of in elk geval fantaserend over al het romantische dat tussen hen zou kunnen voorvallen, mocht het tot een nieuwe ontmoeting komen. Hun wagon was druppelsgewijs leeggelopen, zonder dat er nog nieuwe reizigers waren opgestapt, zodat het op den duur zelfs had geleken alsof ze helemaal alleen in de trein zaten, of alsof de verbindingen tussen hun wagon en de andere treinstellen waren doorgeknipt, en ze uitbolden om heel langzaam — maar nog lang niet — tot stilstand te komen. Hij had als eerste de trein moeten verlaten — hij wist niet meer waar, in een station waar zijn vader hem had opgepikt met de auto, en vanwaaruit ze nog twintig minuten hadden moeten rijden, glooiingen op en af, bochten in en uit, die niet meer door een rivier (en een treinspoor) aan elkaar werden geregen.

Natuurlijk had hij steeds minder vaak aan haar teruggedacht, en nooit intensiever dan toen hij enkele dagen na hun ontmoeting dezelfde trein in de andere richting had genomen — en tevergeefs had gehoopt om haar aan te treffen. Precies omwille van het aantal terugblikken waren haar beeltenis en alles wat hij ermee verbond in hem blijven bestaan, en waren ze als een brandmerk steeds dieper in de sponzige architectuur van zijn brein gedrukt, waar de herinnering aan haar jaar na jaar bedolven was geraakt onder het puin van oude constructies en de fundamenten van nieuwe, hoe zeldzaam die ook waren. Bedolven, maar dus blijkbaar niet voorgoed, hoewel stukjes van dat handvol momenten in die andere trein nog ontbraken, misschien omdat ze te diep waren weggezakt, of zich vooralsnog niet van het stof van de tijd hadden verlost. Hij zou haar moeten bekijken en bestuderen, langdurig en zonder door schaamte of sociale conventie ingegeven pauzes, zodat het uitzicht op haar stralende aanwezigheid al de tot ijs aangedrukte stuifsneeuw van de vergetelheid zou doen smelten — en hij weer zou weten wat het was dat ze aan woorden, betekenissen, inzichten, gedachten en gevoelens met elkaar hadden gewisseld, hoe kortstondig ook. Ze zou het hem gewoon kunnen zeggen! Zij wist het immers nog, daar was hij zeker van — ze zou hem speels kunnen plagen, tips voor hem kunnen uitstrooien, als broodkruimels die niet alleen de weg naar het verleden maar ook naar de toekomst glinsterend aangeven in het maanlicht, zoals in het sprookje over Hans en Grietje. En zelfs als zij het allemaal vergeten was, dan kon ze hem haar naam vertellen, want die heeft hij nooit gekend. Toch was het onmogelijk om zich aan haar op te dringen — praktisch zou het kunnen: ze zit in een tweezit, en hoewel de trein lang niet vol is gelopen, kan hij stoutmoedig of zelfs brutaal naast haar gaan zitten, en zeggen: ik ken jou ergens van, ik weet zelfs van waar, maar toch herinner ik me niet alles meer. Een briljante openingszin, die er niet eens een is, want hij knoopt er gewoon weer iets mee aan dat in voorlopig nog duistere omstandigheden jaren geleden voortijdig is afgebroken. Hij heeft nog drie, zeven of twaalf minuten – het hangt ervan af of zij in Antwerpen-Zuid, -Berchem of -Centraal zal afstappen.

Ah — de toekomst die het zou kunnen openen: na deze al te lange treinrit, na zijn worsteling met de tekst voor *De Evergreen* — een worsteling die tot een opgave maar ook tot een nieuwe vrijheid heeft geleid; na al die eenzame, rond een onduidelijke kern in zijn binnenste cirkelende gedachten — na dat alles zou deze woensdag in september plots een revolutie kunnen ontketenen: alles zou anders worden, gewoon omdat hij ernaar zou kijken met andere ogen, bijgekleurd door de hare. Stel je voor dat ze elkaar zouden kunnen spreken, lachend, geïnteresseerd, in de mooie, monumentale, gietijzeren hal van het Centraal Station, of op de trappen van de *salle des pasperdus*.

Dus inderdaad: hij heeft een plan nodig, hij moet iets doen, op de eerste plaats met een duidelijk en niet eens ambitieus doel: het mozaïek van die treinrit in de Ardennen, zeven of acht jaar geleden, herstellen, detailleren en complexer maken, zonder dat hij zich als een opdringerige macho moet gedragen. Er is in elk geval niets verkeerd mee als hij alvast op de gang gaat staan, zodat hij haar als het ware kan opvangen als ze op weg is naar de uitgang — of dat nu in Zuid, Berchem of toch in Centraal blijkt te zijn. Hoewel hij op de Plantin en Moretuslei woont, en dus vlak bij het Centraal Station, heeft hij de rest van de dag niets meer te doen en kan hij net zo goed eerder uitstappen en haar nog een tijdje vergezellen op het perron, mocht het gesprek zich verder ontwikkelen, of mocht er nog geen gelegenheid zijn geweest om een gesprek aan te knopen.

Terwijl de treinsporen bij de snelwegbundel rondom Antwerpen worden gevoegd — als de aardingsdraad bij de elektrische kabels van het autoverkeer — en terwijl buiten, aan de rechterkant, ooit felgekleurde maar nu vuil geregende vrachtwagens samendrommen alsof ze repeteren voor de passage door de Kennedytunnel, straks. Voor de derde keer passeert hij haar plaats en draait hij vlak daarna zijn hoofd even om, zodat hij over zijn linkerschouder alvast een vragende blik in haar richting kan werpen. Ze houdt haar ogen gesloten, misschien al een hele tijd.

15:54–15:57 (Roos)

Als ze haar ogen opent, lijkt het alsof de gehele coupé zopas wakker is geworden, gewekt door de mededeling van de treinbegeleider of de doortocht van één reiziger, die nu in de tussencoupé is gaan staan en door het raam van de binnendeur in haar richting kijkt: het is de jongeman die ze eerder, in een flits, meent te hebben herkend — vijf, zes jaar geleden heeft ze met hem, een tijdje, alleen in een treinwagon gezeten, bijna een uur lang.

De stem van de conducteur is weggestorven, en ze moet moeite doen om zich zijn mededeling te herinneren, alsof ze zijn woorden gedroomd heeft. De gevolgen van zijn mededeling zijn duidelijk: de reis naar Antwerpen-Centraal zal nog langer duren dan voorzien — of liever: het einde dat iedereen verwacht heeft, in de grote hal van het Centraal Station, maakt geen deel meer uit van deze reis en van deze trein die, zo gaat de uitdrukking, 'beperkt' zal worden tot Antwerpen-Berchem wegens de opgelopen vertraging. In Berchem zal ze, samen met alle andere reizigers die gehoopt hadden Antwerpen-Centraal te bereiken, moeten overstappen op de eerstvolgende trein in die richting — als de conducteur gelijk heeft, zal het niet langer dan een paar minuutjes duren — minuutjes, dat verkleinwoord gebruikte hij. En omgekeerd moet iedereen die had gehoopt in Antwerpen-Centraal de trein richting Gent te nemen, eerst met een andere trein naar Berchem reizen, waar de trein waarin ze nu nog zit, zal wachten om de terugreis in de andere richting aan te vatten, zodat de nieuwe rit al vertraging zal hebben nog voor de trein vertrokken is... Het is een verleidelijk want definitief visioen: misschien heeft ze deel uitgemaakt van het eerste steentje, omvergetikt door een onzichtbare hand, aan het begin van een dominoreeks, zodat er, van nu af aan, tot aan het einde van de wereld, geen trein nog op tijd zal kunnen rijden: alles houdt immers met alles verband — vanaf nu is elke trein een trein met vertraging! Onmogelijk natuurlijk: zo besmettelijk is oponthoud niet, want 's nachts rijden er bijvoorbeeld geen treinen — en tenzij er iets heel ergs is gebeurd, begint iedere ochtend met een druk op de resetknop, en met de tellers op nul.

Aan de linkerkant is de trein het kantoorgebouw van de *Gazet van Antwerpen* gepasseerd, en vrijwel meteen daarna is het spoortraject in een dieper gelegen bedding beland, tussen schuin oplopende bermen, met gras begroeid en bijna even hoog als de trein zelf. Waarom rijdt een trein niet altijd zo door het landschap, vraagt Roos zich af — niemand heeft er last van, en ook de reizigers kunnen zich op iets anders concentreren — op elkaar bijvoorbeeld. Ze weet dat ze niet te snel mag denken dat elke man aandacht voor haar heeft, maar dat de reizende gezel in de tussencoupé iedere keer als hij ongeduldig een rondje rond zijn as draait, in haar richting kijkt, valt niet te ontkennen — en hij heeft er, meer dan de gek van daarstraks ter hoogte van Gent, een aantal redenen voor. Het is onwaarschijnlijk dat hij haar nog precies voor de geest kan halen: menselijke ontmoetingen maken op haar altijd een veel grotere indruk dan op anderen, en ze laten ook diepere sporen na, gewoon omdat ze zo weinig talrijk zijn — door het toeval, door haar eigen toedoen, of door de combinatie van beide die haar leven bepaalt. Waarschijnlijk heeft hij niet meer dan een vaag vermoeden dat hij haar ergens van kent, en probeert hij zich nu te herinneren van waar — spelend met het voornemen om haar precies met die onwetendheid te confronteren, hoewel dat tot een oprechte maar clichématige openingszin zou leiden — vandaar dus zijn nieuwsgierige, frequente blikken, als van een student die tijdens een examen peinzend rondkijkt in het auditorium, en nu en dan op het opgaveblad met de moeilijke vraag terugblikt, hopend op een inval. Ze krijgt bijna medelijden, alsof ze hem uit zijn lijdende onwetendheid moet verlossen — onmogelijk, want als ze hem met tips en suggesties in herinnering zou brengen wat er tussen hen is voorgevallen, dan zou het te beschamend worden om nog langer zijn blikken, zijn woorden en gewoon ook zijn aanwezigheid te verdragen.

Het was aan het eind van januari of het begin van februari geweest — ijskoud nog, geen moment steeg de temperatuur boven nul, en overal lagen tot rots versteende sneeuwresten — en ze maakte in het tweede of derde jaar van haar opleiding Germaanse talen een studiereis naar New York. Ze had op de ochtend van een vrije dag, zonder groepsactiviteiten in het vooruitzicht, in Grand Central Terminal de trein genomen naar Beacon, een dorpje op een uur rijden, ten noorden van New York City, waar een museum voor hedendaagse kunst was gevestigd. Ze had niemand enthousiast genoeg gevonden om haar te vergezellen: de mensen aan wie ze het had gevraagd hadden er niet zo'n zin in, en studiegenoten die er wel voor hadden kunnen voelen, die vond zij niet leuk genoeg om een volledige dag mee door te brengen. Dus had ze helemaal alleen plaatsgenomen in de Hudson Line — een treintraject dat zo heet omdat het zonder uitzondering de Hudsonrivier volgt, althans van zodra de ondergrond van New York wordt verlaten. De hele tijd dat donkerblauwe water — een kleur die Europese rivieren of kanalen niet eens zouden kunnen aannemen — spaarzaam versierd met witte ijsschotsen, die de kracht van het blauw nog versterkten: het contrast werd er bijna artificieel door, hoewel er nergens afbreuk door werd gedaan aan de brede, onoverbrugbare massa van de stroom, die nog moest onderdoen voor het uitgestrekte areaal aan zwartgroene sparren- en dennenbomen, als hoogpolige traplopers links en rechts van de Hudson uitgerold, en zich meer wel dan niet aanvlijend tegen een heuvelrug, waarop dan — even gepast als sporadisch — een gigantisch bouwwerk stond, veel te groot voor een huis, maar toch domestiek van aard — meer iets voor een opvangtehuis voor krankzinnigen, of voor een verbeteringsgesticht, een legerbasis of een vakantiekamp. Het had een grootse indruk op haar gemaakt, en een gevoel van dankbaarheid zowel als van vergeefsheid veroorzaakt. Hier kon ze alleen maar naar kijken, tijdelijk en verwonderd, zonder dat deze buitenlandse omgeving invloed kon uitoefenen op wat haar overkwam en hoe haar leven verliep — op dit moment en ook later weer thuis. Het was vast weer een kapitalistische reflex, om iets te betreuren als je het niet helemaal — en voorgoed — kunt opeisen. Het betekende ook dat toeristisch plezier niet is weggelegd voor haar — eerder integendeel: de buitenlandse pracht herinnert haar aan de binnenlandse ellende, tijdens die dagen in New York City groter dan ooit omdat Johan haar net had verlaten — hoewel: er was al anderhalve maand verstreken, genoeg om over het ergste heen te zijn, iets waarop hij — en naar het soms leek iedereen — haar voortdurend scheen te wijzen. En misschien was het aangrijpendste van alles, op dat moment, in die trein, het interieur van de wagon: het oude en tegelijkertijd tijdloos verniste hout (verzegeld als een parketvloer), de mooie zetels, de zacht vormgegeven deurklinken, raamkaders en tafeltjes, en de onberispelijke staat waarin alles verkeerde, alsof deze trein niet al veertig jaar in gebruik was. Waar zij vandaan kwam, zou zoiets niet kunnen bestaan, en het was iets dat ook in Amerika niet meer gemaakt kon worden — onmogelijk — omdat het zich, toen het werd gefabriceerd, had gelaafd aan de breedgedragen hoop van een naoorlogs klimaat.

In dat interieur had dus een jongeman gezeten, één man maar — de ochtendspits was al voorbij — en dat was hij, of toch iemand die heel sterk op hem leek. Misschien is hij zodanig veranderd dat ze elkaar niet meer kunnen herkennen. In elk geval had die man op de Hudson Line haar aangesproken, meteen in het Nederlands — voor haar op het neergeklapte treintafeltje had een vertaalde roman van Georges Perec gelegen, ze weet niet meer dewelke (en ze weet ook niet meer waarom ze zo'n boek mee op reis had genomen) — en het moet de combinatie geweest zijn van zijn Nederlandstaligheid, van hun gedeelde eenzaamheid tijdens die treinreis in de zeldzaam verzorgde wagon, en van haar zichtbare vervoering over alles wat ze op dat moment zag (en wat ze voordien niet meer had gezien). Die samenloop van omstandigheden had hem het recht gegeven om haar aan te spreken. Hij had meteen iets zorgends of bezorgds gezegd — 'Gaat het wel?' of 'Is er iets niet in orde?', of iets van die strekking — en ze had meteen door haar tranen heen gelachen. Het had haar nauwelijks moeite gekost, hoewel de emoties haar tijdens het korte, weinig diepgaande gesprek dat ze vervolgens hadden gevoerd (zonder dat ze zijn openingsvraag echt had beantwoord), nog een paar keer in golven hadden overvallen. Er waren niet veel mannen in wier aanwezigheid ze had gehuild, en als ze dat wel had gedaan, was het een bezegeling geweest van iets langdurigs, dat zich daarna in eenzaamheid had voortgesleept. Maar bij een wildvreemde die vervolgens staand voor haar tweezit, zonder zelf te gaan zitten, haar kort en enkel woordelijk had proberen te troosten? Dat mocht uitzonderlijk heten, hoewel het te lang geleden was, en ook niet zo veel voorstelde dat ze elkaar bij wijze van spreken om de hals konden vallen bij een onverwacht weerzien. Je kunt je zelfs afvragen of het ondertussen niet voor om het even wat te laat was, als ze elkaar al niet meteen en openlijk hadden herkend. Het momentum was voorbij — te laat voor hem om nogmaals te vragen hoe het met haar ging, en te laat voor haar om erover na te denken of ze was veranderd in vergelijking met jaren geleden.

Voor je het wist, haalde hij zich van alles in het hoofd, en zijzelf vervolgens ook, al heeft ze nog maar een paar uur geleden een relatie beëindigd. En dan? Wat zou er dan volgen? Eerst de gebruikelijke spanning, opwinding, stress en besluiteloosheid, samen met twijfel en gênant ongemak; vervolgens een paar aangename, vakantie-achtige weken vol ontdekkingen die zich later als niet-ingevulde beloftes blootgeven — een periode die al snel wordt gevolgd door praktische problemen, zoals het wachten op een telefoontje of het uitstellen ervan;

en vervolgens door de treurige vaststelling dat het niet gaat, dat het eigenlijk meer problemen veroorzaakt dan wat anders, dat als ze iets communiceren en uitwisselen, dat het dan bindings- met verlatingsangst is, als tussen twee communicerende vaten, steunend op het besef dat ze ook in de toekomst op niets anders dan verschillen zullen stuiten, zonder nog, op hun leeftijd, overeenkomsten of geschiedenissen aan elkaar te kunnen ontlenen — en dat er (vooral dat) geen enkele maatschappelijke of externe reden meer voor is om samen iets te doen of te kunnen doen in een liefdesrelatie: de wereld is, net als haar en vermoedelijk ook zijn appartement, niet voor twee mensen tegelijkertijd ingericht, en renovaties zouden zo ingrijpend en bewerkelijk zijn, dat het nog beter is alles tot op de grond af te breken. Er wordt te veel comfort van het leven verwacht om het nog door liefde te laten verstoren.

Wanneer de trein, onaangekondigd en een beetje verrassend, de Kennedytunnel binnendringt, voelt ze weer lichte wrevel tussen haar benen, als een schicht. De lichten blijken te branden in de wagons — deden ze dat al die tijd al, of zijn ze zopas in werking getreden? Links en rechts wordt er voor het eerst identiek hetzelfde uitzicht aangeboden: zwarte lakens die door horizontale tl-verlichting als met gloeiende halen van een zwaard worden doorgesneden. Het is, ondanks de overstap die ze nog moet maken, niet ver meer — vlak na de tunnel volgt Antwerpen-Zuid en meteen daarna Berchem — en in gedachten kan ze zich al naar haar werk verplaatsen, naar haar bureaukamer met uitzicht op een oude boom in de achtertuin, zeldzaam voor het centrum van Antwerpen, en meer bepaald naar de passage in haar nog onafgewerkte doctoraatsstudie over

Gadamer waarin ze het heeft over diens dispuut met Derrida, over de 'goede wil' die nodig is als je een tekst leest en ook wil begrijpen. Nergens houdt ze meer van dan zich te verliezen in de waarheidsgetrouwe reconstructie van andermans meningsverschillen.

15:57–16:02 (René)

De tunnel uit, is de reis altijd zogoed als voorbij: nog wat infrastructuur — wegen, bruggen, bermen — om onderdoor of langs te rijden, grote monofunctionele gebouwen links en rechts, en dan, vanaf Berchem, in een rechte lijn: de stad — chaos die een vaste vorm heeft aangenomen, maar onophoudelijk door menselijke activiteit wordt overwoekerd. Die laatste etappe tussen Berchem en Centraal zal er voor hem, deze keer, niet bij zijn: hij moet de trein in Antwerpen-Berchem stilleggen, en nog voor de compacte stedelijke massa van gevarieerde gebouwen aanbreekt, zorgen dat iedereen de wagons verlaat én weet wat hem of haar te doen staat. Meteen daarna moet hij dan de volgende rit voorbereiden, die in de omgekeerde richting zal verlopen.

Op het verweesde perron van Antwerpen-Zuid, waarvan het station bijna een halve eeuw geleden moest wijken voor de in- en uitritten van de nieuwe Kennedytunnel, lijken er meer mensen dan gewoonlijk af te stappen. Misschien is het niet onverstandig: sommige plekken in het stadscentrum zijn vanhier uit sneller bereikbaar, met de tram bijvoorbeeld, dan wanneer je dadelijk in Berchem moet wachten om over te stappen. Dat zal langer duren dan de paar minuutjes die hij zopas in het vooruitzicht stelde — een eufemisme waar hij zich nu wat schuldig over voelt, terwijl de trein zoemt om aan te geven dat de deuren zullen sluiten en het zoveelste maar laatste vertrek eraan komt. Of misschien zijn de mensen het beu, en nemen ze de extra wandeltijd, in de openlucht, er graag bij — te laat zijn ze toch, en het is aangenaam weer, geen spoor van regenwolken meer hier in Antwerpen.

Het is nooit zo makkelijk als het lijkt: in een stad het juiste treinstation met een bestemming verbinden. René herinnert zich een dispuut tussen een man en een vrouw: het deed zich voor op een incidentrijke reis tussen Gent en Brussel, twee, drie maanden geleden. Ter hoogte van Denderleeuw, dus vlak voor de Brusselse rand, bleek er een verstekeling aan boord — een duif hield zich al twintig minuten koest onder een tweezitsbank en was, misschien door nieuwsgierigheid overmand, toch naar het gangpad getrippeld. Een reizigster was bij het zien van de vogel — die ze achteraf als een 'rat van de lucht' omschreef — meteen beginnen te krijsen, wat de duif klapwiekend op de vlucht had doen slaan. Het beest was niet meer te kalmeren geweest en had de volledige trein bijna drie keer doorkruist vooraleer er een halte werd bereikt. Nooit eerder had René een passagier zozeer de vrijheid zien omarmen bij het verlaten van de trein, als toen die duif in de lucht boven Brussel-Zuid verdween — een kleiner wordende vlek die hij langer met zijn ogen had willen volgen dan mogelijk was geweest. Precies toen hij onbeholpen had geprobeerd om de duif ergens vast te zetten zodat de passagiers geen hinder ondervonden — precies tijdens die precaire periode, die zich vermoedelijk in zijn professionele carrière nooit meer zou herhalen, werd hij dus betrokken in een ruzie tussen een man en een vrouw, van wie de laatste het hoogoplopende conflict met haar partner door middel van de autoriteit van een treinbegeleider had willen beslechten. Ze gingen naar Brussel Bad, de zeezandstrook die tijdens de zomer aan het Saincteletteplein wordt aangelegd. Zij was overeind gekomen om René aan te klampen; hij zat zichtbaar verveeld met zijn hoofd te schudden. Volgens haar was Brussel-Centraal de juiste halte; hij hield vol dat ze een station verder moesten afstappen, in Brussel-Noord. Hij had hun beiden gelijk willen geven — erg groot kan het verschil niet zijn, hoewel het om twee totaal verschillende stadswandelingen gaat. Schouderophalend had hij zich ervan af proberen te maken, wijzend naar de voortvluchtige duif (waarvan het koeren, een paar rijen verder, in krijsen was omgeslagen). 'Zeg!' had de vrouw stampvoetend gesist. 'Is die vogel belangrijker dan wij?' René was zwijgend, en dus instemmend, verder gelopen — geen idee overigens waartoe ze uiteindelijk besloten hadden.

Je hebt van die reizigers die zich door de vreemdste details laten opjagen, terwijl ze lange vertragingen zonder morren aanvaarden. Nadat de trein net voor Gent-Dampoort weer was gaan rijden, was hij door niemand meer aangeklampt. Het is vaker zo dat de oorzaak van een vertraging futiel wordt als de trein al weer rijdt. Nieuwe reizigers die een halfuur op het perron hebben gewacht, stappen ontstemd en soms razend op — wat de vertraging heeft veroorzaakt, dat interesseert hen niet. Alleen stilstand maakt onwetendheid ondraaglijk, en doet mensen naar oorzaken verlangen. Misschien is dat een teken van overmoed: ze willen weten wat er fout loopt, alsof ze het zelf kunnen verhelpen — als het probleem is opgelost en enkel de gevolgen bestaan, is het te laat.

Een verklaring waarachter niet meteen een andere vraag schuilgaat, heeft hij niet. De trein was stilgevallen door technische problemen — ja, goed, maar welke problemen, en waarom hadden die zich voorgedaan? Het is niet duidelijk, en het is weinig waarschijnlijk dat iemand — machinist, verkeersleider of technicus — het hem ooit nog zal vertellen. Toch moet hij vanavond (of morgenochtend, voor de volgende shift) een verslag schrijven, zoals hij dat na elk afgewerkt pakket ritten doet. Dat verslag zal in de archieven verdwijnen, en er vermoedelijk nooit meer uit tevoorschijn komen. Hij zal zich er makkelijk van afmaken: 'om onduidelijke redenen viel de trein stil om 14:54 tussen Gent-Sint-Pieters en Gent-Dampoort, en hoewel de bestuurder het defect niet heeft kunnen aanwijzen, herstelde het zich vijfentwintig minuten later vanzelf' — zoiets, en niemand zal hem erop wijzen dat die onduidelijkheid onaanvaardbaar is, net zoals niemand naar de oorzaken op zoek zal gaan. Het is gebeurd en het is voorbij — en enkel als het zich nog vaker voordoet, wordt erop teruggekomen. Als hij straks — het zal vijf uur zijn — opnieuw voorbij die Gentse watertoren rijdt, zal dat met een beetje angst gepaard gaan, en minstens met nieuwsgierigheid — maar in spoken of sprookjes gelooft hij niet. Nee, het zal voorbijgaan, zoals alles; hij zal het misschien nog als anekdote vertellen, en waarschijnlijk steeds minder vaak, tot het een van die onverklaarbare gebeurtenissen is die hij met succes kan vergeten, zoals de meeste mensen dat kunnen.

Terwijl ze aan de linkerkant, vlak voor en vlak na de passage onder een viaduct, de houten gevels van de uitbreiding van deSingel zien voorbijglijden, is het tijd om nog eens te melden dat er niet tot in het Centraal Station wordt gereden. 'Dames en heren,' zegt hij in de hoorn, 'wegens de hoog opgelopen vertraging wordt deze trein tot Antwerpen-Berchem beperkt. U kunt overstappen op de eerstvolgende trein richting Antwerpen-Centraal op spoor 4. Volgend station, en eindstation van deze trein: Antwerpen-Berchem.' Daar moeten ze het mee doen. Sommige collega's proberen er iets meer van te maken, van een dergelijke toespraak — iets grappigs, een ironische bespiegeling over de toenemende problemen, of net over de zeldzame afwezigheid ervan. Omroephumor of treingein, zo noemen de Nederlandse collega's van de NS dat, maar René voelt daar meestal niet veel voor, en al zeker niet vandaag. Uiteindelijk moet je hen nog onder ogen komen, en je kunt niet met de trein lachen zonder dat ook met de reizigers te doen, en met alles waarnaar ze onderweg zijn. Blijkbaar nemen ze vrede met zijn zakelijkheid, want bijna iedereen komt overeind, zoekt bagage bij elkaar, trekt een jas aan, en gaat op weg naar de dichtstbijzijnde uitgang.

Al een hele tijd staan er in de tussencoupé een meisje en een jongeman: hij kijkt door de glazen deur in de wagon naar binnen, alsof hij iemand bespiedt; zij houdt haar neus tegen het langgerekte verticale raam van de deur aan gedrukt. Als ze zo snel mogelijk wil uitstappen, staat ze aan de verkeerde kant — het perron wordt zo dadelijk rechts aangeboden, niet links. Misschien wil ze naar het dichte, donkere groen kijken, inderdaad opmerkelijk aan de rand van de stad, en snel opgevolgd door grijs beton waarop de regen langzaam verticale lijnen heeft getrokken, en waarop weinig leesbare graffiti zijn aangebracht.

Ze zijn er. Hij kijkt op zijn horloge. 16:02. Precies twee uur heeft het geduurd, maar ze zijn niet waar ze hadden moeten belanden. Hij ontgrendelt de portieren, stapt op het verouderde, schijnbaar bruin gerookte perron van Berchem — het is plots kouder dan hij had verwacht, of dan hij zich herinnert van enkele minuten geleden in Zuid. De reizigers slingeren onregelmatig, via de trappen, de tunnel in op weg naar buiten — als hij hen ziet verdwijnen, slechts bij elkaar als de stippen van een beletselteken, denkt hij: de verwachtingen zijn niet ingelost; waarschijnlijk is niemand tevreden — en toch gaat het zo meteen weer verder.

De Bezige Bij Antwerpen
Nassaustraat 37-41
B-2000 Antwerpen
info@debezigebijantwerpen.be

Vertegenwoordiging in Nederland
Uitgeverij De Bezige Bij
Van Miereveldstraat 1
NL-1071 DW Amsterdam
www.debezigebij.nl

Boekverzorging: Dooreman

ISBN 978 90 8542 506 9
NUR 301
D/2013/0034/817

Voor nieuws en informatie
over onze auteurs en boeken:
www.debezigebijantwerpen.be
www.facebook.com/debezigebijantwerpen
www.twitter.com/dbbantwerpen